跟着名家读经典

隋唐五代文学名作欣赏

叶嘉莹 等著

北京大学出版社

图书在版编目(CIP)数据

隋唐五代文学名作欣赏/叶嘉莹等著. —北京:北京大学出版社,2017.9
(跟着名家读经典)
ISBN 978-7-301-28474-2

Ⅰ.①隋… Ⅱ.①叶… Ⅲ.①中国文学—古典文学—文学欣赏—隋唐时代 ②中国文学—古典文学—文学欣赏—五代(907—960) Ⅳ.①I206.2

中国版本图书馆CIP数据核字(2017)第156106号

书　　名	隋唐五代文学名作欣赏 SUI-TANG WUDAI WENXUE MINGZUO XINSHANG
著作责任者	叶嘉莹　等著
丛书策划	王林冲　周雁翎
丛书主持	邹艳霞
责任编辑	邹艳霞
标准书号	ISBN 978-7-301-28474-2
出版发行	北京大学出版社
地　　址	北京市海淀区成府路205号　100871
网　　址	http://www.pup.cn　新浪微博:@北京大学出版社
微信公众号	科学与艺术之声(微信号:sartspku)
电子信箱	zyl@pup.pku.edu.cn
电　　话	邮购部62752015　发行部62750672　编辑部62767857
印 刷 者	北京中科印刷有限公司
经 销 者	新华书店
	787毫米×1092毫米　32开本　13印张　215千字 2017年9月第1版　2017年9月第1次印刷
定　　价	48.00元

未经许可,不得以任何方式复制或抄袭本书之部分或全部内容。
版权所有,侵权必究
举报电话: 010-62752024　电子信箱: fd@pup.pku.edu.cn
图书如有印装质量问题,请与出版部联系,电话: 010-62756370

序

中华民族历来重视阅读经典。从春秋时期孔子增删"六经",到秦吕不韦组织编纂《吕氏春秋》,从南梁萧统组织编选《昭明文选》到清人吴楚材、吴调侯编选《古文观止》……这些经得住时间考验的伟大作品,大浪淘沙,洗尽铅华,传承着中华民族最弥足珍贵的思想感情,被一代代人记诵。这些作品刻在了我们民族的"心版"上,丰富和滋养了我们的民族精神。

意大利知名作家卡尔维诺说:"经典是那些你经常听人家说'我正在重读',而不是'我正在读'的书。"经典之所以成为经典,必是以其经得住咀嚼的内涵,有益于读者的。著名美学家朱光潜先生谈到读书时，说："读书并不在多，最重要的是选得精，读得彻底。与其读十部无关轻重的书，不如用读十部书的精力去读一部真正值得读的书；与其十部书都只能泛览一遍，不如取一部书读十遍。"中外两位先哲谈到的都是经典的精读，谈的都是如何让阅读"心版"上的印痕更深。

而经典的精读实在不是一件容易的事。经典也意味着过往，过往就与正在读书之人有时空之隔膜。

那么，什么样的方法能让我们更容易、更有效地阅读经典？从黛玉教香菱作诗的故事中，我们可以体会出，跟着名家读经典、读名作可谓是一条读书捷径。

名家是大读书人，他们的阅读体验值得借鉴。在浩如烟海的书籍中踽踽独行，摸索读书之路，难免进入狭窄的胡同，名家的读书导引就是我们不见面的名师的教诲。阅读经典时遇到的许多难点，也许就是阻碍读书人的一层窗户纸，一经名家点破，便会有豁然开朗之感。

20世纪80年代，大型文学鉴赏杂志《名作欣赏》的创刊，正是暗合了当时人们澎湃的阅读经典的热情。一批闻名遐迩的名作家、名学者、名艺术家们推荐名作、赏析名作，古今中外的名作经典，经萧军、施蛰存、李健吾、程千帆、王瑶等名家的点化，高格调的名作和高质量的析文相得益彰、水乳交融，极大地浇灌了如饥似渴的刚刚走出文化禁锢的读书人的心田。《名作欣赏》也由此成为中国名刊。几十年来，我们一直坚持这一办刊传统，力邀全国名家，精析经典名作，为中国人的文学阅读尽了一份力，发了一份热。

《名作欣赏》创刊三十周年庆典大会上，新老办刊人和新老读者都觉得将《名作欣赏》三十余年的文章精编出版，是一件有益于读者的大事。编选工作十分浩繁，我们也知难而上，未敢懈怠。经取精提纯、镕裁加工、分类结集、有序合成，2012年"《名作欣赏》精华读本"丛书由北京大学出版社出版。出版五年来，重印数次，为读者所珍爱，这是我们喜出望外的。细细想来，也正是经典的魅力、名作的魅力。

民族的自信源自文化的自信，时下，中央电视台的两档节目《中国诗词大会》《朗读者》出人意料地受到人们的欢迎。这实际是民族文化自觉和经典的浴火重生，也是中华民族经典的光辉照映。沐浴着天时、地利、人和的春风，北京大学出版社对"《名作欣赏》精华读本"进行修订改版，并增加了插图，丛书名改为"跟着名家读经典"，更好地契合了这套书的本意，更具有文化品位。这既是对国家阅读战略的呼应，也是对亿万读者阅读经典的有效补充，必然会被更多的读书人发现和珍视。

让我们一起来加入"全民阅读"的阵营，拥抱文化复兴的春天。

赵学文

《名作欣赏》杂志社总编辑

目录

马茂元	纵横排奡　转掉自如	1
	杜诗《将赴荆南寄别李剑州》赏析	
金启华	笔底波澜　变幻神奇	9
	杜甫《北征》赏析	
萧涤非	敢于攀登　俯视一切	23
	杜甫《望岳》赏析	
葛晓音	穷年忧黎元　浩歌惊千古	29
	杜甫《自京赴奉先县咏怀五百字》赏析	
施蛰存	黄鹤凤凰谁更美	43
	崔颢《黄鹤楼》、李白《登金陵凤凰台》赏析	
吴小如	古来万事东流水	61
	李白《梦游天姥吟留别》赏析	

靳极苍	一曲浩歌万古愁	75
	李白《将进酒》赏析	
程千帆	拨开云雾见青天	93
	唐绝十首偶评	
马茂元	因象寄兴　情景交融	103
	李白、杜甫、李商隐诗赏析三题	
屠　岸	景切情挚　思深意远	117
	赵嘏《江楼感旧》赏析	
吴小如	超迈古今的想象	127
	贺知章《咏柳》绝句赏析	
霍松林	含蓄蕴藉　寄托遥深	137
	张九龄《感遇》二首赏析	
吴调公	壮士拂剑　浩然弥哀	149
	司空图《退栖》诗赏析	
王英志	气高而不怒　力劲而不露	159
	皎然《冬日送颜延之明府抚州觐叔父》赏析	
霍松林	制题之妙　余韵袅袅	171
	柳宗元《登柳州城楼寄漳、汀、封、连四州》赏析	
林兴宅	超世拔俗的心灵"桃花源"	179
	柳宗元《江雪》赏析	

林东海	古诗哲理意义的新创造 刘禹锡《酬乐天扬州初逢席上见赠》赏析	189
陆永品	借景讽喻　寄寓遥深 韩愈《晚春》诗赏析	197
魏家骏	呕心沥血的苦吟之诗 李贺《李凭箜篌引》赏析	205
曹中孚	感旧化怀　委婉情深 杜牧《张好好诗》赏析	219
林东海	"多采""休采"　殊途同归 王维《相思》赏析	231
葛晓音	虚实得当　臻于神境 王维《辋川集》绝句赏析	243
王英志	合著黄金铸子昂 陈子昂《感遇》（三十四）赏析	257
林兴宅	超脱宁静　回归自然 孟浩然《春晓》赏析	271
陈邦炎	优婉柔丽　意味无穷 王昌龄宫怨绝句赏析	279
叶嘉莹	逐胜归来雨未晴 冯延巳《抛球乐》赏析	289

| 吴调公 | 一曲心弦　两股张力 | 297 |
| | 李商隐《无题》诗二首赏析 | |

| 何永康 | 一曲寻求精神家园的歌 | 307 |
| | 张若虚《春江花月夜》赏析 | |

| 吴小如 | 芳郊花柳遍　何处不宜春 | 327 |
| | 王勃五绝三首赏析 | |

| 储仲君 | 天下名楼任神游 | 343 |
| | 唐人鹳雀楼诗赏析 | |

| 金启华 | 君爱菖蒲花　妾感苦寒竹 | 355 |
| | 乔知之爱情悲剧诗赏析 | |

| 周汝昌 | 吟坛声苑的千古绝唱 | 365 |
| | 李白《忆秦娥》赏析 | |

| 叶嘉莹 | 人人尽说江南好 | 373 |
| | 韦庄词赏析 | |

| 何沛雄 | 特立独行　力行不惑 | 395 |
| | 韩愈《伯夷颂》赏析 | |

纵横排奡　转掉自如

杜诗《将赴荆南寄别李剑州》赏析

马茂元

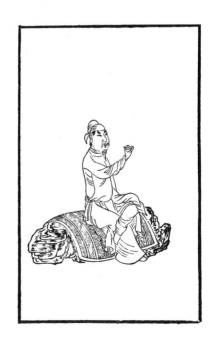

作者介绍

马茂元(1918—1989),字懋园,安徽桐城人。1938年毕业于无锡国学专修学校。1949年以后,历任上海第一师范学院教师、上海师范大学教授。专于唐诗、楚辞研究。出版有著作《古诗十九首初探》、《晚照楼论文集》等。

推荐词

杜甫的七律是丰富多样的,然而他七律风格的基本特征,则是能在尺幅之中,运之以磅礴飞动的气势,这磅礴飞动的气势,又和精密严整的诗律水乳交融地结合在一起。所以"工而能化","中律而不为律缚"。杜甫七律高出于盛唐其他名家之上,而成为这一诗体百代不祧之宗,乃在于此。

> 使君高义驱今古，寥落三年坐剑州。
> 但见文翁能化俗，焉知李广未封侯。
> 路经滟滪双蓬鬓，天入沧浪一钓舟。
> 戎马相逢更何日？春风回首仲宣楼。

杜甫这首七言律诗，作于唐代宗宝应二年（763）。李剑州，生平无考。从诗看，知他当时任剑州刺史，是位有才能而未被朝廷重用的地方官。前一年，杜甫到过那里，和他有了交谊。这年，杜甫曾经准备离蜀东行，写了这首诗寄给他。

在唐代诗人中，杜甫是位"尽得古今之体势，而兼今人之所独专"①的各体皆长的全能作家，尤其是律诗的圣手，这是历来诗论家所一致承认的。杜甫自己说，"觅句新知律"（《又示宗武》），"遣辞必中律"（《桥陵诗三十韵》），"晚节

---

① 元稹语。见元氏长庆集卷五十六《唐故工部员外郎杜君墓系铭并序》。

渐于诗律细"（《遣闷戏呈路十九曹长》）。在律诗艺术的锻炼上，他曾经下过呕心沥血的工夫。

律诗是唐代新兴的诗体。作为一种文艺形式，它是有自身的特点的。"律诗取吕律之义，为其和也；取律令之义，为其严也。"它和古体不同，篇有定句，句有定字，在声韵和对仗方面有严格的要求。从这个意义来说，律诗难于古体，而七言律又难于五言律。因为七言比五言句子长，受到声律和对仗的束缚，就更容易流于板滞平衍，萎弱拖沓，"声谐语俪，往往易工而难化"。可是读了这诗之后，它给我们总的感觉是：纵横排奡，转掉自如，句句提得起，处处打得通，而在拿掷飞腾之中，又能见出精细的脉络。这秘密在哪里呢？

杜甫的七律是丰富多样的，然而作为他七律风格的基本特征，则是他能在尺幅之中，运之以磅礴飞动的气势，而这磅礴飞动的气势，又是和精密严整的诗律水乳交融地结合在一起的。所以"工而能化"，"中律而不为律缚"。杜甫七律高出盛唐其他名家之上，而成为这一诗体百代不祧之宗，乃在于此。从本文所论之诗，便可窥见其一斑。

诗的前半篇写李，热情地歌颂了他"能化俗"的政绩，为他的"未封侯"而鸣不平。然而这不平乃是诗人有感而发的。就李本人来说，他勤勤恳恳替朝廷办事，哪里计较个人宦途的浮沉得失呢？诗从"高义"和"寥落"生发出这两层意思，从而见出李思想境界之高，使人对他那沉沦州郡的坎坷遭遇，更加为之惋惜。"文翁"和"李广"，用的是两个典故。诗歌中的用典，是借古喻今的一种类比手法。既然是类比，自然要比得贴切，富有启发性和暗示作用，这是用典的基本要求。可是诗人的能事，并不仅仅停留在这基本要求上。文翁的政绩流传蜀中，用以比拟李之官剑州刺史，未封侯的李广，则和李同姓。"文翁能化俗，李广未封侯"，典故是用得非常贴切的，然而也仅仅贴切而已。在"文翁能化俗"的上面加上个"但见"，在"李广未封侯"的上面加上个"焉知"，"但见"和"焉知"，一呼一应，一开一阖，运之以动荡之笔，精神顿出，有如画龙点睛，立即破壁飞去。不仅如此，在历史上，李广对自己屡立战功，而未能封侯，是时刻耿耿于怀，终身引为恨事的。这里却推开来，说"焉知李广未封侯"，这就在用典的同时，注入了新的意义，改造了典故，从而提高了诗的思想性。就语言艺术来说，从这种地方，我们可以看出杜甫是怎样把七言歌行中纵横挥斥的笔意，创造性地运用、融化于律体之中。杜甫歌行里，像"但觉高歌有鬼神，焉知饿死填沟壑"（《醉时歌》）之类的句子，和这不正是波澜莫二吗？

下半篇叙身世之感，离别之情，境界更大，感慨更深。诗人完全从空际着笔，写的是意想中的自己"将赴荆南"的情景。

"路经滟滪"，见瞿塘风涛之险恶①，"天入沧浪"，见江汉烟波之浩渺。这是他赴荆南途中所经之地。在这里，诗人并未诉说其迟暮飘零之感，而是以"一钓舟"和"沧浪"、"双蓬鬓"和"滟滪"相对照，构成鲜明的形象，展示出一幅扁舟出峡图。倘若说，这是诗中之画，那么借用杜甫自己的另外两句诗，"亲朋无一字，老病有孤舟"（《登岳阳楼》）来说明这幅画的画意，是颇为确切的了。

到了荆南以后又将怎样呢？尾联用"仲宣楼"轻轻点出。诗人清楚地意识到自己所处的时代和命运，即使到了那里，也还不是和当年避难荆州的王粲一样，仍然作客依人，

---

① 滟滪，即滟滪堆，在瞿塘峡口，是上险滩，经常有沉舟之祸。古时当地民谣云："滟滪大如马，瞿塘不可下；滟滪大如袱，瞿塘不可触；滟滪大如鳖，瞿塘行舟绝；滟滪大如龟，瞿塘不可窥。"（见《太平寰宇记》）。

找不到归宿之地。而在此时，回望蜀中，怀念故人，想到兵戈阻隔，相见无期，那就会更加四顾苍茫，百感交集了。

全诗由李写到自己，再由自己的离别之情，一笔兜回到李，脉络贯通，而起结转折，关合无痕。杜甫这类的诗，往往劈空而来，一起既挺拔而又沉重，有笼罩全篇的气势。写到第四句，似乎诗人要说的话都已说完，可是到了五、六两句，忽然又转换一个新的意思，开出一个新的境界，喷薄出更为汹涌、更为壮阔的波澜。然而它又不是一泻无余，收束处，总是荡漾萦回，和篇首遥相照映，显得气固神完，而情韵不匮，耐人寻味。

杜甫七律中，如《野人送朱樱》、《野望》、《白帝》、《阁夜》、《登高》等许多脍炙人口的名篇，都体现了这种特色。只要我们细心体会，是不难举一反三的。

笔底波澜　变幻神奇

杜甫《北征》赏析

金启华

作者介绍

金启华,1919年生,安徽来安人。1947年毕业于中央大学,文学硕士。历任中央大学、国立戏剧专科学校、山东师大、南京师大教授,全国高等教育自学考试委员会中文专业委员,主要从事中国古典文学的教学和科研工作。主要著作有《国风今译》、《诗经全译》、《杜甫论丛》、《诗词论丛》、《中国词史论纲》、《匡庐诗》、《新编中国文学简史》等。

推荐词

《北征》从命题到手法,都是学"赋"的。我们知道纪行的赋,班昭有《东征赋》,潘岳有《西征赋》,班彪有《北征赋》。《北征》和《北征赋》实同名而异体。而写作手法上,初记岁时,后叙行程,则又是效法《东征赋》、《西征赋》。起句即以皇帝年号开始,其声正大,实是以正史纪传体变化为诗的纪传格,可见其严肃性。

《北征》是杜甫的五古名篇，和《自京赴奉先县咏怀五百字》（以下简称《咏怀》）可称姊妹篇。两诗的思想性和艺术性都达到了高度的统一，在叙事、抒情、写景、议论方面，均交织进行，但各有侧重。《咏怀》写于未乱前夕，预见性多，希望防祸于未然，而实际上祸乱是无法避免的了。《北征》则写于乱中，寄望于未来战争的胜利，并果然奏效于不久。两诗都从个人身世遭遇写到国家大事，历史性强，着眼点高，手法多变化，而又万变不离其宗。

《北征》从命题到手法，都是学"赋"的。我们知道纪行的赋，班昭有《东征赋》，潘岳有《西征赋》，班彪有《北征赋》。《北征》和《北征赋》实同名而异体。而写作手法上，初记岁时，后叙行程，则又是效法《东征赋》、《西征赋》。起句即以皇帝年号开始，其声正大，实是以正史纪传体变化为诗的纪传格,可见其严肃性。

《北征》以赋之手法写诗,铺叙层次井然,段落分明。首段点明岁时,辞阙心理活动;二段写旅途所经,沿路所见,发抒感慨;三段写抵家团聚,妻儿惊喜交集,小儿女憨态可掬;四段写居家不忘国事,对军国大计仍有所谋划。大的段落清楚,而每段的描写又顿挫生姿,时起时伏,曲折多变。杜甫此次离凤翔北行鄜州,是因触怒肃宗被流放的。他满怀热忱,愿居朝廷为君国分忧,却偏偏落个"诏许归蓬荜"的事与愿违的结果。动乱之秋,得以"苍茫问家室",应当说是个难得的机会,但诗人担心的仍是"恐君有遗失"、"东胡反未已",他内顾思家,辞阙恋主,公忠私情,一时迸发,所以才有这曲折回环之笔。诗人追本穷源,认为自己进退维谷的矛盾处境是由于安史叛乱所造成的,便在诗中进一步倾泻"臣甫愤所切"之情,不仅点出了矛盾的症结,还展现出了其高远的思想境界。杜甫那"挥涕恋行在,道途犹恍惚"的迷惘彷徨,绝不仅仅在于忠君和念家,而且还因为"乾坤含疮痍"。这正是他"忧虞何时毕"的主要原因。诗人的这段自我剖白,是这段诗的精华所在,也是这篇诗的光辉所在。诗人的这种情怀，与屈原的"长太息以流涕兮，哀民生之多艰"（《离骚》）遥相呼应，其气魄之恢宏，境界之高远，忧思之深广，正与《离骚》异曲而同工。

《北征》在铺叙中的第二个特色，集中表现在第二大段中对景物的出色描写。当时正值战乱，诗人急于归家，是没什么闲情去观赏山水的。但一个大诗人即使是不着意写景，写景的妙绝也时在笔端呈现。"靡靡逾阡陌，人烟眇萧瑟。所遇多被伤，呻吟更流血"，确实凄凉荒寂，而道中之险，更是"猛虎立我前，苍崖吼时裂"。但是触目所见也有"菊垂今秋花，石戴古车辙"，使诗人不禁感到："青云动高兴，幽事亦可悦。"于是索性忙里偷闲地对道旁的山果作了一番夹叙夹议的细致描写："山果多琐细，罗生杂橡栗。或红如丹砂，或黑如点漆。雨露之所濡，甘苦齐结实。"这样的用笔实属奇特。偌大战祸只以"人烟眇萧瑟"五字带过，小小的山果却细腻描摹。这是诗人觉得战乱中死固可悯，而生尤可乐。写苦难，固是当时现实；写乐生，更是大众愿望。"雨露之所濡，甘苦齐结实"两句，又道出了造化育万物、万物皆乐生的深刻哲理。在诗人笔下，自然的欣荣和人世的萧瑟,形成了何等鲜明的对比。在这一段中,诗人对景物的描写,更是活灵活现而又音响动人。如"我行已水滨,我仆犹木末"两句,活现出杜甫望到鄜州时的欣喜心情。他觉得家舍已近,不由行步如奔,把仆人抛在了身后,到水边回头再望仆人时,因地势的高低,仆人像是挂在了树梢之上。诗人正是捕捉了这一感觉上的奇妙而又真实的印象,以之入诗,造成警句,新颖独特而又精彩生动。再如"鸱鸮鸣黄桑,野鼠拱乱穴",前句五字全为平声,后句五字都是仄声,读起来字字要顿,借音响给人以深刻的印象,使诗句显得很不平常。

以赋的手法写诗,在《北征》的第三大段中,则表现在写人写事的逼真如画和动态可掬。这段写诗人到家后的情况,若和《羌村》三首之一对照读,便可体会得更深一些。这里写杜甫初到家时,触目所见是"妻子衣百结",接着是"恸哭松声回"。而《羌村》则是"妻孥怪我在,惊定还拭泪"。写"衣百结"是穷态,"恸哭"是喜极而悲,痛定思痛,感情是迸发的。《羌村》两句则是陡顿而曲折,感情是渐发的。和前两句有异曲同工之妙。至于写小儿女,"垢腻脚不袜"、"补绽才过膝"两句,描尽困窘之穷状,幸喜杜甫返来,"那无囊中帛,救汝寒凛栗",于是,"粉黛亦解苞,衾裯稍罗列。瘦妻面复光,痴女头自栉。学母无不为,晓妆随手抹。移时施朱铅,狼藉画眉阔"。妻儿乍得温饱,都打扮了起来,充满了生的欢愉。天真活泼的小儿女,逐渐和父亲亲热起来,问这问那,说个不停,"问事竞挽须",高兴得竟动手挽起父亲的胡须来了。比起《羌村》中所写"娇儿不离膝,畏我复却去",感情的融洽更进了一层。在这段诗里,写妻儿情态的手法是很高超的。如"瘦妻面复光"的"复"字,便化用《诗经·伯兮》"自伯之东,首如飞蓬,非无膏沐,谁适为容"之意,却毫不露痕迹。接下来,又以痴女"学母无不为,晓妆随手抹"的"狼藉"与之对照,妻子整容之美便可想而知。这些,都写得十分含蓄蕴藉,耐人寻味。杜甫写儿女,显系从孔融的《杂诗》、左思的《娇女》学习得来的。在中国古代诗歌里,写孩子的诗是比较少的,杜甫之后的诗作,又有卢仝的《添丁》、李商隐的《娇儿》等,对这类题材的开拓,杜甫可算是承前启后者。杜甫写儿女情态,常常结合着对时事的描绘,构成反映社会生活的一个有机组成部分,成为具有强烈现实意义的一个生活小插曲,并非是儿女闲情和天伦之乐的单纯抒发。杜甫的这种别开生面的艺术处理,是应当予以足够重视的。

《北征》的最后一段,集中写诗人对当时政治、军事的看法和主张。诗人调查时事,议论横生,成为以议论入诗的光辉典范。在《诗经·大雅》诸诗中,以议论入诗已屡有出现,杜甫继承这一手法,时有运用,尤以《北征》为一范例。首先在这段诗里,我们可以看到他对借兵回纥平叛的主张,是和历史上回纥助战、促成唐军收复两京的史实,若合符节的。这是一。其次,杜甫主张北取范阳,直捣贼巢,又是和当时名将郭子仪、李光弼、名相李泌的战略计划相同。所谓"其王愿助顺,其俗善驰突"皆是指回纥兵之可借用。而"此举开青徐,旋瞩略恒碣",则概括了北捣贼巢的妙算。此外,诗人追究祸源,盛赞诛杨的陈玄礼的功绩,这也体现了诗人的高见卓识。这些政治性的议论,在这段诗里得以充分的发挥,并与整个诗意诗境融为一体。所以,尽管议论较多,仍不乏写事、写人、抒情、写景的佳句,如"阴风西北来,惨淡随回纥"的写事,"桓桓陈将军,仗钺奋忠烈"的写人,"仰观天色改,坐觉妖氛豁"的写景兼抒情,

"凄凉大同殿,寂寞白兽闼"的想象中的情景描写等等,都巧妙地与政治性的议论糅合在一起,使诗篇丰满而顺畅,密茂而空灵。

综上所述,《北征》的思想性和艺术性是达到了高度的统一。杜甫的忧国忧民思想、军政大计谋划,在诗里都得到充分的发挥。而其在战乱中的旅途所经历过的景色以及回家时的家庭情况,也真实鲜明地并具有特色地反映出来。同时,我们还应当看到他对国事与家事的描写,是主次分明、重点突出的。诗中谈家事必带国事,谈国事则无一字道及家事。国而忘家,念家不忘忧国,这正是杜甫之所以伟大的地方。诗人写旅途所见,尽管是"多被伤"、"更流血"、"寒月照白骨"的凄然惨状,但他绝不悲观失望,仍写出"青云动高兴,幽事亦可悦"的美景,使人觉出山河之可爱,景物之可欣,从而进一步对造成战祸的叛乱者产生无比的憎恨。

在艺术上,《北征》成功地运用了赋的铺陈手法,做到铺得开,扣得紧,收得拢。全诗结构严谨,段与段之间,层次井然。有时是一字冒下,转入另一段,如"况我堕胡尘"的"况"字,"至尊尚蒙尘"的"尚"字,均起这种作用,炼字可谓精工。至于一段之中,有回荡,有对照,有陡顿,而又变化莫测。如第一段写辞阙,充分表现了诗人复杂矛盾的心情,真是欲留不得,欲去难舍,进退维谷,忧心如焚,读来使人回肠荡气。写了辞阙本可以接写时事,但诗人并未直承,而是将其放在抵家后的一段中去写,这就造成了跌宕起伏的效果,避免了开篇的呆板枯燥。北征的目的是省亲,写了亲人会面的情景,本应结笔,但诗人笔锋一转,陡接至尊蒙尘一事,然后一笔直下,更无回顾,真是其来无端,其去无迹,大有变化莫测之妙。至于写北征旅途所见,则用移步换形法,随着诗人感情的变化,笔下的景色呈现出惨淡与明丽相映衬的色调。先由人烟萧索、猛虎苍崖的凄惨险绝景象,一变而为山果红黑、幽事可悦的佳境胜景,再变为鸱鸮鸣树、野鼠拱穴的一片恶景。险夷美恶,对照鲜明,笔底波澜,变幻神奇。写抵家一段,对儿女衣着及老妻施朱画眉的描写,顺叙中插补叙,补叙中又用倒接法,笔法参差错落,摇曳多姿。家事写毕,感慨踵至,转写时事,与第一段的辞阙遥遥承接,草蛇灰线,有迹可循。对时事的抒写,又突出地运用了夹叙夹议的手法,将叙事、议论、抒情、写景巧妙地结合起来,最后以开国君王暗勉当今君主作结,既是回应首句，又是寄望无穷，既顾及章法的严谨，又在终篇之际留有余韵。

原文

北 征

皇帝二载秋，闰八月初吉。杜子将北征，苍茫问家室。
维时遭艰虞，朝野少暇日。顾惭恩私被，诏许归蓬荜。
拜辞诣阙下，怵惕久未出。虽乏谏诤姿，恐君有遗失。
君诚中兴主，经纬固密勿。东胡反未已，臣甫愤所切。
挥涕恋行在，道途犹恍惚。乾坤含疮痍，忧虞何时毕！
靡靡逾阡陌，人烟眇萧瑟。所遇多被伤，呻吟更流血。
回首凤翔县，旌旗晚明灭。前登寒山重，屡得饮马窟。
邠郊入地底，泾水中荡潏。猛虎立我前，苍崖吼时裂。
菊垂今秋花，石戴古车辙。青云动高兴，幽事亦可悦。
山果多琐细，罗生杂橡栗。或红如丹砂，或黑如点漆。
雨露之所濡，甘苦齐结实。缅思桃源内，益叹身世拙。
坡陀望鄜畤，岩谷互出没。我行已水滨，我仆犹木末。
鸱鸟鸣黄桑，野鼠拱乱穴。夜深经战场，寒月照白骨。

潼关百万师，往者散何卒？遂令半秦民，残害为异物。
况我堕胡尘，及归尽华发。经年至茅屋，妻子衣百结。
恸哭松声回，悲泉共幽咽。平生所娇儿，颜色白胜雪。
见爷背面啼，垢腻脚不袜。床前两小女，补绽才过膝。
海图坼波涛，旧绣移曲折。天吴及紫凤，颠倒在裋褐。
老夫情怀恶，呕泄卧数日。那无囊中帛，救汝寒凛栗。
粉黛亦解包，衾裯稍罗列。瘦妻面复光，痴女头自栉。
学母无不为，晓妆随手抹。移时施朱铅，狼藉画眉阔。
生还对童稚，似欲忘饥渴。问事竞挽须，谁能即嗔喝？
翻思在贼愁，甘受杂乱聒。新归且慰意，生理焉得说！
至尊尚蒙尘，几日休练卒？仰观天色改，坐觉妖氛豁。
阴风西北来，惨淡随回纥。其王愿助顺，其俗善驰突。
送兵五千人，驱马一万匹。此辈少为贵，四方服勇决。
所用皆鹰腾，破敌过箭疾。圣心颇虚伫，时议气欲夺。
伊洛指掌收，西京不足拔。官军请深入，蓄锐伺俱发。
此举开青徐，旋瞻略恒碣。昊天积霜露，正气有肃杀。
祸转亡胡岁，势成擒胡月。胡命其能久，皇纲未宜绝。
忆昨狼狈初，事与古先别。奸臣竟菹醢，同恶随荡析。
不闻夏殷衰，中自诛褒妲。周汉获再兴，宣光果明哲。

桓桓陈将军，仗钺奋忠烈。微尔人尽非，于今国犹活。

凄凉大同殿，寂寞白兽闼。都人望翠华，佳气向金阙。

园陵固有神，扫洒数不缺。煌煌太宗业，树立甚宏达。

敢于攀登　俯视一切

杜甫《望岳》赏析

萧涤非

❧ 作者介绍 ❧

萧涤非（1906—1991），江西临川人。1930年毕业于清华大学，1933年毕业于清华大学研究院后任教于山东大学。抗日战争时期任职西南联大。1947年回山东大学后历任中文系主任、教授，硕士、博士研究生导师。

❧ 推荐词 ❧

不怕困难、敢于攀登绝顶、俯视一切的雄心和气概，这正是杜甫能够成为一个伟大诗人的关键所在，也是一切有所作为的人所不可缺少的。这也是这两首诗千百年来一直为人们所传诵，而至今仍能引起我们强烈共鸣的原因。

岱宗夫如何？齐鲁青未了。

造化钟神秀，阴阳割昏晓。

荡胸生层云，决眦入归鸟。

会当凌绝顶，一览众山小。

杜甫《望岳》诗，共有三首，分咏东岳（泰山）、南岳（衡山）、西岳（华山）。这一首是望东岳泰山。开元二十四年（736），二十四岁的诗人开始过一种"裘马清狂"的漫游生活。此诗即写于北游齐、赵（今河南、河北、山东等地）时，是现存杜诗中年代最早的一首，字里行间洋溢着青年杜甫那种蓬勃的朝气。

全诗没有一个"望"字，但句句写向岳而望。距离是自远而近，时间是从朝至暮，并由望岳悬想将来的登岳。

首句"岱宗夫如何？"写乍一望见泰山时，高兴得不知怎样形容才好的那种揣摩劲和惊叹仰慕之情，非常传神。岱是泰山的别名，因居五岳之首，故尊为岱宗。"夫如何"，就是到底怎么样呢？"夫"字在古文中通常是用于句首的虚字，这里把它融入诗句中，是个新创，很别致。这个"夫"字，虽无实在意义，却少它不得，所谓"传神写照，正在阿堵中"。

"齐鲁青未了"，是经过一番揣摩后得出的答案，真是惊人之句。它既不是抽象地说泰山高，也不是像谢灵运《泰山吟》那样用"崔崒刺云天"这类一般化的语言来形容，而是别出心裁地写出自己的体验——在古代齐、鲁两大国的国境外还能望见远远横亘在那里的泰山，以距离之远来烘托出泰山之高。泰山之南为鲁，泰山之北为齐，所以这一句描写出地理特点，写其他山岳时不能挪用。明代莫如忠《登东郡望岳楼》诗说："齐鲁到今青未了，题诗谁继杜陵人？"他特别提出这句诗，并认为无人能继，是有道理的。

"造化钟神秀，阴阳割昏晓"两句，写近望中所见泰山的神奇秀丽和巍峨高大的形象，是上句"青未了"的注脚。"钟"字，将大自然写得有情。山前向日的一面为"阳"，山后背日的一面为"阴"，由于山高，天色的一昏一晓判割于山的阴、阳两面,所以说"割昏晓"。"割"本是个普通字,但用在这里,确是"奇险"。由此可见,诗人杜甫那种"语不惊人死不休"的创作作风,在他的青年时期就已养成。

"荡胸生层云,决眦入归鸟"两句,是写细望。见山中云气层出不穷,故心胸亦为之荡漾;因长时间目不转睛地望着,故感到眼眶有似决裂。"归鸟"是投林还巢的鸟,可知时已薄暮,诗人还在望。不言而喻,其中蕴藏着诗人对祖国河山的热爱。

"会当凌绝顶,一览众山小"这最后两句,写由望岳而产生的登岳的意愿。"会当"是唐人口语,意即"一定要"。如王勃《春思赋》:"会当一举绝风尘,翠盖朱轩临上春。"有时单用一个"会"字,如孙光宪《北梦琐言》:"他日会杀此竖子!"即杜诗中亦往往有单用者,如"此生那老蜀,不死会归秦!"(《奉送严公入朝》)如果把"会当"解作"应当"便欠准确,神气索然。

从这两句富有启发性和象征意义的诗中,可以看到诗人杜甫不怕困难、敢于攀登绝顶、俯视一切的雄心和气概。这正是杜甫能够成为一个伟大诗人的关键所在,也是一切有所作为的人们所不可缺少的。这就是这两句诗千百年来一直为人们所传诵，而至今仍能引起我们强烈共鸣的原因。清代浦起龙认为杜诗"当以是为首"，并说"杜子心胸气魄，于斯可观。取为压卷，屹然作镇"（《读杜心解》），也正是从这两句诗的象征意义着眼的。杜甫在这两句诗中所表现的力争上游的精神，和他在政治上"窃比稷与契"，在创作上"气劘屈贾垒，目短曹刘墙"，正是一致的。此诗被后人誉为"绝唱"，并刻石为碑，立在山麓。无疑，它将与泰山同垂不朽。

穷年忧黎元　浩歌惊千古

杜甫《自京赴奉先县咏怀五百字》赏析

葛晓音

作者介绍

葛晓音，1946年生于上海，1968年毕业于北京大学中文系。1982年获北京大学文学硕士学位。北京大学中文系教授、博士生导师，东京大学客座教授。出版有著作《八代诗史》、《汉唐文学的嬗变》、《诗国高潮与盛唐文化》、《山水田园诗派研究》、《唐宋散文》、《中国名胜与历史文化》、《古诗艺术探微》等。

推荐词

十年奔走豪门的生涯，使诗人熟知上层统治阶级的骄奢淫逸和政治的腐败黑暗；贫病交迫，又使他对社会弊端和民生疾苦体察尤深。久已积压在心头的政治危机感和大乱将临的预感，被眼前与皇帝咫尺天涯的情景所触动，发为深沉的忧国忧民的浩叹，便更觉恳切沉痛。

杜陵有布衣,老大意转拙。许身一何愚,窃比稷与契。
居然成濩落,白首甘契阔。盖棺事则已,此志常觊豁。
穷年忧黎元,叹息肠内热。取笑同学翁,浩歌弥激烈。
非无江海志,潇洒送日月。生逢尧舜君,不忍便永诀。
当今廊庙具,构厦岂云缺?葵藿倾太阳,物性固难夺。
顾唯蝼蚁辈,但自求其穴。胡为慕大鲸,辄拟偃溟渤?
以兹悟生理,独耻事干谒。兀兀遂至今,忍为尘埃没?
终愧巢与由,未能易其节。沉饮聊自适,放歌颇愁绝。
岁暮百草零,疾风高冈裂。天衢阴峥嵘,客子中夜发。
霜严衣带断,指直不得结。凌晨过骊山,御榻在嵽嵲。
蚩尤塞寒空,蹴蹋崖谷滑。瑶池气郁律,羽林相摩戛。
君臣留欢娱,乐动殷胶葛。赐浴皆长缨,与宴非短褐。
彤庭所分帛,本自寒女出。鞭挞其夫家,聚敛贡城阙。
圣人筐篚恩,实欲邦国活。臣如忽至理,君岂弃此物?

多士盈朝廷，仁者宜战栗。况闻内金盘，尽在卫霍室。
中堂舞神仙，烟雾散玉质。暖客貂鼠裘，悲管逐清瑟。
劝客驼蹄羹，霜橙压香橘。朱门酒肉臭，路有冻死骨。
荣枯咫尺异，惆怅难再述。北辕就泾渭，官渡又改辙。
群冰从西下，极目高崒兀。疑是崆峒来，恐触天柱折。
河梁幸未坼，枝撑声窸窣。行旅相攀缘，川广不可越。
老妻寄异县，十口隔风雪。谁能久不顾，庶往共饥渴。
入门闻号咷，幼子饥已卒。吾宁舍一哀，里巷亦呜咽。
所愧为人父，无食致夭折。岂知秋禾登，贫窭有仓卒？
生常免租税，名不隶征伐。抚迹犹酸辛，平人固骚屑。
默思失业徒，因念远戍卒。忧端齐终南，澒洞不可掇。

在杜甫的诗歌中，《自京赴奉先县咏怀五百字》可说是最集中地披露诗人一生心事的长篇。这首诗作于天宝十四载。当时杜甫已在长安旅食十年，虽多方干求，而功业一无所成。到这一年的十月，才得了右卫率府兵曹参军的任命。十一月离京赴奉先县探家。安禄山恰在此时反叛，但长安尚未证实反讯，唐玄宗和杨贵妃还在骊山华清宫避寒享乐。而杜甫从长安到奉先，正经过骊山。十年奔走豪门的生涯，使诗人熟知上层统治阶级的骄奢淫逸和政治的腐败黑暗；贫病交迫，又使他对社会弊端和民生疾苦体察尤深。久已积压在心头的政治危机感和大乱将临的预感，被眼前与皇帝咫尺天涯的情景所触动，发为深沉的忧国忧民的浩叹，便更觉恳切沉痛。

全诗以还家探亲的过程作为主线，虽然从结构上可分为明志述怀、途经骊山和行路到家三部分，而以咏怀为一篇正意。所以发端开门见山，直陈平生抱负。诗人自称杜陵布衣，亮出私下以稷与契这两个辅佐虞舜的贤臣自比的大志，虽然极其自负自信，却以自嘲越老越拙的口气出之，是饱含着半世穷愁潦倒的满腔辛酸的。但明知许身太愚，仍然矢志不移，又表现了诗人追求理想的执着信念。第一大段正是围绕着这一主旨反复转折，从各种角度层层推复，表白自己坚持既定人生道路的决心。首先从自己已经弄得一事无成的处境来说，反过来表示只要有朝一日志愿能够实现，就甘心为此受苦到老，直待盖棺才算罢休。其次，又强调尽管被同学老先生所取笑，仍不能改变为百姓忧虑的热肠，只能更加激发起拯世济民的慷慨意气。古今之士向来都以"达则兼济天下，穷则独善其身"作为处世立身的准则，杜甫却唱出了

"穷年忧黎元"的浩歌。这是他的伟大精神之所在，却也正是他不能为众人所理解的原因。由此又自然引出下一层转折：原来诗人并非没有遁迹江海、潇洒山林以独善其身的出世之想，只是生逢尧舜般的明君，不忍与之诀别罢了。这里称唐玄宗为尧舜之君，固然已不合事实，但玄宗确曾有过励精图治的前半生，盛唐诗人称之为明君，并以生逢盛世为自豪，并不是颂美的虚套。"理齐小狎隐"（王维《留别山中温古人上兄并示舍弟缙》），"逢时解薜萝"（张九龄《商洛山行怀古》），正是穷达出处的原则在盛唐时代条件下的变通。杜甫的青壮年时代在开元年间度过，生逢明君而不甘退隐的思想与盛唐精神的影响有关。所以就是在玄宗已经变得骄奢荒淫的晚年，诗人也没有放弃"致君尧舜上"的幻想。这就又转出一层反问：既逢治世明君，朝廷济济多士，廊庙里有的是栋梁之材，哪里还缺自己这块料呢？诗人又随即自答：即使如此，其恋阙之心也依然不变，只是因为天性如葵藿之向日，难以改变罢了。"葵"指胡葵，又名卫足葵、吴葵等，是锦葵科的宿根草本，藿是豆叶，二者有倾叶向阳的特性，故以为喻。曹植《求通亲亲表》说："若葵藿之倾叶，太阳虽不为之回光，然终向之者，诚也。"这里一方面表白忠君的诚意，另一方面也含有企望皇帝"垂三光之明"的意思。如此汲汲于进取，恐怕难免被人误解为过于热衷名利，因此下面又补充说明其本心可不是像蝼蚁那样为自己营穴，而是要像巨鲸般志在万里，在大海中游息。正因如此执着于人生的大道，又羞于干谒权贵，才会耽误生计，至今埋没风尘。但就是到了这般地步，亦始终不肯归隐，只能愧对巢父、许由，以饮酒赋诗解愁破闷了。这一大段一气五六层转折，跌宕起伏，连绵不断，像剥茧抽丝一样，后一层意思从前一层意思中引出，先反后正，自嘲自解，在回顾往事的万般感慨中倾吐出不遇之悲和身世之感。理想与现实的矛盾、出仕和归隐的矛盾也在痛苦的反省中得到解决。最后又轻巧地将散开的思绪再度兜转来，回到了眼前廓落无成的处境。这样抒发感慨，以议论推驳的层次形成意思的回环往复，保持了古诗一唱三叹的情韵，正体现了杜甫以议论入诗而又不失诗味的艺术独创性。

第二大段夹叙夹议，记述途经骊山的见闻和感想。从结构上看似与第一段关联不大。然而从思想感情的内在联系来看，其实是上文所述用世之志的进一步深化。开头先写半夜出发，凌晨经过骊山，用十句的篇幅铺叙一路风高霜严、雾重路滑的情景，并不仅仅是说明时近岁暮、路途艰难的闲笔。这一段写景先从大处渲染出百草凋零、天色阴沉、疾风劲厉的阴寒气氛，又缀以手指冻直竟致为束衣御寒而拉断了衣带都不能结上的这一细节，令人身临其境地感受到行旅风霜之苦，都是从烘托骊宫之外的寒气着眼，衬出骊山华清宫内的暖意，使宫内宫外的苦乐之别形成更为鲜明的反差。同样，在抵达骊山时，才描写充塞冷空的大雾，不仅真切地绘出了冬晓之景，也恰好与骊山温泉蒸气郁勃的景象形成冷暖的对照。这就为下文的"路有冻死骨"，预先留下了伏笔。

骊宫已近在咫尺，连羽林军校军器相碰的声响都能听到。但一墙之隔，何啻天壤。处在这种特殊的境地，诗人自不免感慨万端：君臣在此只顾寻欢作乐，音乐声甚至响彻云霄，想必是皇帝正在给从臣赐浴赐宴。参加的当然都是冠缨之臣，绝不会有身着"短褐"的平民百姓。此处用"短褐"，与首句"杜陵有布衣"照应，含意相当微妙：诗人虽然志在"致君尧舜上"，然而连当从臣的份儿都没有，此情此景，不能不勾起他半世不遇的牢骚和愤激。《老子》有"被褐怀玉"之句，因而以"短褐"自称，又暗含"怀玉"

之士的傲气和不平。参照下文对"臣如忽至理"的批评，更可见出与宴的"长缨"们其实只是些贪婪庸鄙的禄蠹，真正关怀国事的志士却被排除在廊庙之外。玄宗的作为是否合乎尧舜之君的标准，也就无须明言了。

下面在皇帝的众多赏赐中单挑出分帛一事来议论，暗用《诗经·小雅·鹿鸣》中"既饮食之，又实币帛筐篚，以将其厚意"的典故，按照饮宴之后赐帛的礼制，承接上文，顺理成章。从字面上看，是以绫罗与粗褐相对，照顾意思的自然连属；从章法立意着，则是从渲染宫巾的暖意着笔，与织帛的寒女相对；而从所选事例的典型性者，又揭示了唐代统治阶级最基本的剥削方法——租庸调的实质。诗人强调这些绢帛是民间寒女辛辛苦苦织成，由官吏们用鞭挞其夫家的手段从她们家中横征暴敛得来的，这就一针见血地指出上层统治者骄奢淫逸的生活正建筑在剥削掠夺劳动人民所创造的财富之上。皇帝将这些搜刮来的绫罗绸缎分赏群臣，是要他们安邦治国，然而大臣们并不理会此意，皇帝也就等于白扔了这些东西。朝廷虽称多士，却还要一个布衣来向他们呼吁：仁者之心当为国事警惕恐惧！这岂不是极大的讽刺？如果说此处出于不得已，尚须对"君"稍加回护，那么下文明言直指宫中珍宝都进了贵戚之门，便对皇帝更逼近了一步。"卫霍"指汉武帝的外戚卫青和霍去病。卫青是汉武帝皇后卫子夫的同母弟。霍去病是卫青之姐卫少儿的私生子，其父霍仲孺后来生霍光，是西汉后期极有权势的著名外戚。这里借喻杨贵妃的兄弟杨国忠和姐妹虢国夫人、秦国夫人等。据乐史《杨太真外传》说："（玄宗）又赐虢国（夫人）照夜玑，秦国（夫人）七叶冠，（杨）国忠镍子帐，盖希代之珍，其恩宠如此。"下面铺叙"中堂"酒宴之豪奢侈靡这一段，也不是凭空想象，泛泛而论。据《资治通鉴》卷二一六载："时诸贵戚竞以进食相尚，上命宦官姚思艺为检校进食使，水陆珍馐数千盘，一盘费中人十家之产。"可见诗中所写贵戚生活均是史实，在当时有明确的针对性。女主人身笼烟雾般的轻纱薄罗，盘中堆压着甘凉的霜橙香橘，更以貂裘暖客，以驼蹄羹劝食，珍馐美味视若平常，酒肉凡品自然只能任其臭腐了。宫内宫外的寒暖对照，何其分明！这一对照正合时令实景，又从本质上概括了下层寒士贫民与上层统治阶级苦乐迥异的生活感受。至此，诗人不知不觉大声呼出"朱门酒肉臭，路有冻死骨"这一联千古名句，便成为诗情发展的必然。这是从诗人"穷年忧黎元"的一片热肠中自然迸发的浩叹。高度概括的语言使贫富悬殊、阶级对立的社会现象通过眼前情景的对照更加触目惊心,同时又在达到高潮时暗中结上启下,不露痕迹地转回到路上的情景。

最后一段写诗人继续北上、辛苦跋涉的情状以及到家后的凄惨境况。如果说从长安到骊山,着重写山路的艰险,那么从骊山到奉先则主要写水路的难行。这样突出两段路程的不同特点,一则可避免平铺直叙,二则在章法上又正取得一山一水的对应,在以还家过程为主线的顺序记叙中又顾及了结构的对称美。"群冰"句一作"群水",向来存疑。今知黄河每年封冻前有凌汛,大量冰凌随河水流下。杜甫探家正是入冬季节,这句写的就是这种景象,因此应以"冰"为是。此处用共工氏怒触不周山的典故,形容泾渭水势浩荡,夹着冰凌从西而下,竟致令人产生恐触天柱折的惊悸之感,句句是实景,又流露出时势将乱的隐忧。景物描写中这类似有若无的暗示,没有象征和比兴那样明确的寓意,因而最适宜于表现朦胧的预感,杜甫常用此法,这也是他对传统比兴手法的创变。

途中的艰难,足见与家人团聚的不易。但倘能与寄居异县、为风雪阻隔的十口之家共受饥渴,纵然历尽千辛万苦,也得到了补偿，谁知一进门就听到幼子饿死的噩耗！这里将途中渴望与家人相见的急迫心情与入门先闻号啕之声的情景衔接得如此紧密，诗人到家先遭迎头一击的情景便在这戏剧化的场面中得到了充分表现。下文写自己宁愿割舍一哀以强自宽慰，是因为唐代有遵《礼经》不哭丧婴的习俗。这里感情表达虽然较为克制，但上文已将诗人在精神上所遭受的沉重打击表现得极其突然和意外，又有邻里都为之呜咽的悲惨气氛从侧面烘托，反觉比失声恸哭更令人伤心。一个下层官吏，家里还享有蠲免赋役的待遇，其幼子尚且在秋禾登场时无食而卒，何况一般平民百姓？诗人的可贵正在于能够看到这件事本身的典型意义，由自己徒为人父、不能育子的境遇联想到更加困苦的广大人民。"默思失业徒，因念远戍卒"针对自己"生常免租税，名不隶征伐"而言，不仅表现了推己及人的"仁者之心"，而且从贫困失业之徒和远征边戍之卒的"骚屑"中看到了一触即发的政治危机，这正是令仁者"战栗"的原因呵！这就难怪诗人的忧愤高如终南，像大海般浩茫无际了。如大潮般汹涌而来的诗情在此陡然闸住，使全诗产生了"篇终接混茫"的艺术力量。

魏晋以来，咏怀类诗大多用花喻寄兴的手法，采取五言古诗的体裁，集中反映作家对社会和人生的感想。杜甫的这首长篇咏怀诗则吸取建安诗人王粲《七哀诗》和蔡琰《悲愤诗》根据自身经历抒发所见所感的写法，以还家探亲的过程为全篇主线，穿插沿途见闻，把直抒胸臆、慷慨述怀、长篇议论，和具体的叙事、细节的描绘、用典的技巧，以及对巨大社会内容的高度概括，和谐地统一在完整的艺术结构中，从而为咏怀诗开创出全篇议论与叙事相交融的新形式。其开合排荡，穷极笔力，深厚雄浑，体大思精，只有《北征》可与之媲美。但此诗章法构思较《北征》更为精密，可谓无一字落空，无一处闲笔，而又自然浑成，只见精神，不见语言文字之工，堪称最见杜甫平生大本领的代表作。

黄鹤凤凰谁更美

崔颢《黄鹤楼》、李白《登金陵凤凰台》赏析

施蛰存

作者介绍

施蛰存（1905—2003），中国现代著名作家、文学翻译家、学者，华东师范大学中文系教授。

推荐词

李白此诗，从思想内容、章法、句法来看，是胜过崔颢的。然而李白有模仿崔诗的痕迹，也无可讳言。这绝不是像沈德潜所说的"偶然相似"，我们只能评之为"青出于蓝"。

黄鹤楼

崔颢

昔人已乘白云去,此地空余黄鹤楼。

黄鹤一去不复返,白云千载空悠悠。

晴川历历汉阳树,春草萋萋鹦鹉洲。

日暮乡关何处是,烟波江上使人愁。

登金陵凤凰台

李白

凤凰台上凤凰游,凤去台空江自流。

吴宫花草埋幽径,晋代衣冠成古丘。

三山半落青天外,二水中分白鹭洲。

总为浮云能蔽日,长安不见使人愁。

这是两首极著名的唐代七言律诗。作者崔颢和李白是同时代人。崔颢登武昌黄鹤楼,题了一首诗,写景抒情,当时被认为是杰作。据说李白也上黄鹤楼游览,看见崔颢的诗,就不敢题诗,只写了两句:"眼前有景道不得,崔颢题诗在上头。"后来李白到南京,游凤凰台,才作了一首诗,显然是有意和崔颢竞赛。从此之后,历代欣赏唐诗的人,都喜欢把这两首诗来评比。议论纷纷,各有看法。现在我们把前人各种评论介绍一下,然后谈谈我的意见。

崔颢,不知其字。汴州(今开封)人。开元十三年登进士第,累官至司勋员外郎,天宝十三年卒。《河岳英灵集》说:"颢少年为诗,属意浮艳,多陷轻薄。晚节忽变常体,风骨凛然,鲍照、江淹,须有惭色。"崔颢的诗,现在只存数十首,并没有浮艳轻薄之作,可能已删除了少年时诗。《唐诗记事》说他"有文无行",似乎他的品德很坏,但到底如何无行,却不见于唐宋人记载。元代辛文房的《唐才子传》中才有具体的记载,说他"行履稍劣,好蒲博,嗜酒,娶妻择美者,稍不惬即弃之,凡易三四"。原来只是爱赌博、喝酒、好色而已。说他"行履稍劣"也还公平,说他"有文无行"恐怕太重了。

黄鹤楼在武昌长江边,是历史上的名胜古迹。新中国成立后为建长江大桥，这座楼被拆除，准备换一个地方重建。因此拆除下来的建筑材料都编号保存。听说近来已在重建。

崔颢这首诗有不同的文本。第一句"昔人已乘白云去"，近代的版本都是"昔人已乘黄鹤去"。唐代三个选本《国秀集》、《河岳英灵集》、《又玄集》，宋代的《文苑英华》、《唐诗记事》、《三体唐诗》，元代的选集《唐音》，都是"白云"，而元代另一个选集《唐诗鼓吹》却开始改为"黄鹤"。从此以后，从明代的《唐诗品汇》、《唐诗解》，直到清代的《唐诗别裁》、《唐诗三百首》等，都是"黄鹤"了。由此看来，似乎在金元之间，有人把"白云"改作"黄鹤"，使它和下句的关系扣紧些。但是晚唐的选本《又玄集》在诗题下加了一个注："黄鹤乃人名也。"这个注非常奇怪，好像已知道有人改作"黄鹤"，因此注明黄鹤是人名，以证其误。这样看来，又仿佛唐代末年已经有改作"黄鹤"的写本了。我们现在所见到的《又玄集》，是从日本传回来，1959年由古典文学出版社据日本刻本影印，未必是原本式样。这个注可能是后人所加，而不是此书编者韦庄的原注。《唐诗解》的著者唐汝询在此句下注道："黄鹤，诸本多作白云，非。"他所谓诸本，是他所见同时代流行的版本。他没有查考一下唐宋旧本,不知道唐宋诸本都作白云。他武断地肯定了黄鹤,使以后清代诸家都跟着他错了。此外,"春草萋萋",唐宋许多选本均同,只有《国秀集》作"春草青青"。从《唐诗鼓吹》开始,所有的版本都改作"芳草萋萋"了。可见这个字也是金元时代人所改。现在我们根据唐宋旧本抄录。

黄鹤楼的起源,有各种不同的记载。《齐谐记》说黄鹤楼在黄鹤山上,仙人王子安乘黄鹤过此山,因此山名黄鹤。后人在山上造一座楼,即名为黄鹤楼。《述异记》说,荀环爱好道家修仙之术,曾在黄鹤楼上望见空中有仙人乘鹤而下。仙人和他一同饮酒,饮毕即骑鹤腾空而去。唐代的《鄂州图经》说,黄文祎登仙之后,曾驾黄鹤回来,在此山上休息。总之,都是道家的仙话。有仙人骑黄鹤,在此山上出现,然后把山名叫做黄鹤山。有了黄鹤山,然后有黄鹤楼。或者是先有山名,然后有传说。为了附会传说,方造起一座黄鹤楼。中国名胜古迹,大多如此。但黄鹤是人名,却毫无根据,这个注是胡说。

自从唐汝询否定了"白云"之后,还有人在讨论"白云"与"黄鹤"的是非。于是金圣叹出来助阵,极力为"黄

鹤"辩护。他说:

> 此即千载喧传所云黄鹤楼诗也。有本乃作"昔人已乘白云去",大谬。不知此诗正以浩浩大笔连写三黄鹤字为奇耳。且使昔人若乘白云,则此楼何故乃名黄鹤。此亦理之最浅显者。至于四之忽陪白云,正妙于有意无意,有谓无谓。若起手未写黄鹤,先已写白云,则是黄鹤与白云,两两对峙,黄鹤固是楼名,白云出于何典耶?且白云既是昔人乘去,而至今尚见悠悠,世岂有千载白云耶?不足当一噱已。

金圣叹这一段辩解,真可当读者一噱。他煞费苦心地辩论此句应为"黄鹤"而不是"白云",但是对于一个关键问题,他只好似是而非地躲闪过去。我们以为崔颢此诗原作必是"白云"。一则有唐宋诸版本为证,二则此诗第一、二联都以"白云"、"黄鹤"对举。没有第一句的"白云",第四句的"白云"从何而来?金圣叹也看出这一破绽,觉得无以自解,就说:好就好在"有意无意,有谓无谓"。这是故弄玄虚的话。这四句诗都可以实实在在地按字面解释,没有抽象的隐喻,根本不是"有意无意,有谓无谓"的句法。所以我们说他讲到这里,便躲躲闪闪地把话支吾开去了。"昔人已乘白云去",是说古人已乘云仙去,接着说今天此地只剩下黄鹤楼这个古迹。第三、四句又反过来说:黄鹤既已一去不返,楼上也不再见到黄鹤,所能见到的只是悠悠白云,虽然事隔千年,白云却依然如故。四句之中,用了两个"去"字,两个"空"字,完全是"有意"的、"有谓"的。总的意思,只是说:仙人与黄鹤,早已去了;山上的楼台和天上的白云却依然存在。"空"字有徒然的意思,这千年之中,没有人再乘白云去登仙,所以说这些白云是徒然地悠悠飘浮着。金圣叹又以为"白云"与"黄鹤"不能对峙,因为黄鹤是楼名,而白云没有出典。这个观点也非常奇怪。第一,律诗的对偶,只要求字面成对,并不要求典故必须与典故成对。按照圣叹的观念,则李商隐诗"此日六军同驻马,当时七夕笑牵牛",牵牛是星名,驻马又是什么?岂非也不能对吗?第二,如果一定要以典故对典故,那么,此句中的"白云"还是用了西王母赠穆天子诗中的"悠悠白云"的典故,圣叹不会不知道。第三,在这首诗中,"白云"和"黄鹤"不是对峙,而是对举。唐人七言律诗中,常见运用这一手法。这四句诗,如果依照作者的思维逻辑来排列,应该写成:

昔人已乘白云去，——白云千载空悠悠。

黄鹤一去不复返，——此地空余黄鹤楼。

第一句的"白云"和第三句的"黄鹤"是虚用，实质上代替了一个"仙"字。第二句的"黄鹤"和第四句的"白云"是实用，表示眼前的景物。经过这样一分析，谁都可以承认原作应该是"乘白云去"，而金圣叹却说：白云既是昔人乘去，而至今尚见悠悠，世岂有千载白云耶？这话已近于无赖。依照他的观念，昔人既已乘白云而去，今天的黄鹤楼头就不该再有白云了。文学语言有虚用实用之别，圣叹似乎没有了解。

元稹有一首《过襄阳楼》诗，以"楼"与"水"双举，今附见于此，作为参考：

襄阳楼下树阴成，荷叶如钱水面平。

拂水柳花千万点，隔楼莺舌两三声。

有时水畔看云立，每日楼前信马行。

早晚暂教王粲上，庾公应待月华明。

此诗接连三联都用"楼"与"水"，而彼此都没有呼应作用，手法还不如崔颢严密。而金圣叹却大为称赞，评曰："一时奇兴既发，妙笔又能相赴。"由此可见圣叹评诗，全靠一时发其"奇兴"，说到哪里是哪里，心中本无原则。他的《选批唐才子诗》，尽管有不少极好的解释，但前后自相矛盾处也很多。

这四句诗虽是七律的一半，但是用双举手法一气呵成，并无起承的关系。况且第三、四句又不作对偶，论其格式，还是律诗音调的古诗。下面第五、六句才转成律诗，用一联来描写黄鹤楼上所见景色：远望晴朗的大江对岸，汉阳的树木历历可见。江中则鹦鹉洲上春草萋萋，更是看得清楚。可是，一会儿已到傍晚，再想眺望得远些，看看家乡在何处，这时江上已笼罩着烟雾，看不清了，叫人好不愁恼。这样就结束了全诗。

方虚谷说："此诗前四句不拘对偶，气势雄大。"李宾之说："律犹可间出古意，古不可涉律。此篇律间涉古，要自不厌。"吴昌祺说："不古不律，亦古亦律，千秋绝唱，何独李唐。"以上三家，都注意于诗体。前四句不对，平仄也不很粘缀，是古诗形式。后四句忽然变成律诗。这种诗体，在盛唐时期，还是常见的。这是律诗尚未定型的时期的作品，并不是作者的特点。"气势雄大"成为"千秋绝唱"，其实与诗体无关。这首诗之所以好，只是流利自然，主题思想表现得明白，没有矫作的痕迹。在唐诗中，它不是深刻的作品，但容易为大众所欣赏，因而成为名作。

李白的诗，绝大多数也是这样的风格，所以他登上黄鹤楼，看到壁上崔颢这首诗，感到自己不易超过，就不敢动笔。但是他还是写了一首《鹦鹉洲》，其实可以说是《黄鹤楼》的改名，却写得不好，后世也没有人注意。大概他自己也有些丧气，心中不平，跑到南京，游凤凰台，再刻意作了一首，才够得上和崔颢竞赛的资格。

凤凰台在南京西南凤凰山上。据说刘宋元嘉年间曾有凤凰栖止在山上，后来就以凤凰为山名。李白在唐明皇宫中侍候了一阵皇帝和贵妃，被高力士、杨国忠等人说了许多坏话，皇帝对他开始有点冷淡。他就自己告退，到齐、鲁、吴、越去遨游。在一个月夜，和友人崔宗之同上凤凰台。最初的感想和崔颢一样，曾经有过凤凰的台，现在已不见凤凰，只剩一座空台，台下的江流还在滔滔东流。第二联的感想是崔颢所没有的。他想起：金陵是东吴、东晋两朝的国都，如今吴大帝宫中的花草早已埋在荒山上小路边，晋朝的那些衣冠人物也都成累累古墓了。"花草"是妃嫔、美人的代词，"衣冠"是贵族人物的代词，这一联使这首诗有了怀古的意味，如果顺着这一思想路线写下去，势必成为一首怀古诗了。幸而作者立即掉转头来，看着眼前风景：城北长江边的三山，被云雾遮掩了一半，从句容来的一道水，被白鹭洲中分为二，一支流绕城外，一支流入城内，就成为秦淮河。不说山被云遮了半截，而说是半个山落在天外。一则是为了要和下句"白鹭"作对，二则是埋伏一个"云"字，留待下文点明。"二水中分白鹭洲"，其实是白鹭洲把一水中分为二，经过艺术处理，锻炼成这样一联。这一联相当于崔颢的"晴川，春草"一联。最后一联结尾，就和崔颢不同了。李白说：总是由于浮云遮掩了太阳，所以无法望到长安，真叫人好不愁恼。

　　崔颢因"日暮"而望不到"乡关"，他的愁是旅客游子的乡愁。李白因"浮云蔽日"而望不到长安，他的愁属于哪一类型？这里就需要先明白"浮云"、"太阳"和"长安"的关系，以及它们在文学上的比喻意义。古诗有"浮云蔽白日，游子不顾返"二句，这是"浮云蔽白日"被诗人用作比喻的开始。陆贾《新语》有一句"邪臣之蔽贤，犹浮云之蔽日月"。这是把浮云比为奸邪之臣,把日月比为贤能之臣。此外,太阳又是帝王的象征。《尚书》里就有"时日曷丧,予及汝偕亡",就是人民把太阳来代表君王的。因此"浮云蔽日"有时也用以比喻奸臣蒙蔽皇帝。《世说新语》里记了一个故事: 晋明帝司马绍小时,他父亲元帝司马睿问他:"是长安近呢,还是太阳近?"这位皇太子回说: "太阳近。"皇帝问是什么理由。他说: "现在我抬眼只见太阳,不见长安。"从这个故事开始,"日"与"长安"又发生了关系。李白这两句诗,是以这些传统比喻为基础的。"浮云蔽日"是指高力士、杨国忠等人蒙蔽明皇。"长安不见"是用以表示自己不能留在皇城。这样讲明白了,我们就可知李白的愁是放臣逐客的愁,是屈原式的政治性的愁。

这两首诗,在文学批评家中间引起了优劣论。严羽认为这首诗是"唐人七律第一"。刘后村以为李白此诗"可为崔颢敌手"。方虚谷说: "太白此诗,与《黄鹤楼》相似,格律气势,未易甲乙。"这是宋元人的意见。顾璘评《黄鹤楼》诗曰: "一气浑成,太白所以见屈。"王世懋以为李白不及崔颢。他的理由是: 二诗虽然同用"使人愁",但崔颢用得恰当,李白用得不恰当。因为崔颢本来不愁,看到江上烟波，才感到乡愁。这个"使"字是起作用的。李白是失宠之臣，肚子里早已装满愁绪，并非因登凤凰台才开始感到愁，他这个"使"字是用得不符合思想情绪的现实的。徐献忠评曰："崔颢风格奇俊，大有佳篇。太白虽极推《黄鹤楼》，未足列于上驷。"这都是明代人的意见。吴昌祺批李白诗道："起句失利，岂能比肩《黄鹤》。后村以为崔颢敌手，愚哉。一结自佳，后人毁誉，皆多事也。"这意思是说李诗起句不及崔诗，故没有与崔诗"比肩"的资格。但又暗暗地针对王世懋说，结句是好。金圣叹对李白此诗，大肆冷嘲。他说："然则先生当日定宜割爱，竟让崔家独步。何必如后世细琐文人，必欲沾沾不舍，而甘出于此哉。"这是干脆说李白当时应该藏拙，不必作此诗出丑。沈德潜评崔诗云："意得象先，神行语外。纵笔写出，遂擅千古之奇。"这一评语是恭维得很高的。他又评李白诗云："从心所造，偶然相似。必谓摹仿司勋，恐属未是。"这是为李白辩解，说他不是摹仿崔颢，而是偶然相似。以上是清代人的意见，此外肯定还有许多评论，不想再费时间去收集了。

大概《黄鹤楼》胜于《凤凰台》，这是众口一词的定评。《凤凰台》能否比美《黄鹤楼》，这是议论有出入的，到金圣叹，就把《凤凰台》一笔批倒了。现在我们把这两首诗放在一起做出评比。我以为，崔诗开头四句，实在是重复的。这四句的意境，李白只用两句就说尽了。这是李胜崔的地方。可是金圣叹却说：

> 人传此诗是拟《黄鹤》诗。设使果然，便是出手早低一格。盖崔第一句是去，第二句是空，今先生岂欲避其形迹，乃将去空缩入一句。既是两句缩入一句，必句上别添闲句。因而起云"凤凰台上凤凰游"，此于诗家赋比兴三者，意属何体哉？

吴昌祺也跟着说："起句失利，岂能比肩《黄鹤》？"可见他们都认为李白此诗起句疲弱，不及崔作之有气势。其实他们是以两句比两句，当然得出这样的结论。不知崔作第三、四句的内容，李诗已概括在第一、二句中，而李诗的第三、四句已转深一层，从历史的陈迹上去兴起感慨了。方虚谷说："此诗以《凤凰台》为名，而咏凤凰台不过起语两句，已尽之矣。"方氏此说有可取处，不过他没有说得透彻。他肯定李诗只用两句便说尽了崔诗四句的内容，故第一句并不是金圣叹所说的闲句。诗家用赋比兴各种表现手法，不能从每一句中去找。李诗前四句是赋体,本来很清楚。"凤凰台上凤凰游"虽然是一句,还只有半个概念,圣叹要问它属于何体,简直可笑。请问《诗经》第一篇第一句"关关雎鸠"属于何体,恐怕圣叹也答不上来。方虚谷的评语是指出李白用两句概括了凤凰台的历史和现状,而崔颢却用了四句。但是他把话说错了,使人得到一个印象,仿佛下面六句就与凤凰台无关了。一个"不过",一个"已尽",都是语病。这个语病,又反映出另外一个问题,这里顺便讲一讲。

诗人作诗,一般都是先有主题思想。主题思想往往是偶然获得的,可以说是一刹那间涌现的"灵感"。这个主题思想经过仔细组织,用适当的形象和辞藻写成为诗,然后给它安上一个题目。题目可以说明作品的主题,例如《白雪歌送武判官归京》,也可以不透露主题,例如《登金陵凤凰台》,更简单些,例如《黄鹤楼》,不透露主题的诗题,对诗的内容没有约束。在"黄鹤楼"这样的诗题下,可以用赋的手法描写黄鹤楼,也可以用比兴的手法借黄鹤楼来感今、怀古、抒情或叙事。方虚谷说李白用起语两句咏尽了凤凰台,这是他把这首诗看成咏物诗似的,两句既已咏尽,以下六句岂非多余。崔颢的四句,李白的两句,都只是全诗的起句,还没有接触到主题。句"尽"或"不尽"都没有关系,甚至"咏"或"不咏",也没有关系。作者,尤其是读者,都不该拘泥于诗题。苏东坡说过:"作诗必此诗,定知非诗人。"就是对这种情况而言。例如作一首咏梅花的诗,如果每句都写梅花,绝不说到别处去,这就可知作者不是一位诗人。所以我说,李白以两句概括了凤凰台,在艺术手法上确是比崔颢简练,但不能说是咏尽了凤凰台。

崔颢诗一起就是四句,占了律诗的一半,余意便不免局促,只好以"晴川、春草"两句过渡到下文的感慨,李白则平列两联,上联言吴晋故国的人物已成往事,下联则言当前风景依然是三山二水,从这一对照中,流露了抚今悼古之情,而且也恰好阐发了起句的意境。

最后二句,二诗同以感慨结束,且同用"使人愁"。二人之愁绪不同,我们已分析过。崔颢是为一身一己的归宿而愁,李白是为奸臣当道、贤者不得见用而愁,可见崔颢登楼望远之际,情绪远不如李白之积极。再说,这两句与上文的联系,也是崔不如李。试问"晴川历历,春草萋萋"与"乡关何处是"有何交代?这里的思想过程,好像缺了一节。李白诗的"三山、二水"两句,既承上,又启下,作用何等微妙！如果讲作眼前风景依然，这是承上的讲法；如果讲作山被云遮，水为洲分，那就是启下的讲法。从云遮山而想到云遮日，更引起长安不见之愁的思想过程，岂非表达得很合逻辑？而上下联的关系，也显得很密切了。萧士赟注曰："此诗因怀古而动怀君之思乎？抑亦自伤谗废，望帝乡而不见，乃触境而生愁乎？太白之意，亦可哀也。"这解释也完全中肯。因怀古而动怀君之思，"三山二水"两句实在是很重要的转折关键。

由此，我们可以做出结论，李白此诗，从思想内容、章法、句法来看，是胜过崔颢的。然而李白有摹仿崔诗的痕迹，也无可讳言。这绝不是像沈德潜所说的"偶然相似"，我们只能评之为"青出于蓝"。方虚谷以为这两首诗"未易甲乙"，刘后村以李诗为崔诗的"敌手"，都不失为持平之论。金圣叹、吴昌祺不从全诗看，只抠取起句以定高下，从而过分贬低了李白，这就未免有些偏见。

古来万事东流水

李白《梦游天姥吟留别》赏析

吴小如

作者介绍

吴小如,北京大学中文系、中国中古史研究中心教授,中央文史研究馆馆员。主编过《中国文化史纲要》,著有《读书丛札》、《中国文史工具资料书举要》等二十多种图书。

推荐词

此诗从艺术上看,可谓极创新之能事。但如经过仔细分析,则其特色不过熔《诗》、《骚》、汉赋、骈文、古乐府及近体诗于一炉,新则新矣,却无一笔无来历。所以我始终认为,只有对自己的民族文化遗产吸收得越多、寝馈得越久、钻研得越深、积累得越厚,才越能使自己作品的精神面貌给人以耳目一新、与众不同的感觉。锐意求新者必先"博观"、"厚积",并蓄兼收,有极高之修养,才会出现惊人之奇迹。

一

《梦游天姥吟留别》一本题作《别东鲁诸公》，另有一种唐人选本作《梦游天姥山别东鲁诸公》，是李白最有代表性的名篇之一。

公元742至744年（唐玄宗天宝元年至三年），李白在长安为唐玄宗翰林供奉。由于政治失意，李白终于离开了帝都。在漫游梁、宋、齐、鲁之后，于公元745年（天宝四年）又离开东鲁南下吴越，这首诗当即此时所作。

这首诗的思想内容是相当复杂的。李白从离开长安后，政治上受到打击，其失意的情怀和精神的苦闷可想而知。在现实社会中既找不到出路，只有向虚幻的神仙世界和远离尘俗的山林中去寻求解脱。这种遁世思想看似消沉，却不能一笔抹杀。毋庸讳言，李白在离开长安后，对当时的社会现实比未入长安时有了较清醒的认识，对唐王朝统治阶级反动腐朽的实质也有了更深刻的体会，因此他对建功立业的雄图壮志固然有无从实现的苦恼，而同时对富贵利达这一类世俗的追求也不再抱过多的幻想，并对高高在上的贵族权豪展示了高度蔑视。从而他有所醒悟，在精神上一定程度上摆脱了尘俗的桎梏，这才导致他产生"安能摧眉折腰事权贵，使我不得开心颜"的结论。这种坚决不妥协的精神和强烈的反抗情绪正是这首诗的基调，是必须充分肯定的。

然而，由于作者未能跻身于政治舞台，理想抱负在很大程度上遭到打击破灭，他又感到人生如梦，人事无常，因此在这首诗中，也同时流露出虚无主义的消极成分。诗人写梦中仙境，其神奇瑰丽的场面固然具有浓烈的浪漫主义色彩，但同时又使作者感到魂悸魄动，仿佛在这神奇瑰丽的背后还有着若隐若现的恐怖的阴影，这就是诗人在现实社会中因四处碰壁而使精神上受到压抑的一种反映。于是他慨叹"古来万事东流水"，即使及时行乐也排遣不了沉重的思想包袱。这就是诗人消极情绪情不自禁的流露，也是这首诗思想性方面的主要局限。我个人认为，在李白全部的诗作中，这两者一直是相互依存，而又彼此矛盾着的。这正是李白世界观中不可分割的两个侧面。

二

　　值得注意的还是此诗的艺术特点。读者每有一种误解，以为杜甫写诗是讲求艺术技巧和表现手法的，而李白只是以磅礴气势和豪言壮语来抒发情志，不大注意字句的推敲和意境的缔造。其实不然。在神采飞扬和昂头天外的豪迈诗篇里，李白同样是注重修辞炼句和章法结构的。这首《梦游天姥吟留别》便足以说明这方面的特点。

　　这是一首乐府歌行体的杂言古诗。而古诗的传统特征，是以韵脚的转换来体现诗义的转折和诗境的转移的。因此，我们读这首诗就根据其韵脚的变换来划分它的层次和章节：

> 海客谈瀛洲，烟涛微茫信难求；
> 越人语天姥，云霞明灭或可睹。
> 天姥连天向天横，势拔五岳掩赤城；
> 天台一万八千丈，对此欲倒东南倾。
> 我欲因之梦吴越，一夜飞渡镜湖月。
> 湖月照我影，送我至剡溪；
> 谢公宿处今尚在，绿水荡漾清猿啼。
> 脚著谢公屐，身登青云梯，半壁见海日，空中闻天鸡。

千岩万转路不定,迷花倚石忽已暝。

熊咆龙吟殷岩泉,栗深林兮惊层巅。

云青青兮欲雨,水澹澹兮生烟。

列缺霹雳,丘峦崩摧;洞天石扉,訇然中开:

青冥浩荡不见底,日月照耀金银台。

霓为衣兮风为马,云之君兮纷纷而来下!

虎鼓瑟兮鸾回车,仙之人兮列如麻。

忽魂悸以魄动,怳惊起而长嗟。

唯觉时之枕席,失向来之烟霞。

世间行乐亦如此,古来万事东流水。

别君去兮何时还?且放白鹿青崖间,须行即骑访名山。

安能摧眉折腰事权贵,使我不得开心颜。

全诗分为三个段落。开头是引子,末段是结语,中间是梦游正文。结构很整,纯系散文格局。有人认为"以文为诗"是杜甫发其轫,韩愈扬其波,至宋代而大兴于世。其实"以文为诗"乃是诗歌发展到一定阶段的必然趋势,李白也有以文为诗的篇什,只不过不及杜、韩那样突出,那样有意为之罢了。

现在我们从第一段谈起。第一段凡三换韵脚，实即有二层转折。诗中明言行将离开东鲁南下吴越，从旅程看，游天姥山不过是个因由，但全诗重点，却放在"梦游"上。至于梦游之境是否真的天姥，那倒无关紧要。东鲁濒海，故以海上仙山起兴。第一、二句两句与三、四两句看似对举平起，而一、二实为陪笔。盖人在现实社会中遭际每坎坷不平，李白本人亦不例外，于是乃追求神仙世界。这虽属理想，却只是幻想。神仙世界在现实中并不存在，李白并非不了解，倒是名山大川风景胜地可供遁世隐者游赏，这还是比较现实的。所以作者认为"海客"侈谈神山（蓬莱、方丈、瀛洲为海上"三神山"，见《史记·封禅书》），实际却未必能真莅其境，而越人所说的天姥，尽管高入重霄，因云霞明灭而时隐时现，却是实有其地，只要到了那里，便能骑鹿遨游，也仿佛得成仙之趣了。进入第三层，便撇开瀛洲，专写天姥。评论者谓之"双提"而"单承"。但前四句作者所用技巧尚不止此。这四句是五、七言相间错的，平韵二句在前，仄韵二句在后，这自然是古诗作法。我所要提请读者注意的，乃是这四句已为有了近体诗以后的古诗，它已吸取了近体诗的特点。倘将"越人"二句提前，"海客"二句移后，读者试再读之，岂非一副上五下七的对仗工整的长联乎？此可悟古近体诗相互为用之法。杜甫早期有《望岳》一首，五言八句，中四句对仗工整，人皆以古诗目之，其实是一首仄韵五律。李白这一首的前四句亦属同工异曲，似有意似无意，仿佛也从近体变化而来。唯七言对称的两句平仄与近体格律不尽相合，故终是古诗而非近体，否则便近于白居易《长恨歌》的格调了。

第三层"天姥连天"四句，第一句不仅写其高，兼亦状其远阔雄峻。"向天横"三字真是奇崛之至。盖写山势之高易，状山形之伟难，作者乃以"向天横"三字形容之，仿佛连天姥的恣睢狂肆的个性也写出来了，诚为神来之笔。但这还不够，为了使读者感受得更深切一些，于是又连写"五岳"、"赤城"和天台山。"五岳"是海内名山，然距天姥较远，故云"势拔"。意思说以五岳同天姥相比，天姥或将有超拔之势，此一层近虚；而赤城山本天台山门户，距天姥较近，故用"掩"字，有压倒之意，此一层稍实。但作者认为写得还不够气派，更加上"天台"两句与天姥山相映衬。道教传说，天台山有一万八千丈（见陶弘景《真诰》），可谓高矣，但以之与天姥相比，仍将甘拜下风，此天姥还矮着一截,俨然要倾倒在它的东南脚下了。此推崇揄扬天姥山可谓不遗余力矣。可是天姥究竟有何特色,诗人并未加以具体描写。此盖从越人口中听到,自己并不曾亲身经历,故只从虚处落笔,着意烘托而已。然从中亦可悟写诗三昧。夫虚活则易造声势,滞实反失之琐碎。两汉大赋之所以不及诗词有吸引力,非其体物之不工,而正由于体物太质实,反嫌空灵不足,无一气呵成之妙也。

三

第二段是全诗的主干,以全力大写梦境。昔金圣叹评诗文,每好用"笔酣墨饱"和"笔歌墨舞"八字。此诗写梦境实兼而有之。"酣饱"极言其足与畅,"歌舞"极言其活与变。从诗的韵脚看,第二段凡七换韵,换韵多即转折变化多,此不待言矣;但还须注意这七次换韵中,短则两句一韵,长则六句或八句一韵。韵脚换得频,一是为了文字剪裁洗练,二是为了体现瞬息万变。如"我欲因之梦吴越"两句为一韵,写入梦只一笔带过,诗人从东鲁转眼即到了越中,不但文字简洁凝练,而且给人以一跃而行千里之感。而"千岩万转"二句为一韵,则状其倏忽间变化万千,迅疾异常;

稍费笔墨，便觉冗赘。而六句或八句始一换韵者，则诗人意在把楚骚、汉赋、骈四俪六融为一体，从较长的篇幅中来体现铺排之功力。这样错综组合，疾徐相间，使读者耳目俱不暇给，而诗境亦因之迷离惝怳，一似无端倪可寻，无踪迹可察。这正是李白戛戛独造之境，不唯盛唐独步，抑宜千古绝唱，其所以被尊为"诗仙"者，正在此等处也。

韵七换而诗亦有七层转折。第一层写入梦即到剡中。第二层写夜行之景，宛然梦境。诗人循当年谢灵运的游踪所至而达于天姥山。这一层八句为一韵，目见湖中之月影，耳闻水畔之猿啼，沿前人登山之径，直至半壁悬空之处，所见为海日（之光），所闻为天鸡（之鸣），似已见到光明而仍在梦中暧昧之境。这一节描写虽移步换形却并无转折，故一韵到底，长达八句之多。中间有两个七言句，使文势略有变化，不致平衍无丝毫起伏。这是梦境中最恬静安适的一段描写，再经过第三层的两句一韵以写其所见之变化迅疾，下面便转入千奇百怪的神仙境地了。

第四层用楚骚句法，只第一句写听到熊咆龙吟，使岩谷殷若雷鸣，从而感到身居高危之地，不免惊悸。但这还是从远处传来的声音，而举目所见，依然一片宁静。紧接着第五诗于一炉，新则新矣，却无一笔无来历。所以我始终认为，只有对自己的民族文化遗产吸收得越多、寝馈得越久、钻研得越深、积累得越厚，才越能使自己作品的精神面貌给人以耳目一新、与众不同的感觉。锐意求新者必先"博观"、"厚积"，并蓄兼收，有极高之修养，才会出现惊人之奇迹。如果只靠"横向引进"，什么东西时髦就掠它一点皮毛作为点缀，虽取悦一时，终难持久而不朽，最终还不免贻旁观者或后世人以数典忘祖之讥。故有志于从事文化艺术事业以振兴中华者，不可不慎也。

了，所以《答高山人兼承权顾二侯》诗："谗惑英主心，恩疏佞臣计。"《答杜秀才五松山见赠》诗："浮云蔽日不复返，总为秋风摧紫兰。"因而更感慨"秋发已种种，所为竟无成"（《留别西河刘少府诗》），"屈平憔悴滞江潭，亭伯流留窜辽海"，这是说自己和屈原、崔骃一样遭谗毁被放逐了。所以这次奉诏进京，真是大失所望。他有愤慨之情，是可以理解的，究竟为什么会如此，说法很多。王琦综括的说法，还是可信的。他所作的《杜甫年谱》中说：天宝三载，太白在翰林，性嗜酒，多沉饮，数侍宴饮，因沉醉，引足命高力士脱靴，力士耻之，因摘其诗句激贵妃，帝三欲官太白，妃辄阻之。上亦以为非廊庙器，优诏遣之。力士摘什么诗句激贵妃呢？贵妃喜太白所作《清平调》，长吟咏。力士谐曰："比以妃子怨李白深入骨髓，何反拳拳如是？"贵妃惊曰："何翰林学士，能辱人如斯？"力士曰："以飞燕指妃子是贱之甚矣！"妃深然之。以上就是诸书所载力士所谮的实际。玄宗以为非廊庙器，又指的什么呢？玄宗于便殿召见李白，上命纳履，白遂展足与高力士曰："去靴！"力士为脱之。及出，上指白谓力士曰："此人固穷相。""穷相"，当然就不是廊庙器了（见《酉阳杂俎》以及《唐国史补》等书）。他哪里还能被用呢？

李白是个知识分子，在唐朝那样的时代，知识分子是只有服务于封建主才算有出路的。李白遭遇这种情况，心情是极为痛苦的。而他的气质、性格，又使他的思想情感，较一般人复杂得多。因为他的才是高的，志也是大的。他是否真能申管晏之谋，致时君于尧舜，没法证明，而他自己确乎有这抱负，有这样的自信，所以青云无望被放归时的思想情感，是可以理解的。

在同一情境中，不同的人，会有不同的态度。这时的作者，是极为失望悲愤的，也是极为消极的，但他表达的方式态度，却不是用失望、悲愤、消极，而是用另一方面的兴趣、狂欢、积极，以此代彼，好像还很愉悦，还很积极，还很合于希望。其实，外表的旷达、愉悦、积极，实质内心正是以笑代哭，以愉悦表示超于能忍受的悲痛。只重李白这类诗句的外表，只解字面的意义者，便不能理解他的诗。

《诗序》："情动于中而发于言。"历来解者，多只重诗的外表词语，因而称赞李白：挣脱名缰利锁，永远在旷达豪放，永远在狂歌高吟，是神人，是仙人。这都错了，李白也是个人，而且是个封建社会还在兴旺时期的知识分子。他的全集中有很多给达官贵人们的信，要求他们的提携推荐，他的诗集中，也有一些歌颂时君世主以至当权者的诗篇。他奉诏时，欣喜若狂，他无望时，又陷入悲痛。他的诗，那样狂放不羁、是以歌代哭，其哭更痛，以狂放代失望，其失望更惨。

《将进酒》是作者绝望后对相知的朋友痛痛快快地抒发其愤怒已极的"万古愁"之作。

君不见，黄河之水天上来，奔流到海不复回——这句的外形，同于孔子"逝者如斯夫，不舍昼夜"，但意义却很不相同。孔子是说光阴迅速；李白这话，是除光阴迅速之外，更有"不复回"的慨叹。所以孔子的话是助人奋勉，而李白却是要抓紧时间，及时行乐，而且所说的行乐，就是尽情饮酒。意义是很不相同的。"君不见"，是提请人们注意的意思。"黄河之水天上来"，是黄河之水来头不小，人人可见；"奔流到海"，是快极的形象，"不复回"，是比而兴的笔法，意思是人生不再，怎么办？这就是提出了问题。

君不见，高堂明镜悲白发，朝如青丝暮成雪——又"君不见"，这又是提请人们注意，这更是人们所经常见到的。

"高堂"即父母,自己父母每天照镜时,都会悲伤自己生了白发,原来是青丝样的,黑而亮,朝暮之间,就雪样白了。太快了,太可悲了,他们的现在也就是我们的将来,我们现在该怎样办?这是又提出了问题。

上句远取诸物,下句是近取诸身,事实俱在,任人皆见皆知,所以问题提得再明白不过了。

人生得意须尽欢,莫使金樽空对月——这是李白对以上问题的态度和解决办法。他的《把酒问月》诗,同此意境。那诗说:"但见宵从海上来,宁知晚向云间没。"意思是月要知道,也许就不"来"。接着说"今人不见古时月,今月曾照古时人,古人今人若流水,共看明月皆如此",意思承上,是人更不行了,月还常在,人有几时?他说:"唯愿当歌对酒时,月光常照金樽里。"这就是他解决这样问题的办法——一醉了之。李白是自许管晏、自许诸葛亮的。"人生得意须尽欢",不"得意"如何,这是李白只想一方面不想另一方面的思想方法。为什么如此,因此他要以歌代哭,另一方面自在其中,"莫使金樽空对月",就是一醉方休。有月对时如此,无月对时如何,仍是想这方面不想另一方面的思考方法。而一醉解千愁中,自有另一方面。

天生我材必有用，千金散尽还复来——为什么只想"得意"时，为什么只想"对月时"，因为他认为"天生我材必有用"，或用于此，或用于彼，总会有用的，有用就得意，得意就有钱，有钱就尽欢。"千金"是多数，"散尽还复来"，怕什么？这是李白极不同于一般人的想法。或以为还是乐观，错了。他这是深恶当前，而要与决绝的痛苦已极的情感的抒发。

烹羊宰牛且为乐，会须一饮三百杯——既然"有用"，"还复来"。那就大乐吧。多预备些下酒的好菜。"会须"就是应该。"一饮"，就是起码饮，饮数是"三百杯"。意即尽兴方休，也就是大醉方休。"烹羊宰牛"，见曹植诗："中厨办丰膳，烹羊宰肥牛。""三百杯"见《世说》引《郑玄别传》、《袁绍辟郑玄》："及去。饯之城东。欲玄必醉。会者三百余人。皆离席奉觞。自旦及暮。度玄饮三百余杯，而温克之容。终日无怠。"这里用这两个典故，也是取于贤者之意的，也为下面"唯有饮者留其名"作张本。

岑夫子、丹丘生，将进酒，杯莫停——这是招呼同饮好友，以自己的思想要求好友。"将进酒"，是题目，"将"是且的意思，是劝勉之词。"杯莫停"就是快饮。"丹丘生"就是元丹丘。李白集中标元丹丘的诗,有十首,可见他是李白的好友。"岑夫子",王琦注以为"即集中所称岑微君"。按李白集中有《送岑微君归鸣皋山》诗,起句云:"岑公相门子。"据岑参《感旧赋序》:"臣家六叶五门三相矣。"那"岑微君"是指岑参。但以此认为是谓岑参不对,因为李集中另有《醉岑勋见寻,就元丹丘对酒相待,以诗见招》诗,三人一起,与此正合。且有"一顾千金"之句,与此"千金散尽还复来"意亦近似。所以我以为此岑夫子当为岑勋,而且以为这首《将进酒》就是和这首《酬岑勋》诗是同时的。不然,哪能这样巧合呢?但作于何时何地,过去无人确定,而且在这诗上也实在找不出时间地点来。王琦注李集《酬岑勋》诗题目下附世传云:"顾鲁公所书《西京千福寺多宝佛塔碑》乃天宝十一年所建,其文为南巷岑勋所撰。碑建于天宝十一年。"这俱见于颜鲁公所书《多宝塔碑》文中,是没问题的。王氏概未见此碑文,故以"世传"出之。或即以此,谓此诗作于天宝十一载,是没有道理的。因为由此所能知者,仅是岑勋作碑文于天宝十一载,与此诗有什么关系呢?依《酬岑》诗,可知岑勋先在元丹丘处,元丹丘在颍阳山家居,岑再招李白。依诗第一句

"黄鹤东南来",颍阳在长安东南。"不以千里遥命驾来相招",长安距颍阳,确乎也是"千里遥"。"策马望山月","望山月"依李白《静夜思》"举头望明月,低头思故乡",是"思故乡"的形象,那就正合于在长安失意、求归故乡时。"途穷造阶墀",也正是作者途穷之时,"造阶墀",指到岑元所在之处。这两首诗歌,有好多可以互相发明之处。因而我认为,很可能李白当时的困境,岑勋等已有所闻,因而以书招之。李白也就带着他的满腹悲愤,要对好友一以吐之,诗的时间,当在李白放归的天宝三载。王琦的李白年谱,正是在天宝三载"天子知不可留,乃赐金归之"之下,接以"于是就认祖陈留采访大使彦允"。这就很明显,是离开长安到河南陈留,先经过颍阳,会见了岑、元二好友,吐出了胸中悲愤,就是作了这两首诗歌,再去陈留了。因此,我认为这首诗,当作于天宝三载,李白正满腹悲愤之时,由长安过颍阳时作的。由长安到颍阳路经黄河,因有"黄河之水天上来"的观感。这样这首诗歌的时、地、人、事就全清楚了。

为君歌一曲,请君为我侧耳听——这是要申足"将进酒,杯莫停"的原因了。"歌一曲"就是"言之不足,故咏歌之"，是情不能禁的形象。"侧耳听"，是注意听，是为知者言，向挚友吐其悲愤的形象。作者愤懑心情，要一吐而后快，在这句上真是如闻如见。

钟鼓馔玉不足贵，但愿长醉不复醒——这是歌词之一，也是劝二友"将进酒、杯莫停"原因之一。"钟鼓"，美好的音乐，此处指鸣钟击鼓的高位者。"馔玉"，玉样美好的食品，此处指以此为食的富贵人。两句的实意是高位富贵不足贵，亦即名利不是贵。我所贵，我所愿，是长久醉下去。永远不再醒过来，这是憎恨现实、憎恨自己遭遇、愤慨已极的话，不过以豪放之词出之，以"不复醒"之方法解决之而已。这能解决吗？当然不可能。李后主《乌夜啼》："醉乡路稳宜频到，此外不堪行。"也是悲伤已极的情感，也是无可奈何的境地，也是用没法解决的解决方法。方式相同，一豪放，一消沉。只解此为豪放者，哪里真懂了这句呢？

古来圣贤皆寂寞，唯有饮者留其名——这又是歌词之一，也是自说"愿长醉"的原因，也是"将进酒、杯莫停"的原因。"寂寞"，就是没人提了，"留其名"，就是其名常有人提，受人崇敬。下句是例证。

陈王昔时宴平乐，斗酒十千恣欢谑——陈王就是曹植，他在平乐观宴客时，一斗酒价十千。很贵，但他不在乎，让人们恣情欢谑，就是尽情饮酒。由这所证明"将进酒"是对的了。"平乐"，观名，在今河南省洛阳故城之西。

主人何为言少钱，径须沽取对君酌——我们该学陈王，该以酒为重，不要怕花钱，"主人"指元丹丘，是否曾说钱少？不见得，是作者因陈王"斗酒十千恣欢谑"，而故作此假设语。

五花马、千金裘，呼儿将出换美酒，与尔同销万古愁——前三句，是沽酒法，后一句是"对君酌"的目的。把我的五花宝马，把我的值千金的皮裘，叫侍童拿去，一起换了酒，这酒就够了吧。那咱们就对酌吧，就"杯莫停"吧，就"一饮三百杯"吧，为什么呢？为的是借此"与尔同销万古愁"。作者是以怀才不遇为愁，是以不被人知为愁，这愁，自古以来都以为愁的。请看《离骚》，屈原说："国无人莫我知。""莫我知"，屈原是以为愁的。司马迁《报任安书》："此可为智者道，难为俗人言也。要之死日，是非乃定。"司马迁是以不被知为愁。后来的苏东坡《念奴娇》："故国神游，多情应笑我早生华发。"苏氏是以不得展其才为愁的。辛弃疾《水龙吟》："栏杆拍遍，无人会，登临意！"辛氏也是以不被知不被用为愁的。陆游《诉衷情》："心在天山，身老沧州！"陆氏更以壮志未酬为终身大恨的。李白此时，也正在以不被知、不被用，管晏之谋不得申为大愁大恨的。所以说万古愁，是既合千古，合于今，合于自己，也合于他人的。但李白怎么个"销"法呢？"但愿长醉不复醒！"醉了，茫然了，麻木了，愁不觉了，但何曾"销"了呢！"不复醒"是不能的，醒了又怎么样，还不是愁如故，愁更愁么！此诗此句所表之作者，真是愁得无以复加了。仅以诗句外形解之者，何能得其底蕴？

"五花马"，谓马之毛，作五色花纹者。杜甫《高都护骢马行》："五花散作云满身。"可作此解释。但另有"九花马"、"三花马"等称谓，概都是宝马的称谓。这"五花马"也许就指天子所赐。"千金裘"，《史记·孟尝君传》："孟尝君有一狐白裘，值千金，天下无双。"又《刘敬叔孙通列传》"千金之裘，非一狐之腋"，俗语"集腋成裘"，即来于此。依此，此歌当作于身尚着裘的冬春之季，马和裘都是取诸身边之物的。用衣物换酒，首见于《晋书·阮孚传》："（孚）为散骑常侍，以金貂换酒。"杜甫诗："银甲弹筝用，金鱼换酒来。"

此诗以抒情为主,所以《诗序》说"情动于中,而形于言"。但人的气质不同,因而抒发情感的方式态度,也多种多样。李白,古今之旷达人也,亘古今之才人也。他抒发自己愤懑之情的方式,不以愤懑之形式出之,而以旷达之态度之词语出之;而且不以该愤懑之正面出之,而以另方面出之,以歌代哭,以另方面的狂欢,代这一方面的悲愤。读其诗,笑中蕴哭,乐中蕴苦。外表旷放不在乎,实质是悲极愤痛不欲生,所以他的诗,实属古今中外之绝唱。这在中国诗坛上,仅一苏东坡差近似之。

请看,这歌一开始,首先以两"君不见"出之,意即任人可知,任人可见,以此掌握所有读者的情感使之同于己,方法真好。"黄河之水天上来",形象多么突兀奇特,使人如见,"奔流到海"形象多么壮阔,引人同欢。结尾是"不复回",就引人同此感慨了。"黄河之水"是向上看,"奔流到海"是向下看,"不复回"比而兴,引人同此感慨,读者随着其词语,入其中,向上向下同感了。

"高堂"句是近出诸身,更是任何人之所共知习见,更使人有切身之感,不容怀疑,而且这两个排比句,来如天风急雨,使人不暇喘息,不容不受他感染,而且作者的愤懑之情一泄无余痛快淋漓，想见其人。真是千古绝唱，而读者读着也感同身受，也净化了自身的忧闷，感觉到痛快舒畅。所以这两句为千百年人所喜悦。"人生得意须尽欢"，就实说，"挟管晏之谋"之作者能这样么？绝不能，为什么这样说呢？这是以此代彼，以愉悦代悲痛的表现方法。作者入朝之后，玄宗只以词人视之，同于司马迁所痛恨的"以倡优畜之"（见《报任安书》）。作者心在朝政，而单单要他作应诏阿谀之词，"何以解忧，唯有杜康"，人只见其狂饮之外形，未究其狂饮之底蕴，以后更有多人以"嗜酒"颂作者，知人真难，被人知更难，良可慨也！

结尾四句，两三字句，两七字句，也势如疾风骤雨，把读者卷入其中，而又戛然而止，使人感觉着歌已停而情意仍在发展。"万古愁"三字，又道出了作者的真实思想，道出了歌的主旨。而这"万古愁"指的是什么呢？历代学人都只惊其气势的雄伟，叹其词语之奇特，千般赞美，万种揄扬，又有谁知道，这是作者以一己之"愁"，代千千万万人、世世代代人之愁，而欲一以销之呢？所以作者是站在千千万万人、世世代代人的立场上，既以此销一己之愁，更要以此销千万世代人之愁的！他这同情心多么广阔，李白这个诗人之伟大处，其在此乎！然而，这"愁"能销么？这又给千千万万人、千千万万代，提出了问题。作者当时是否有此想法是一问题，而他的诗句本身，却提出了这样的问题。这就是现实主义作品，反映现实问题作品的生命力最强的原因。

《诗序》说："诗者，志之所之也。在心为志，发言为诗，情动于中而形于言。"可见"志"、"情"是根本，"诗"、"言"是表根本的外形。只有先了解了"志"，才能深切地了解表"志"、"情"的"诗"、"言"。志、情，就是思想情感，诗、言，就是词语句，就是成形的诗。读诗必先体会作者，必先体会作者写作此诗时的思想、情感，不然，怎能解得好呢，而且词语句是表情意的，不以表情意的好坏为标准，又怎么能定诗句的好坏呢？

拨开云雾见青天

唐绝十首偶评

程千帆

作者介绍

程千帆（1913—2000），字伯昊，湖南宁乡人，1936年毕业于金陵大学。历任金陵中学、金陵大学、四川大学、武汉大学教职。1978年任南京大学教授。在校雠学、历史学、古代文学、古代文学批评领域均有杰出成就。

推荐词

点评式的欣赏，言语不多，要的却是一语中的的效果。此种点评，须有大量的阅读，方能知晓某诗某句的来龙去脉，方能知晓某词某句的巧妙安排，方能感受作品背后的意蕴。在比较中知高下，在比较中品意味。这篇对于几首唐诗绝句的"偶评"，给读者正是醍醐灌顶的感觉。

江南逢李龟年

杜甫

岐王宅里寻常见,崔九堂前几度闻。

正是江南好风景,落花时节又逢君。

这篇诗前两句写过去之盛,后两句写今日之衰,而以一"又"字形成尖锐对比。国家的治乱兴衰,个人的起浮哀乐,都在其中。两位流落异乡的艺术家在国破家亡之余,意外重逢,恰在落花时节。这落花实在太富于象征意味了。诗中泛说江南好风景而独取落花入诗,应当不是信手拈来的,而是"神与物游"(刘勰语)的结果。

春 梦

岑参

洞房昨夜春风起,故人尚隔湘江水。
枕上片时春梦中,行尽江南数千里。

这是一篇写梦的诗。洞房已透春风,故人尚隔湘水,岂能没有相思之情呢?而这相思之情,却借春梦而得到补偿,也可以说是"慰情聊胜无"(陶渊明句)吧!

征人怨

柳淡

岁岁金河复玉关,朝朝马策与刀环。
三春白雪归青冢,万里黄河绕黑山。

这篇诗写征人远戍,前两句说行踪不定,时在金河,时在玉关,和他做伴的,只有马鞭和战刀而已。后两句写以时间言,在三春仍有白雪的时候,又回到了青冢;以空间言,随万里黄河之奔泻,又绕到了黑山。通篇无一怨字,但却非常深刻地将这位征人藏在心底的怨透露出来了。这就比直抒怨情,更为有力。

集灵台

张祜

虢国夫人承主恩,平明骑马入宫门。

却嫌脂粉污颜色,淡扫蛾眉朝至尊。

《集灵台》共两篇,咏玄宗在斋戒祭神的长生殿受箓(依据道家仪式,接受仙人所赐符箓,以求长生)之后,杨贵妃和虢国夫人前来祝贺的事。第一首说:"日光斜照集灵台,红树花迎晓露开。昨夜上皇新受箓,太真含笑入帘来。"可证。集灵台是清净的斋宫,受箓是庄严的仪式,而太真含笑入帘,三姨素面朝天,成什么样子呢?讥讽之意,自在言外。

题木兰庙

杜牧

弯弓征战作男儿,梦里曾经与画眉。

几度思归还把酒,拂云堆上祝明妃。

这篇诗非常巧妙地刻画了女英雄木兰的内心活动。木兰虽然女扮男装,可是绝不会忘记自己是个女子;虽然出征在外，可是绝不会不怀念自己可爱的家乡。但在激烈的战斗生活当中，却又不可能直接地想起这些来，只是在梦寐当中，在偶尔闲空的时候，这些隐藏在内心深处的思想感情才会忽然浮起。诗人正是深刻地体会了、把握了这种生活真实，从而丰富了这位女英雄的性格的。

夜雨寄北

李商隐

君问归期未有期，巴山夜雨涨秋池。

何当共剪西窗烛，却话巴山夜雨时。

当诗人在巴山一带接到北方家中妻子的来信，问他什么时候可以回去的时候，他回答道：还没有准儿啊，而且现在正下着愁人的夜雨；将来什么时候我能和你在西窗下面，剪烛夜谈，而把现在的生活当作话题，那就好了。这篇诗在结构上与刘皂《旅次朔方》相同，均以时间、空间的回环对照取胜。宋代的诗人，对于这种结构也很有兴趣。如王安石《与宝觉宿龙华院》："与公京口水云间，问月'何时照我还'？邂逅我还还问月：'何时照我宿钟山？'"杨万里《听雨》："归舟昔岁宿严陵，雨打疏篷听到明。昨夜茅檐疏雨作,梦中唤作打篷声。"都是机杼相同的好诗。

古离别

韦庄

晴烟漠漠柳毵毵,不那离情酒半酣。
更把玉鞭云外指,断肠春色在江南。

在王维的《送沈子福归江东》与此诗中,都突出了居者所在的地方与行者所去的地方的杨柳所呈现出来的春色,这是所同。但是,王维强调春色既无边,故相思亦无尽,而韦庄则强调此时已不奈离情,彼地当更伤春色,又是同中之异,非细赏不知。

寄 人

张泌

别梦依依到谢家,小廊回合曲阑斜。
多情只有春庭月,犹为离人照落花。

起句入梦,次句梦境,三四两句,醒后情景。相见为难,所以寻梦甚切,而梦境又如此短暂,其何以堪?幸有此明月相照,聊慰寂寞。明月不照离人而照落花,似乎对人并不多情，但其照落花，却是为了离人，则又是多情之至了。通篇极写相思，用笔处处转换，全不明揭，妙绝！

题龙阳县青草湖

唐温如

西风吹老洞庭波，一夜湘君白发多。

醉后不知天在水，满船清梦压星河。

唐温如是一位除姓名以外别无可考的诗人，但他给我们留下的这篇作品却非常精彩。它前半形容秋气之衰飒，后半则描绘自己之豪迈，对照强烈。诗人由天上的星河倒影映在水中，而联想到船是在星河之上；又由自己饮而醉，醉而卧，卧而梦，联想到不是自己睡在船上，而是自己的满船清梦压在星河之上。说"满"，见梦之广阔，说"压"，见梦之沉重，化虚为实，可见可触，着墨不多，奇幻难及。

春　怨

金昌绪

打起黄莺儿，莫教枝上啼。

啼时惊妾梦，不得到辽西。

如果这位闺中少妇做的梦是像岑参《春梦》和张泌《寄人》所写的那样,在梦中会到了所思念的人,那么,这个"惊妾梦"的黄莺儿就实在该打。但如果她做的梦是像张仲素《秋闺思》所写的:"梦里分明见关塞,不知何路向金微。"那么,就以不打为是。

因象寄兴　情景交融

李白、杜甫、李商隐诗赏析三题

马茂元

推荐词

　　李白、杜甫、李商隐,三位唐代作诗大家,以三种不同的诗风创造出不同的美。李白的《静夜思》无意于工而无不工,意味深长,耐人寻绎;杜甫的《堂成》炼词成句,用事用典,意味深长;李商隐的《霜月》则绘景寓情,因象寄兴,情景交融。这大概是文章作者提示于读者的吧。

静夜思

李白

床前明月光，疑是地上霜。

举头望明月，低头思故乡。

这首五言绝句，用的是乐府旧题。绝句来源于乐府民歌。在曲子词还没有兴盛以前，绝句也就是唐代的乐府。从人们所熟知的旗亭画壁的故事，便可知道当时伶工歌女唱的多是绝句诗。正因为绝句来源于乐府民歌，正因为它是流传在口头上的歌唱文学，所以在体制上和其他诗体有所不同。司空图在《与李生论诗书》中有这样几句话："盖绝句之作，本于诣极，此外千变万状，不知其所以神而自神也。"意思是说，写绝句诗，要有极高的艺术造诣，能够把"千变万状"的丰富诗意，提炼压缩在极短的篇幅之中，达到出神入化的境地；而又要极其自然，使不得一点气力，逞不得一点才学，见不出一点针线的痕迹。这才是本色当行。

在繁星灿烂的盛唐诗坛上，绝句诗作者众多、名家辈出，其中成就最高的是李白和王昌龄。胡应麟说："太白诸绝句，信口而成，所谓无意于工而无不工者。"王世懋则认为："（绝句）盛唐唯青莲、龙标二家诣极。李更自然，故居王上。"①怎样才算"自然"，才是"无意于工而无不工"呢？这首《静夜思》就是个榜样。所以胡氏特地把它提了出来，说是"妙绝古今"。

这首小诗，差不多尽人皆知，连五六岁的孩子们也都能上口成诵。它既没有奇特新颖的想象，更没有精工华美的辞藻。它只是用叙述的语气，写远客思乡之情，然而它却意味深长，耐人寻味，千百年来，如此广泛地吸引着读者。

一个作客他乡的人，大概都会有这样的感觉吧：白天倒还罢了，到了夜深人静的时候，思乡的情绪，就难免一阵阵地在心头泛起微澜，何况是月明之夜，更何况是明月如霜的秋夜！

---

① 见《艺圃撷余》。"青莲"是李白的别号，"龙标"指王昌龄，因王曾任龙标尉。

月白霜清，是清秋夜景；以霜色形容月光，也是古典诗歌中所经常看到的。例如梁简元帝萧绎《玄圃纳凉》诗中就有"夜月似秋霜"之句；而稍早于李白的唐代诗人张若虚在《春江花月夜》里，用"空里流霜不觉飞"来写空明澄澈的月光，给人以立体感，尤见构思之妙。可是这些都是作为一种修辞的手段而在诗中出现的。这诗的"疑是地上霜"，是叙述，而非摹形拟象的状物之辞，乃是诗人在特定环境中一刹那间所产生的幻觉。为什么会有这样的错觉呢？不难想象，这两句所描写的是客中深夜不能成眠、短梦初回的情景。这时庭院是寂寥的，透过窗户的皎洁月光射到床前，带来了冷森森的秋宵寒意。诗人朦胧地乍一望去，在迷离恍惚的心情中，真好像是地下铺了一层白皑皑的浓霜；可是再定神一看，四周的环境告诉他，这不是霜痕而是月色。月色不免吸引着他抬头一看，一轮娟娟素魄正挂在窗前，秋夜的太空是如此的明净！这时，他完全清醒了。

秋月是分外光明的，然而"秋月色令人凄恻"，它又是清冷的。对孤身远客来说，最容易触动旅思秋怀，使人感到客况萧条，年华易逝。凝望着月光，也最容易使人产生遐想，想到故乡的一切，想到家里的亲人。想着，想着，头渐渐地低了下去，完全浸入于沉思之中。

从"疑"到"举头"，从"举头"到"低头"，形象地揭示了诗人内心活动，鲜明地勾勒出一幅月夜思乡的示意图。

这短短四句诗，写得清新朴素，明白如话，简直是一首白话诗。它的内容是单纯的，但同时却又是丰富的，它是容易理解的，却又是体味不尽的。诗人所没有说的，比他已经说出来的要多得多。它的构思是细致而深曲的，但却又是不假雕琢，浑然无迹的。从这，我们不难领会到李白绝句的"自然"、"无意于工而无不工"的妙境。

胡应麟又说："古诗、乐府后，唯太白诸绝近之。"沿流溯源，从艺术风格上指出它的传统继承关系，这话是确有所见的。为了说明问题，不妨读一读《古诗十九首》里的一首：

> 明月何皎皎，照我罗床帏。忧愁不能寐，揽衣起徘徊。
> 客行虽云乐，不如早旋归。出户独彷徨，愁思当告谁？
> 引领还入房，泪下沾裳衣。

和《静夜思》一样，也是写月夜思乡的情景，也是从床前月光写起，但它通过"揽衣徘徊"、"出户彷徨"、"引领入房"一系列的行动描绘,千回百折地抒写了无可告语的愁思。两诗的具体内容及其表现手法,并不完全相同。然而从诗的意境来说,则深婉自然,波澜莫二。王士禛说《古诗十九首》"如天衣无缝"。从这首《静夜思》,又可看出李白诗和《古诗十九首》一脉相承之处,及李白是怎样把《古诗十九首》的艺术特色运用到篇幅短小的绝句之中。

堂　成

杜甫

背郭堂成荫白茅,缘江路熟俯青郊。

桤林碍日吟风叶,①笼竹和烟滴露梢。②

暂止飞乌将数子,频来语燕定新巢。

旁人错比扬雄宅,懒惰无心作《解嘲》。③

浣花草堂,是我国诗歌史上圣地。千百年来,它和伟大诗人杜甫的名字连在一起,和"少陵"、"工部"一样,"浣花"成了杜甫的代称。杜甫遗留下来那些不朽诗篇,就

---

① 桤,蜀地所产之木,易于成长,三年成荫。
② 蜀地方言,称大竹为笼竹。
③ 《解嘲》,汉代扬雄所作的一篇文章,内容是假设人嘲笑他仕官失意,他作了辩解,实际是借以发泄胸中的牢骚。

有一部分是在草堂里吟成的。

杜甫于唐肃宗乾元二年（759）年底来到成都，在百花潭北、万里桥边营建一所草堂。经过两三个月时间，到第二年春末，草堂落成了。这诗便是那时所作。

诗以"堂成"为题，写的主要是草堂景物和定居草堂的心情。堂用白茅盖成，背向城郭，邻近锦江，坐落在沿江大路的高地上。从草堂可以俯瞰春郊景色。诗的开头两句，从环境背景勾勒出草堂的方位。这是个绝好的所在啊！中间四句写草堂本身之景，反映出新居初定时的生活和心情。

从安史之乱起，到这时已四年多，杜甫一直是转徙于兵燹之间。沉重的时代灾难，实在把他折磨得够了。现在，居然得到一个安定的环境。对于自己所亲手经营的新居，寄予一种特殊深厚的情感，这是不难理解的。诗的妙处，就在于通过自然景物的描写，把诗人当时的心情细致而生动地表现出来了。

"桤林碍日"、"笼竹和烟"，从这两句的描写，可以想象草堂的清幽。它隐在丛林修草深处，透不进强烈的阳光，好像有一层漠漠轻烟笼罩着。"吟风叶"、"滴露梢"是"叶吟风"、"梢滴露"的倒文。说"吟"，说"滴"，则声响极微。连这微细的声响都能察觉出，可见诗人生活得多么宁静，他领略、欣赏这草堂景物，心情和草堂景物完全融合在一起。因此，在他的眼里，飞鸟语燕，各有深情。"暂止飞鸟将数子，频来语燕定新巢"，正是以自己的欢欣，来体会禽鸟的动态。在这之前，他像那"绕树三匝，无枝可依"的乌鹊一样，带着孩子们奔波于关陇之间，后来才漂流到这里。草堂营成了，不但一家人有了个安身之处，连禽鸟也都各得其所。那么，翔集的飞鸟，营巢的燕子，不正是与自己同其喜悦，莫逆于心吗？然而这只是问题的一面。杜甫之卜居草堂，是否如陶渊明之归田园，诗中所抒之情，是否如同陶诗之"众鸟欣有托，吾亦爱吾庐"呢？则又不尽然。我们知道，杜甫来到成都，是为了避乱；可是这里并不是隔绝人世的桃花源，在那"干戈犹未定"的岁月里，谁又知道能够在这儿定居多久！再说，杜甫来到成都的第一天，他就怀着"信美无与适，侧身望川梁。鸟雀各夜归，中原杳茫茫"的羁旅之思，直到后来，他还是说"此身那老蜀？不死会归秦"。因而草堂的营建，对他只不过是颠沛流离的辛苦旅程中息肩之地，而终非投老之乡。从这个意义来说，尽管新居初定，景物怡人，而在宁静喜悦的心情中，总不免有彷徨忧伤之感。"以我观物,故物皆着我之色彩。"①这种复杂而微妙的矛盾心理状态,通过"暂止飞鸟"的"暂"字深深地透露了出来。

尾联"旁人错比扬雄宅,懒惰无心作《解嘲》",有两层含意。

扬雄宅又名草玄堂,故址在成都少城西南角,和杜甫的浣花草堂有着地理上的联系。杜甫在草堂吟诗作赋,幽静而落寞的生活,和左思《咏史》诗里所说,"寂寂扬子宅,门无卿相舆"的情况颇相类似。扬雄曾闭门著书,写那模拟《周易》的《太玄》,草玄堂因而得名。杜甫初到成都,寓居浣花溪寺时,高适《赠杜二拾遗》诗说:"传道招提客,诗书自讨论。……草《玄》今已毕,此后更何言?"就拿他和扬雄草《玄》相比。可是杜甫在《酬高使君相赠》里的答复,却是"草《玄》吾岂敢,赋或似相如"。这诗说草堂不能比拟扬雄宅,也是表示自己并没有像扬雄那样,写《太玄》之类的鸿篇巨制。这意思是可以从上答高适诗里得到印证的。此其一。扬雄在《解嘲》里,高自标榜,说自己闭门

---

① 王国维语。见《人间词话》。

草《玄》，阐明圣道，无意于富贵功名。实际上，他之所以要写这篇文章，正是狐狸吃不到葡萄就说葡萄酸的一种心理表现。我们知道，在唐朝，不是也有不少官途失意之士，以隐居作为入仕的"终南捷径"吗？至于杜甫，他本是个有宏伟抱负的人，怀着己饥己溺的积极用世之心，可是在实际政治生活中，遭遇到的却是一连串的无情打击。这次，他弃官入蜀，意味着对唐王朝的腐朽统治已有一定程度的认识。他只不过把这草堂作为避乱偷生之所，和草玄堂里的扬雄心情是不同的，因而也就懒于发那《解嘲》式的牢骚了。这是第二层意思。

诗从草堂营成说起，中间写景，用"语燕新巢"作为过脉；由物到人，最后仍然归结到草堂，点出身世感慨。"背郭堂成"之"堂"，和"错比扬雄宅"之"宅"遥相呼应，关合之妙，不见痕迹。

霜　月

李商隐

初闻征雁已无蝉，百尺楼高水接天。

青女素娥俱耐冷[1]，月中霜里斗婵娟[2]。

---

[1] 青女，即霄玉女，主霜雪的女神。素娥，即月里的嫦娥。
[2] 婵娟，美好的容态。

文学作品，特别是诗歌，它的特点在于即景寓情，因象寄兴。诗人不仅是写生的妙手，而应该是随物赋形的画工。最通常的题材，在杰出的诗人的笔底，往往能够创造出一种高超优美的意境。读了李商隐的这首《霜月》，我想，会有这样的感觉。

这诗写的是深秋季节，在一座临水高楼上观赏霜月交辉的夜景。它的意思只不过说，月白霜清，给人们带来了寒凉的秋意而已。这样的景色，会使人心旷神怡。然而这诗所给予读者美的享受，却大大超过了我们在类似的实际环境中所感受到的那些。虽然诗的形象很单纯，而它的内涵则是饱满而丰富的。

秋天，草木摇落而变衰，眼里看到的一切，都是萎约枯黄，黯然无色；可是清宵的月影霜痕，却显得分外光明皎洁。这秋夜自然景色之美意味着什么呢？"青女素娥俱耐冷，月中霜里斗婵娟。"尽管"琼楼玉宇，高处不胜寒"，可是冰肌玉骨的绝代佳人，愈是在宵寒露冷之中，愈是见出雾鬓风鬟之美。她们的绰约仙姿之所以不同于庸脂俗粉，正因为她们具有耐寒的特性，经得起寒冷的考验啊！

写霜月，不从霜月本身着笔，而写月中霜里的素娥和青女;青女、素娥在诗里是作为霜和月的象征的。这样,诗人所描绘的就不仅仅是秋夜的自然景象,而是勾摄了清秋的魂魄,霜月的精神。这精神是诗人从霜月交辉的夜景里发掘出来的自然之美,同时也反映了诗人在混浊的现实环境里追求美好、向往光明的深切愿望,是他性格中高标绝俗、耿介不随的一面的自然流露。当然,我们不能说,这耐寒的素娥、青女,就是诗人隐以自喻;或者说,它另有所实指。诗中寓情寄兴,是不会如此狭隘的。王夫之说得好:"兴在有意无意之间。"倘若刻舟求剑,理解得过于窄实,反而会缩小它的意义,降低它的美学价值。

范元实云:"义山诗,世人但称其巧丽,至与温庭筠齐名。盖俗学只见其皮肤。其高情远意,皆不识也。"他引了《筹笔驿》、《马嵬》等篇来说明。其实,不仅咏史以及叙志怀之作是如此,在更多的即景寄兴的小诗里,同样可以见出李商隐的"高情远意"。叶燮是看到了这点的,所以他特别指出李商隐的七言绝句,"寄托深而措辞婉"。于此诗,也可见其一斑。

这诗在艺术手法上有一点值得注意:诗人的笔触完全在空标点染,诗境如海市蜃楼,弹指即现;诗的形象是幻想和现实交织在一起而构成的完美的整体。秋深了,树枝上已听不到聒耳的蝉鸣,辽阔的长空里,时时传来惊寒的雁阵。在月白霜清的宵夜,高楼独倚,水光接天,望去一片澄澈空明。"初闻征雁已无蝉"二句,是实写环境背景,这环境是美妙想象的摇篮,它会唤起人们绝俗离尘的意念。正是在这个摇篮里,诗人的灵府飞进月地云阶的神话世界中去了。后两句想象中的意境,是从前两句生发出来的。

景切情挚 思深意远

赵嘏《江楼感旧》赏析

屠 岸

作者介绍

屠岸,1923年生,江苏省常州市人,文学翻译家、作家、编辑。原名蒋壁厚。1946年开始写作并翻译外国诗歌。1948年翻译出版了惠特曼诗选集《鼓声》。1949年翻译出版了《莎士比亚十四行诗集》。1973年以后,历任人民文学出版社现代文学编辑室副主任、主任,总编辑。

推荐词

诗人看诗作,不同于常人,他们常常是从写作的角度去看,去分析,去体会。屠岸先生这篇欣赏文章从六个W入手,可谓剑走偏锋。正因为如此,我们便多了一个视角,多了一层理解,也多了一个诗意的空间。

独上江楼思渺然,月光如水水如天。

同来望月人何处?风景依稀似去年。

这是晚唐诗人赵嘏的一首有名的七绝,格律严谨而写来浑然天成,朴素淡远,令人读过难忘。

第一、二句要连在一起读。中间的停顿是短暂的。两句回答了六个W中的五个W。请原谅我借用外国字母。所谓六个W,就是指英文中的Who(什么人)、When(什么时候)、Where(什么地方)、What(干什么)、How(怎样干的)、Why(为什么要干)。这是叙事文(诗)的六个要素。这首诗不是叙事诗而是抒情诗,但它是由登楼之举所生发,并紧扣住今昔对照而写的,所以实际上并离不开人和事。在诗的开头,两句就回答了五个W:什么人?诗人自己;什么时候?月夜;什么地方?江边,楼头;干什么?登楼,观景;怎样干的?独自一人去的。只剩下一个W即为什么要干，留待下面回答。用两句十四个字回答了五个W的问题，可谓简洁、凝练。

这两句仅仅回答了五个W的问题吗？不仅仅是。

这里有人，有物。人：诗人。物：楼，月，水，天。人是有感情的，何况感情丰富的诗人。在诗人的妙笔下，人和物交融、情和景结合的现象发生了。楼，自古以来往往是牵动人情思的地方。王粲写《登楼赋》，寄寓他不满现实、思乡怀旧的情思。杜甫写《登楼》，表述他忧国忧民的忠愤心怀。柳宗元写《登柳州城楼寄漳汀连封四州刺史》，寄托他忧时愤世、无比激动的心情。李商隐写《安定城楼》，抒发他政治上的抱负和胸襟。诸家各有千秋。赵嘏的这首诗也是写登楼，却不同于以上诸家，而有他自己独有的情怀。他独自一人登上江楼，情思渺然。"渺然"，应该是浩茫无际的意思。为什么其思"渺然"呢？诗人没有立即正面作答，而是先把登楼后见到的景色呈现在读者面前："月光如水水如天。"王勃《滕王阁序》中有"秋水共长天一色"的名句。虽然赵嘏写的是月夜之景，王勃写的是白日所见，但都为日月照射下的天光水色，其理路本自相通。天色清朗，透明如水。水平如镜，反映天光。而在夜晚，天上有月，水中亦有月。"月涌大江流"（杜甫句），强调是动态，"水如天"，则偏重于静观，但都是从明月与江水的结合处着笔的。有的版本作"水连天"，似较平。它只说明了水天相接的形状，而缺少情致。"月光如水水如天"，则充分描写了诗人从楼上见到的景色和气氛：金波泻地，江心抱月，天光、月影、水色三者浑然一体，真不知是江行天上，还是天卧江中！这正是月夜江景的特点。又，一句七字之内，竟连用两个"如"字，两个"水"字，颇不多见。写诗一般要避免同一个字或词的重复出现。然而，正如《文心雕龙·练字》所说的："诗骚适会，而近世忌同；若两字俱要，则宁在相犯。"有的重复出现，是出于作者的匠心，却往往能产生特殊的艺术效果。这里的两个"如"字，配合两个"水"字，在描写景物的相互联系与烘托气氛的弥合无间上，起了不容忽视的媒介与纽带作用。这种用法，可以说是平中见奇。倘若说，既然月光如水，水又如天，岂不是月光也如天吗？文学非数学，此"如"非彼"如"。一经穿凿，便成滑稽了。

诗人的情思，渺然无际。水天一色，月光的金波充塞天地间，江边月夜的景色，浩瀚无际。主观的无际和客观的无际合而为一，无限之情与无限之景合而为一。

诗的三、四两句，承一、二句而来。三句波澜顿起，四句转入平缓，而余音不绝。"同来望月人何处？"是设问。"风景依稀似去年。"似回答。由当前的月，想起去年的月；由今日诗人望月，接上去年诗人与"望月人"同来望月；今日之月与去年之月，因两次"望"而联系起来；今日之风景与去年之风景，也因两次"望"而联系起来。但尽管两者相似，而人事已非。今日是一人独望，去年是二人同望。第一句的"独上"与第三句的"同来"相呼应，相对照；去年的幸会衬托出今日的凄清。诗人缅怀故旧，情思渺然。这样，把读者带到了一个景切情挚、思深意远的境界。那么，三、四两句就不仅仅是对那剩下的一个W即Why（为什么要干）作答的问题了。

望月思人，从来有之："此时相望不相闻，愿逐月华流照君。"（张若虚）因水怀人，从来有之："所谓伊人，在水一方。"（《诗经》）俯仰天地而及人，从来有之："海内存知己，天涯若比邻。"（王勃）赵嘏登江楼而望月，因月而水，因水而天，并将三者熔于一炉，都与思念故旧联系起来，又显示出另一种特色，而不拘于上述诸家的手法。

第三句妙在语气上是问，诗意上是答。上承首句，对"独上"和"思之渺然"作了回答。单看首句"思渺然"，似有空茫落寞，没有着落之感，及至与第三句相呼应，方知诗人情思之渺然，乃因同游旧友行踪之渺然。哦，如果这友人今天仍能同诗人一起来赏月，那该有多好啊！读到这里，不禁使人想起苏轼的名句："人有悲欢离合，月有阴晴圆缺，此事古难全。但愿人长久，千里共婵娟！"但赵诗与苏词韵味又各不同。苏词清而丽，赵诗淡而远。

第三句形式是问句，揭示前二句所蕴含的意旨。此句是全诗的核心，是点《江楼感旧》之题，点明主题之句。第四句似答非答，答非所问，然而却是回答得更深更远，是深化主题之句。

"风景依稀似去年"，这里的"风景"是实——眼前之景。但又实中有虚：这眼前之景同回忆中的去年之景相似。这里的"去年"，去年之景，是虚——忆中之景，但又以虚拟实，这忆中之景与眼前之景相似。眼前之景中有我无友，去年之景中有我有友。这里，景之虚实之间，人之有无之间，用"依稀"二字联系起来，仿佛产生了电影中"淡入"、"淡出"或叠影手法所产生的效果：眼前之景，是真？是幻？去年之景，在眼前？在忆中？"依稀"二字，把读者也带到诗人的主观感受中去了。"残宵犹得梦依稀"（李商隐），是明说写梦。"风景依稀似去年"则是说实景，却又仿佛写了梦境一般的幻觉，而这幻觉紧扣着"感旧"。这一句诗，就用了这种虚实相生、有无相间的特殊手法，深化了主题。

至于这位老朋友是谁，去年因何二人同来望月，后来因何分手，诗人再登江楼，是专为怀友而来，还是偶然又到，触景生情，赋此"感旧"……这些问题，诗中未曾回答，也不必回答。这一切，都让读者从诗中所写感旧怀友的浩茫无际之情思中去想象吧。一首七绝，四句二十八个字就这样结束了。然而它在读者心中引起的感受和联想，却似余音绕梁，绵邈不绝。言有尽而意无穷，说的不就是这首诗或这一类诗文吗？

读赵嘏的这首《江楼感旧》，总使我联想起另一首唐诗，即崔护的《题都城南庄》："去年今日此门中，人面桃花相映红。人面不知何处去，桃花依旧笑东风。"我觉得这两首诗有惊人的相似处，却又各有其独创性。两诗都是七绝，都是由今日回溯到去年，都是睹物思人，物是人非。而所睹之物，一是月亮，一是桃花。所临之地，一在楼上，一在门中。所思之人，都不在眼前，都在回忆之中：一在月光之下，一在桃花之旁。连章法都有相似之处：都在第三句设问（"人面不知何处去"可作为陈述句，亦可作为疑问句），也都在第三句波澜突起，点明主题；又都以第四句之答非所问，似答非答来深化主题。甚至有些词都是相同的，如"何处"二字均出现在第三句，而崔诗之首，赵诗之尾都用了"去年"二字。有些词是相应的，如"望月人"与"人面"，"风景"与"东风"，"依稀似"与"依旧笑"等。但两诗又是何等的不同！一是写友谊，一是写爱情。这是主要之点，是主题的不同！月光水色，何等清邈；人面桃花，何等艳丽！"渺然"，"依稀"，幽静淡远，"相映红"，"笑东风"，炙热浓烈。而前者的淡彩，是为了写今日怀友之情的深挚；后者的重彩，反衬出今日不见所恋少女因而失望之极的衷情。遣词造句，以至章法，都是为不同的主题服务的。然而从这里又可看出，两诗主题之不同中又有相同处：都是写情思；一则以淡远见长，一则以浓烈取胜，但都达到了高超的美的境界。苏轼诗云："欲把西湖比西子，淡妆浓抹总相宜。"庶几近之。

再饶舌几句：崔护的《题都城南庄》确是一首杰作，却又与他的恋爱故事（唐代孟棨的《本事诗》中有记载）不可分割。终成眷属的团圆结局，是人们的愿望，无可厚非。但因此，这首诗所体现的言有尽而意无穷的境界，也许会打一点折扣。这可能是谬说，愿就正于方家。

超迈古今的想象

贺知章《咏柳》绝句赏析

吴小如

推荐词

作者写的是有生命的在春风中苏醒、茁发、成长的柳树，是活的自然景物，但作者却用了"碧玉"、"绿丝绦"和"剪刀"三种事物来打比方。用朱先生所举的概念来解释，作者是采用"逼真"的手法写出了"如画"的景色，使读者对有生机的、活力极强的然而却是新生的、呈萌发状态的"柳"的形象和神采感到"分明"、"具体"，因此也是"可感觉"的。我以为，这就是此诗在艺术上所具有的最大特色，也可以说是唐诗中新的艺术成就之一。

碧玉妆成一树高，万条垂下绿丝绦。

不知细叶谁裁出，二月春风似剪刀。

这首《咏柳》绝句近年来已逐渐引起读者的兴趣。就我所知，目前至少已有六种诗歌选本选入此诗（人民文学出版社有三种，《中国历代诗歌选》和《新选唐诗三百首》有注释说明，《唐诗选》未加注释；中国青年出版社一种，《历代诗歌选》；北京出版社一种，《唐诗选注》；安徽人民出版社一种，《唐诗绝句赏析》。特别是《赏析》一书，对此诗做了详尽的分析，启发读者去欣赏玩味），这是一件有益的工作。这里我想谈谈个人读此诗的体会。

我国诗歌的传统创作手法，主要是赋、比、兴三种。由于比和兴关联密切，一首诗往往义兼比兴。这首《咏柳》却纯属"比"体，四句诗一连打了三个比喻，把早春时"柳"的形象刻画得神形兼备,情趣盎然。朱自清先生在他一篇著名的论文《论逼真与如画》中曾指出,一般地说,"逼真"是指艺术模仿自然,"如画"是指自然模仿艺术。但在"批评文学作品"时,这两个术语,即"逼真"和"如画","都只是分明、具体、可感觉的意思,正是常识对于自然和艺术所要求的"(《论雅俗共赏》页15至24,1948年《观察丛书》;又见《朱自清文集》三)。就《咏柳》一诗而论,作者写的是有生命的在春风中苏醒、茁发、成长的柳树,是活的自然景物,但作者却用了"碧玉"、"绿丝绦"和"剪刀"三种事物来打比方。用朱先生所举的概念来解释,作者是采用"逼真"的手法写出了"如画"的景色,使读者对有生机的、活力极强的然而却是新生的、呈萌发状态的"柳"的形象和神采感到"分明"、"具体",因此也是"可感觉"的。我以为,这就是此诗在艺术上所具有的最大特色,也可以说是唐诗中新的艺术成就之一。我的认识即以此为基点。

这就牵涉到对诗句如何解释的问题了。第一句"碧玉妆成一树高",各个选本的解释就不一样。有的释为柳树绿得像碧玉,有的释为"柳树碧绿得如一棵玉树",或者更清楚一点地说："眼前那高高的柳树犹如碧玉雕饰而成的。"我个人的理解倾向于后者。甚至宁可讲得更死板一点，作者干脆就把活的柳树看成了无生命的碧玉，说它是由有一棵树那样高矮的碧玉"妆成"的。这在艺术上恰好起到了一个辩证的作用，即作者用的比喻越板滞，"柳"的形态神情反而越生动。也就是说，作者笔下的这株柳树，已经被写得如此之活，如此之真，以至于真到了像假的一样的程度。顺带说一下，不仅第一句如此，第二句的"绿丝绦"亦然。明明是随风婀娜的柳枝，却被形容为无生命的绿色丝织绦带。这两句比喻的性质是一样的。

关于"碧玉"，《中国历代诗歌选》上编第二册的注释有个引申的讲法。注文说："又，'碧玉'，宋汝南王妾名。这里也可能含有形容柳树袅娜，宛如凝妆的碧玉（小如按：人名）的意思。"这颇有助于启发读者的想象力。但，如果从切合诗句具体描写的内容来援引出典，我倒宁可引用另外一个故事。《太平御览》卷八〇五引《汉武故事》云：

> 上（小如按：指汉武帝）起神屋，前庭植玉树。以珊瑚为枝，碧玉为叶，华（花）子青赤，以珠玉为之。

这个出典当然并未指实所植的"玉树"是模仿柳树的形

状（相反，汉魏以来倒有以"玉树"来比喻槐树的，见《三辅黄图》，那是另一回事）。可是到了贺知章手里，就把它发展成专写柳树，说这株树从上到下通体都是用"碧玉妆成"的。这或许受到西汉扬雄《甘泉赋》里"翠玉树之青葱兮"的启发和影响。而与贺同时而年辈晚于贺的杜甫，在他的《饮中八仙歌》里描写崔宗之，说崔是"潇洒美少年"，"皎如玉树临风前"，则很有可能已把"玉树"比成柳树的形象融入诗境中去（当然，杜甫还兼用《世说新语》中"芝兰玉树"的典故，这里不详论），因为用"临风前"的姿态来描绘柳树是最为合适的，说不定杜甫正是受了贺知章这首诗的影响。

如果只有前两句，无论"碧玉"也好，"绿丝绦"也好，浓墨重彩固有余，气韵飞动则不足，但见雕镂刻画之工，却无含蓄蕴藉之妙。尽管"一树"与"万条"，"妆成"与"垂下"，具见疏密相间、动静结合之美，但毕竟属于单线平涂，缺乏机趣和情致。所以后两句才是全诗的精华。无奈新抽出来的嫩绿的柳叶只能是"细叶"，仍属精致纤巧一类，不能勉强赋以飞动的气韵。偏偏作者更是艺高人胆大，从树身写到树的枝条，又从树枝写到枝上新生的"细叶",不仅越写越细小,而且还用了个"裁"字,坐实了它是"假"的,是后天的,是"人为"的,宛如一幅刻意求工的工笔画,几乎不容有一丝写意的笔墨渗入其间。这样一来,只剩下第四句了,只能靠这最末一句才足以振起全篇,化静止为飞动,使之有气韵,有生机,有情趣,有意境。无怪乎《唐诗绝句赏析》的作者们情不自禁地用"拍案叫绝"来形容它——"二月春风似剪刀"了。然而这一句究竟"绝"在什么地方呢?首先是"二月",点明早春天气,其次是"春风"。有了"春风",不仅使读者感到那"一树"和"万条"都活了,动了,而且还使读者触及迎面扑来的气流,觉得一片蓬勃朝气,清新爽洁,愉悦欢欣。但这仍不足为奇,最妙的还在于用具体的、无生命的"剪刀"来比喻那虽然看不见却能触得到的"春风"。没有"剪刀"般的"春风",那柳枝上的"细叶"怎么能被裁剪出来呢?单就这一点而论,作者的艺术想象力已足称得起超迈古今了。有的选本把这诗讲成整棵柳树都像是用"春风"裁剪而成的,那恐怕有失作者的原意吧。

然而值得"拍案叫绝"的还远不止此。首先,剪刀是被用来裁剪衣物的,春风把柳树吹得生出了细叶,正如剪刀裁剪出精致的衣服。但剪刀不会自己裁剪，而要靠人来使用，那么，"春风"又是受了谁的指使和支配呢？回答是：它受大自然（或曰"造化"）的指使和支配。正是"造化"运用春风吹醒了万物，使它们苗发成长的。而从"人"的角度来说，人们创作艺术品，主要是"师造化"，即以大自然为师，也就是朱自清先生说的"艺术模仿自然"，可是在贺知章的《咏柳》这首小诗里，最后这个比喻却生动地告诉我们：造化反而是"师人"的，是以艺术为师的，它正如人们裁剪衣服那样在给柳树创造美丽的"细叶"。作者描写柳树，在诗中把柳树写得活灵活现，这原是"艺术模仿自然"，但作者却说，这乃是"自然模仿艺术"的结果。明明如前文所云，作者是在用"逼真"的艺术手法（即赋、比、兴中的"比"）来写"如画"的自然景物（有生命的柳树），而作者却力图说服你，自然景物之所以"如画"，恰好是由于大自然以人为的（即"逼真"的）艺术形象为师法，才达到了这样神形兼备的程度。您说它"绝"不"绝"？

其次，还想就"剪刀"这个比喻本身说点看法。《赏析》的作者列举了杜甫的"焉得并州快剪刀，剪取吴淞半江水"、李贺的"一双瞳人剪秋水"和"欲剪湘中一尺天,吴娥莫道吴刀涩"以及陆游的"诗情也似并刀快,剪得秋光入卷来"等诗句为例,认为这些诗中的"剪刀"和"剪",很可能是受到贺知章笔下的"剪刀"的启发。我则认为,《赏析》中所举的诗句,大都侧重于用剪刀的光亮(如说"瞳人剪秋水")和锋利来进行"比"的手法,亦即是说剪刀既"明"且"快"。而贺知章这里的比喻,"剪刀"却含有心灵手巧的意思,就像《韩非子》里讲的刻楮为叶的故事那样,说大自然让春风巧妙地把嫩绿的细叶逐一裁剪成功,让它们呈现在绿丝绦般的柳枝上,从而形成了一树碧玉。另外,剪刀是有锋芒的,它正如早春二月的风,固然可以吹得万物苏醒,但春寒料峭,这种风吹到人的身上脸上,会使人有点儿"锋利"之感,它还不是"和风"、"惠风"(当然更不是"熏风"),而是乍暖还寒时候的风。这正是作者要用"剪刀"来形容"二月春风"的道理。宋人有"沾衣欲湿杏花雨,吹面不寒杨柳风"之句,果真到了"吹面不寒"的时节,那就不宜再用"剪刀"来做比喻了。

最后,还想补充《赏析》所未举出的一个以"剪"为喻的例子。《牡丹亭·惊梦》:"生生燕语明如剪,呖呖莺歌溜的圆。"这个"剪"虽亦为明快之意,却是形容燕语清脆尖新,同时还语含双关。盖燕尾如剪刀,不独状其声,抑且与燕尾之形相联系。其意若曰燕子清脆尖新的呢喃之声,原是它们用自己的尾部修剪出来的。汤显祖真不愧修辞构思的妙手,他比贺知章又向前发展一步了。

含蓄蕴藉 寄托遥深

张九龄《感遇》二首赏析

霍松林

作者介绍

霍松林,1921年生,甘肃省天水市人。1944年考入重庆中央大学攻读中国文学专业,获胡小石、朱东润、罗根泽、汪辟疆、陈匪石等学者的指导和教诲。1953年起在陕西师范大学中文系任教授。出版有著作《文艺学概论》、《〈西厢记〉简说》、《〈西厢记〉述评》、《李白诗歌鉴赏》、《学者自选散文精华》、《宋诗三百首评注》、《历代诗精品评注》、《孔颖达诗歌初探》、《〈漳南诗话〉校注》等。

推荐词

张九龄为什么不是通过松柏而是通过丹橘来歌颂耐寒的节操呢?这除了他谪居的"江南"正好"有丹橘",自然联想到屈原的《橘颂》而外,还由于丹橘不仅经冬犹绿、"独立不迁",而且硕果累累,有益于人。

兰叶春葳蕤，桂华秋皎洁。欣欣此生意，自尔为佳节。
谁知林栖者，闻风坐相悦。草木有本心，何求美人折！

江南有丹橘，经冬犹绿林。岂伊地气暖，自有岁寒心。
可以荐嘉客，奈何阻重深！运命唯所遇，循环不可寻。
徒言树桃李，此木岂无阴？

张九龄（673—740），字子寿，韶州曲江（广东省曲江县）人，唐中宗景龙年间中进士，又以"道侔伊吕科"策高第，为左拾遗。累官至中书侍郎同平章事，迁中书令。唐玄宗的"开元之治"，史家曾认为可以比隆贞观，而张九龄就是开元后期著名的"贤相"。他矜尚直节，敢言得失，注意援引"智能之士"；对安禄山的狼子野心，也早有觉察，建议唐玄宗及早剪除，未被采纳。终因受到李林甫等权奸的诽谤排挤，被贬为荆州长史。他远贬之后，李林甫等人更受宠信，所谓"开元盛世"，也就一去不返。杜甫把《故右仆射相国张公九龄》作为组诗《八哀》之殿，是大有深意的。

《感遇》十二首，就是谪居荆州时所作，含蓄蕴藉，寄托遥深，对扭转六朝以来的浮艳诗风起过作用，历来受到评论家的重视。例如高棅在《唐诗品》里就曾指出："张曲江公《感遇》等作，雅正冲淡，体合《风》、《骚》，骎骎乎盛唐矣。"这里选的是第一首和第七首。

第一首，把"兰"和"桂"作拟人化的描写。一、二两句，"互文"见意：兰在春天，桂在秋季，它们的叶子多么繁茂，它们的花儿多么皎洁。正因为写兰、桂都兼及花叶，所以第三句便以"欣欣此生意"加以总括。一般选注本未注意"互文"的特点，认为写兰只写叶，写桂只写花，未必符合诗意。三、四两句，一般都这样解释："春兰秋桂欣欣向荣，因而使春秋成为美好的季节。"而这样解释的根据是把"自尔为佳节"中的"自"理解为介词"从"，又转变为"因"，把"尔"理解为代词"你"、"你们"，用以指兰、桂。这是值得商榷的。第一，头两句尽管有"春"、"秋"二字，但其主语分明是"兰叶"和"桂花"，怎能把"春"、"秋"看成主语，说什么"春秋因兰桂而成为美好的季节"？第二，作这样的解释，就与下面的"谁知"两句无法贯通。第三，统观全诗，诗人强调的是不求人知的情操，怎么会把兰桂抬高到"使春秋成为美好季节"的地步？联系上下文看，"自尔为佳节"的"自"，与杜甫诗"卧柳自生枝"（《过故斛斯校书庄》）、李华诗"芳树无人花自落"（《春行寄兴》）、陈师道诗"山空花自红"（《妾薄命》）中的"自"同一意义。"尔"，显然不是代词，而与"卓尔"、"率尔"中的"尔"词性相同。"佳节"，在这里也不能解释为"美好的季节"，而应该理解为"美好的节操"。诗人写了兰叶桂花的葳蕤、皎洁，接着说：兰叶桂花如此这般的生意盎然、欣欣向荣，自个儿就形成一种美好的节操。用"自尔"作"为"的状语，意在说明那"佳节"出于本然，出于自我修养，既不假外求，也不求人知。这就自然而然地转入下文："谁知林栖者，闻风坐相悦。草木有本心，何求美人折？"

不难看出，"草木有本心"一句，和"欣欣此生意，自尔为佳节"一脉相承；"何求美人折"一句，与"谁知林栖者，闻风坐相悦"前后呼应。既然如此，有的选注本把"谁知"两句，解释为"不料隐逸之士慕兰、桂的风致，竟引为同调"，也未必确切。"谁知"并不等于"谁料"，而近似于"谁管"。兰桂自为佳节，自有本心，自行其素，自具欣欣生意，不求美人采择；"林栖者"是否"闻风"，是否因闻风而相悦，谁知道呢？谁管它呢？

当然，不求人知，并不等于拒绝人家赏识；不求人折，更不等于反对人家采择。从"何求美人折"的语气看，从作者遭谗被贬的身世看，这正是针对不被人知、不被人折的情况而发的。"不以无人而不芳"，"不吾知其亦已矣，苟余情其信芳"，乃是全诗的命意所在。八句诗句句写兰桂，都没有写人。但从那完整的意象里，我们却可以看见人，看见封建社会里某些自励名节、洁身自好之士的品德。

前一首，是对"兰桂"的颂歌，后一首，则是对"丹橘"的颂歌。

有歌颂的正面，就有歌颂的反面。兰桂葳蕤皎洁，"美人"应该采择。如果不采兰桂而采萧艾，那"美人"也就不那么美。在前一首中，诗人用"何求美人折"歌颂了兰桂的自为佳节、自有本心；对"美人"的态度，则含而不露，以致不太细心的读者会以为只写兰桂而与"美人"无涉。然而从"何求美人折"的自白里，不也可以听出"美人"不折的感慨吗?"美人"既然不折兰桂,他又折些什么?

"美人"一词,究竟何所指,翻唐诗的选注本,说"美人"指"林栖者",这恐怕未必符合诗人的原意。这首诗命意遣词,都有取于屈原的作品。而在屈原的《九章》里,就有一篇《思美人》,其中的"美人"指顷襄王。把张九龄被贬到荆州时所作的这一首诗和屈原被放逐到江南时所作的《思美人》联系起来读,也许会有更深一层的体会。

对"美人"的态度,如果说在前一首里含而不露,那么在后一首里,就有点露,尽管相当委婉。

屈原生于南国,橘树也生于南国,他的那篇《橘颂》一开头就说:"后皇嘉树,橘来服兮。受命不迁,生南国兮。"其托物喻志之意,灼然可见。张九龄也是南方人,而他的谪居地荆州的治所江陵(即楚国的郢都),本来是著名的产橘地区。他的这首诗一开头就说:"江南有丹橘,经冬犹绿林。"其托物喻志之意,尤其明显。屈原的名句告诉我们:"嫋嫋兮秋风,洞庭波兮木叶下。"可见即使在"南国",一到深秋,一般树木也难免摇落,又哪能经得住严冬的摧残?而"丹橘"呢,却"经冬犹绿林"。一个"犹"字,充满了赞颂之意。"丹橘"经冬犹绿,究竟是由于独得地利呢,还是出乎本性?如果由于独得地利,与本性无关,也就不值得赞颂。诗人抓住这一要害问题,以反诘语气排除了前者。"岂伊地气暖"——难道是由于"地气暖"的缘故吗?这种反诘语如果要回答的话,只能作否定的回答;然而它照例是无须回答的,比"不是由于地气暖"之类的否定句来得活。以反诘语一"纵",以肯定语"自有岁寒心"一"收",跌宕生姿,富有波澜。"自有岁寒心"的"自",也就是"自尔为佳节"的"自"。"岁寒心",本来是讲松柏的。《论语·子罕》:"岁寒然后知松柏之后凋也。"那么,张九龄为什么不是通过松柏而是通过丹橘来歌颂耐寒的节操呢?这除了他谪居的"江南"正好"有丹橘",自然联想到屈原的《橘颂》而外,还由于"丹橘"不仅经冬犹绿、"独立不迁",而且硕果累累,有益于人。作者特意在"橘"前着一"丹"字,就为的是使你通过想象,在一片"绿林"中看见万颗丹实,并为下文"可以荐嘉宾"预留伏笔。

汉代《古诗》中有一篇《橘柚垂华实》,全诗是这样的:

橘柚垂华实，乃在深山侧。闻君好我甘，窃独自雕饰。
委身玉盘中，历年冀见食。芳菲不相投，青黄忽改色。
人倘欲知我，因君为羽翼。

作者以橘柚自喻，表达了不为世用的愤懑和终为世用的渴望。张九龄所说的"可以荐嘉宾"，也就是"历年冀见食"的意思。"经冬犹绿林"，不以岁寒而变节，已值得赞颂；结出累累硕果，只求贡献于人，更显出品德的高尚。"嘉宾"是应该"荐"进以佳果的，"丹橘"自揣并非劣果，因而自认"可以""荐嘉宾"，然而为重山深水所阻隔，到不了"嘉宾"面前，又为之奈何！读"奈何阻重深"一句，如闻慨叹之声。

从全诗的构思看，从作者的遭遇看，把这一首中的"嘉宾"和前一首中的"美人"看成同义词，大概不至于有什么错。那么，构成"荐嘉宾"的阻力是什么，下文"徒言树桃李"中的"桃李"和"树桃李"者究竟何所指，也就可以意会了。

"运命"两句，不能被看成宣扬"天命观"。"运命唯所遇"，是说运命的好坏，只是由于遭遇的好坏。就眼前说，不就是由于有"阻重深"的遭遇，因而交不上"荐嘉宾"的好运吗？"奈何荐嘉宾"中的"奈何"一词，已流露出一寻究竟的心情，想想"运命唯所遇"的严酷现实，就更急于探寻原因。然而呢，"循环不可寻"，寻来寻去，仍然弄不清原因、解不开疑团。于是以反诘语气收束全诗："徒言树桃李，此木岂无阴？"——人家只忙于栽培那些桃树和李树，硬是不要橘树，难道橘树不能遮阴，没有用处吗？在前面，已写了"经冬犹绿林"，是肯定它有"阴"；又说"可以荐嘉宾"，是肯定它有实。不仅有美阴，而且有佳实，而"所遇"如此，这到底为什么？《韩非子·外储说左下》里讲了一个寓言故事：

> 阳虎去齐走赵，简主问曰："吾闻子善树人。"虎曰："臣居鲁，树三人，皆为令尹。及虎抵罪于鲁，皆搜索于鲁也。臣居齐，荐三人，一人得近王，一人为县令，一人为侯吏。及臣得罪，近王者不见臣，县令者迎臣执缚，侯吏者追臣至境上，不及而止。虎不善树人。"
>
> 主俯而笑曰："树橘柚者，食之时甘，嗅之则香；树枳棘者，成而刺人。故君子慎所树。"

只树桃李而偏偏排除橘柚，这样的"君子"，总不能说

"慎所树"吧!

这首诗句句写"丹橘",构成了完整的意象,与"我心如松柏"之类的简单比喻不同。其意象本身,既体现了"丹橘"的特征,又有一定的典型意义。读这首诗,当我们看到"丹橘"经冬犹绿,既有甘实供人食用,又有美阴供人歇凉的许多优点的时候,难道不会联想到具有同样优点的一切"嘉树"吗?当我们看到"丹橘"被排除而桃李却受到精心栽培的时候,难道不会联想到与此相类的社会现象吗?

就作者的创作动机说,这两首诗都是托物自喻,但由于创造出具有典型性的意象,所以其客观意义,已远远超出了自喻的范围。杜甫在《八哀·故右仆射相国张公九龄》一诗中称赞张九龄"诗罢地有余,篇终语清省"。后一句,是说他的诗语言清新而简练;前一句是说他的诗意余象外,给读者留有驰骋想象和联想的余地。诗人评诗,探骊得珠,是耐人寻味的。

壮士拂剑 浩然弥哀

司空图《退栖》诗赏析

吴调公

作者介绍

吴调公(1914—2000),江苏镇江人。1935年毕业于大夏大学(现华东师范大学前身)国文系。1949年后,历任江苏师范学院(现苏州大学前身)讲师、教授,南京师范学院、南京师范大学教授,长期从事古代文论和古代美学的研究。出版有著作《谈人物描写》、《与文艺爱好者谈创作》、《文学分类的基本知识》、《古代文论今探》、《李商隐研究》、《古典文论与审美鉴赏》、《文学分类的基本知识》等。

推荐词

退隐诗从共性来说,固然都表现为不满现实的情境,但每人退隐的具体情况各不相同: 或是感时世艰难,或是叹仕路风波,或是嗟雄才未展,或是慨狐狸当道。如果说丢下这些具体感受,而只是笼统地描写不满现实的牢愁,这种诗绝对不可能写出退隐之情的个性,当然也无以动人。

宦游萧索为无能,移住中条最上层。
得剑乍如添健仆,亡书久似失良朋。
燕昭不是空怜马,支遁何妨亦爱鹰?
自此致身绳检外,肯教世路日兢兢!

提到司空图,人们都很容易想起他用四言诗写成的一部非常优美的诗歌理论著作《诗品》,但对他的诗往往忽略。其实在他的律、绝诗中,并不乏体物深切和韵味悠然的佳作。《退栖》这首七律便是其中之一。

司空图,字表圣,晚年自号知非子、忍辱居士。生于唐文宗开成元年(837),卒于后梁开平二年(908)(洪迈《容斋续笔》云卒于天祐二年九月,误)。所著除《诗品》外,有《司空表圣文集》和《司空表圣诗集》。

司空图的一生,是唐王朝急转直下地趋于土崩瓦解的时代。他亲眼看到了军阀和政治野心家的乱政篡权，以致短短几年中几个皇帝相继被杀。他亲身碰到过黄巢农民起义军，还曾一度被俘。他曾经几度归隐而又曾几度出山。虽说在他的诗文集中有不少是属于"日往烟萝"、倾心旷达的一类作品，然而他的兀傲豪放之气一直没有消除，字里行间不时流露出既向往退隐而又不安于退隐的块垒不平之气，标志着他一生行藏不定、进退维谷的心情，反映了一个蒿目时艰的文人眼中所见到的天崩地坼的景象。这种心情，正是他在《诗品》中所说的"壮士拂剑，浩然弥哀"的一种"悲慨"意境，兼旷达与悲壮。这一种复杂心情的描绘，在《退栖》诗中达到了卓越的艺术高度。

封建社会的诗人，因为仕路坎坷，受到打击和排挤，从而退出政治舞台，过起了田园生活。这时，他们为了抒发怫郁之气和块垒之思，写出了反映退隐生活和感情的作品，这现象在诗歌史上是屡见的。魏晋时代甚至出现过"招隐"这一类文体，表现诗人对隐居的强烈向往和宣传，但其中有些作品不免失之浮浅。如陆机认为"富贵苟难图，税驾从所欲"，这种想法实在并不高明。比较富有意趣的是左冲的《招隐诗三首》。诗的第二首结尾写下了这样两句："相与观所尚，逍遥撰良辰"，优游自在地表现诗人的崇高个性而于大义无亏，从而珍惜大好流光，这样的退隐风度是符合一位"振衣千仞冈"的诗人的崇高襟抱的，但这两句诗的本身诗味并不很浓。回过头来再看《退栖》，则不仅风骨高遒，对当时退隐心情的刻画也相当深切。在我看来，似乎要算是历来退隐诗中的佳作之一。

退隐诗从共性来说，固然都表现为不满现实的情境，但每人退隐的具体情况各不相同：或是感时世艰难，或是叹仕路风波，或是嗟雄才未展，或是慨狐狸当道。如果说丢下这些具体感受，而只是笼统地描写不满现实的牢愁，这种诗绝对不可能写出退隐之情的个性，当然也无以动人。司空图这首诗的感人之处，首先因为他能结合当时具体处境和心情来抒写"退栖"生活。至于这首《退栖》诗的创作时日，虽说我们不能具体考定，但按照大体以司空图生平作诗先后为序的《唐音统签》本的排列次第看来，这首诗是放在《五十》之后，而又列于五十一岁所作的《丁未岁归王官谷有作》之前，那么在极大程度上可以推定这首诗作于五十岁或近五十时，即公元887年或稍前时所写。而这一段时期，正是他出处行藏、变化倏忽、徘徊于仕隐之间最为突出的时期。在这次退隐前，唐僖宗因避黄巢农民军奔蜀，司空图要奔赴行在而未能，因此一度退隐。转眼几年后，僖宗还京，行次凤翔（今陕西宝鸡附近）。司空图却又满怀着耿耿孤忠去朝见皇帝，受命官职。但任官不过一两年，他却又因为触目于军阀的猖狂恣暴，政局的动荡不安，重新辞官归隐。这就开始了他五十岁左右时的一次"退栖"。这一次"退栖"，不同于他晚年退隐时所哀吟的"休休休，莫莫莫！一局棋，一炉药"那种万念俱灰的心情。这里饱含着一种复杂情绪。唐王朝的夕阳更下沉一些了，使得诗人退隐心情的"萧索"成分，较之七八年前僖宗在蜀时期加深了一步；然而，壮志未尽消除，却又使他在这次"退栖"中毕竟还留下了一些昔时曾以"臂鹰手"自居的慷慨豪气的残痕。也正因为这样，诗的开头两句，就以挺拔、倔强和鄙夷流俗的语势，表现了他的"退栖"的动机与怀抱。这是一首诗的主弦。主弦恰如为嘈嘈急语之声，表明他"宦游"之所以不得意，实是由于自己"无能"。当然，所谓"无能"，绝非"自谦"之辞，更无"自贬"之意，而是皮里阳秋，意在讽世。再不然，也可能是说唐王朝的残破之天，自己实在已经"无能"去补了，结果只有退隐到中条山（山西省永济县东南）中。这里，诗人并没有泛泛地写隐居中条，而恰是点出了他住的是"中条最上层"。"最上层"固然很可能是纪实，但从缘情布景说，它却使人们联想到出现于司空图笔下、渗透了诗人感情的中条山的嵯峨气概。也就是"把我们灵魂的力量提升到了那样的一种高度"（康德：《判断力批判》第28节）的所谓"崇高"的美感境界。

"移住"到"中条最上层"，诗人的"崇高"究竟又是怎样呢？要写起来很多。然而最能突出此时此地的典型情境的东西，仍然是如上文所说，应该服从于诗人出处心情的交织。由于如此，下文很自然地出现了颈联的名句："得剑乍如添健仆，亡书久似失良朋。"所谓"得剑"，野史有记，本来是确有其事，然而由于它是沿着前文"最上层"三字喷薄而出，所以诗人之雄，就不仅是巍峨，还更表现为夭矫了。另外，还有一点值得注意的，是与得剑豪情相对应的，还表现了思念"亡书"的怅失之意。前者寄寓诗人的英姿奋发，后者点出作者对学问的涵茹已达到沉迷的境地，自然也就在客观上烘托出诗人学以经世的苦心。这正是诗人早就表示过的有意"探治乱之本"（《与惠生书》）的素志。尽管前者侧重豪迈，后者侧重冲淡，前者侧重表昂奋之情，后者侧重显沉思之态，前者侧重壮美，后者侧重优美，然而一"书"一"剑"所组合的整体，却可以说是别有会心的身居"中条最上层"的诗人的自我塑像。

高远的襟抱，通过具有象征意义的典型事物来表现，这固然是一个方式；运用有关历史人物的典故作为比兴和寄托，这是又一个方式。如李商隐在《安定城楼》中曾经写下了"贾生年少虚垂泪，王粲春来更远游"这样一副颈联，表明他像贾谊一样有才而不见用，只能过着依人作客的生活。一"虚"一"更"，前呼后应，表现了年轻诗人才华横溢和跌宕悲吟的神态。但饱经忧患而年事却又远较在安定城楼行吟时的李商隐为长的司空图，在这里借用古人自比上，艺术手腕却又与之不同。"燕昭不是空怜马，支遁何妨亦爱鹰？"寥寥十四个字，表现了何等苍凉奇崛的情调！战国时郭隗用一位古代国君购买已死的千里马的头的故事去游说燕昭王，得到昭王重用。燕昭王分明是重用人才的，然而这里却翻成了"燕昭不是"，慨叹今世已无人用贤。这是反其意而用之。支遁，这一位东晋著名的和尚，喜养鹰、马而偏不骑马。有人问他，他说"爱其神骏"。然而这里却一变为反问的语气，表明自己虽已退藏，却并没有失其用世的雄心。由此可见，司空图的确并非止于"冲淡"。他在晚年所写的《修史亭三首》中说过："谁料平生臂鹰手，挑钱自送佛前灯！"鹰之于他，原不是偶然的，难怪他运用了这种雷霆万钧的笔力，来为支遁爱鹰，亦即自己的雄心未已来强调了。这可以说是广其意而用之。"不是"富于磅礴的音势，"何妨"响彻高昂的音调，比起李商隐那一联来，在襟抱高远上固然大致相同，但似乎却更显得激昂顿挫，铿锵有声。这也就是《诗品·悲慨》中所说的"壮士拂剑，浩然弥哀"的情境了。同样，结尾的"自此致身绳检外，肯教世路日兢兢"，表面虽说表示从此退隐，漫无拘束，大可不必再像过去仕路周旋，小心谨慎，但从"肯教"二字看来，却分明透露了作者对当时政治的极端憎恶和急流勇退的决心，饱含着郁勃、愤慨的情绪。这种"致身"于"绳检"之外，当然不尽同于杜牧的"十载飘然绳检外"。它展示了住在"中条最上层"的诗人的广阔视野和诗人所向往的"悠悠天钧"的境界。

总的说来，我们从《退栖》一诗中所看到的是处于特定环境中的司空图的特定感受。这一次退栖，不是前此黄巢农民军攻破长安后的"退栖"，不是昭宗时代因受征召赴阙谢恩后回乡的"退栖"，更不是昭宗被迁洛阳幽闭时，被诏入朝，假装成昏老颠顶、误堕朝笏、终于获诏还山时的"退栖"。这一次"退栖",有着"衰谢"和"壮图"的交织,恰恰可以说是诗人生平多次退栖中心情比较复杂的一次,因在诗作中,只有其一而不可有二的特定心情的抒发。清人吴乔说:"诗之中须有人在。"(赵执信:《谈龙录》)这话自然是透辟的。然而作为"人"的一生,也还有其发展变化过程。因此,严格点说,诗中之"人"应该是特定环境的人,应该是人们的"特殊化"了的"情境"(黑格尔:《美学》第一卷,第三章)。具体入微的感受是永远不会重复的。只有具备这样的认识,我们才能从司空图的《退栖》中看到那种"浩然弥哀"的"壮士拂剑"的悲慨实质,才能领会他那种忧伤而豪放、通脱而愤懑的心灵倾诉。

气高而不怒 力劲而不露

皎然《冬日送颜延之明府抚州觐叔父》赏析

王英志

作者介绍

王英志,1944年生,毕业于北京大学中文系。苏州大学博士研究生导师、编审。著作有《灵境诗心——中国古代山水诗史》(清代编)、《清人诗论研究》、《中国古典诗歌艺术新探》、《古典美学传统与诗论》、《性灵派研究》、《袁枚评传》、《袁枚全集》、《李清照集》等。

推荐词

此诗的整个艺术风格基本上属于作者所倡导的高逸一类。诗人的感情相当浓烈,但并没有声嘶力竭地呼喊,即使直抒胸臆亦比较平和,而主要是移情入景,借景寓情,冲澹蕴藉,确实做到了"气高而不怒"、"力劲而不露"。

唐代诗僧皎然本姓谢,字清昼,浙江湖州人,系"元嘉之雄"谢灵运的十世孙,生卒年不详,其一生活动主要在中唐大历、贞元时期。唐代诗僧颇多,如法震、法照、无可、护国、灵一、清江、无本、齐己、贯休等,而"释皎然之诗,在唐诸僧之上"(严羽《沧浪诗话·诗评》),有诗集《杼山集》十卷。当时于頔称其诗"得诗人之奥旨,传乃祖(按:谢灵运)之菁华,江南词人,莫不楷范"(《吴兴昼上人集序》)。皎然诗多为抒发隐逸之情与朋友赠别之意,韦应物颇推重之。皎然后被列于"唐才子"之中(见辛文房《唐才子传》)。

皎然又是著名的诗论家,除有诗论名著《诗式》外,尚有《诗议》、《诗评》(按:据罗根泽《中国文学批评史》考证,《诗评》系"割裂《诗议》、《诗式》凑成的",亦可不计)。与皎然同时代的元稹、白居易论诗重在倡导诗的讽喻、教化作用，有其一定的现实意义，但对于诗的艺术创作规律探讨很不够，亦是严重缺陷。皎然则和元、白相反，对诗的社会意义不甚注重，而是侧重研究诗歌本身的艺术特征与创作经验，具有较高的美学价值。皎然对诗的意境创造问题有深入研究，对后世意境说的发展影响甚大。此外，他关于重"自然"的美学思想亦十分突出，是其诗论的重要内容。这一点明显继承了南朝文论家钟嵘《诗品序》所推重的"自然英旨"的思想。

皎然的"自然"说内涵有三个层次：一是指诗人创作系有感而发，无须苦思冥想，亦不可矫情做作，应该自然而然地吟咏性情。他赞许托名的苏武、李陵诗与《古诗十九首》曰："天予真性，发言自高，未有作用。"（见《诗式》，下引同此书者不赘注）这是指诗人本有真情即所谓"真于情性"，那么其诗作亦即高妙，而无矫揉造作之弊。他评建安诗人又提出"语与兴驱，势逐情起。不由作意，气格自高"之说，此乃对"自然"的具体阐发。皎然强调的是诗的文辞或语言形式是为诗人的感兴所驱遣，诗的体势亦是跟随着诗人的情感而产生、形成的，"因情成体，即体成势"，这正"如机发矢直，涧曲湍回，自然之趣也"（上引均见《文心雕龙·定势》），无须"作意"费心而诗的气格自然高古。二是指诗歌语言自然朴素而清新。《诗式》评谢灵运诗曰："不顾词彩，而风流自然。……惠休所评谢诗'如芙蓉出水'，斯言颇近矣。"此处所谓"风流自然"与"词采"皆指语言风格，二者显然是对立的。前者是"如芙蓉出水"般清丽自然，后者是指汤惠休批评颜延之所谓"如错彩镂金"（见钟嵘《诗品》）式的辞藻浓艳。皎然欣赏的乃是"芙蓉出水"般的富于自然美的语言。基于重"自然"的思想，皎然又反对沈约"八病"之说，认为"律家之流，拘而多忌，失于自然，吾常所病也"（《诗议》）；对于诗之对偶句式主张"不失浑成"，反对"力为之，见斤斧之痕"（《秘府论》引），这与钟嵘"余谓文制，本须讽读，不可蹇碍，但令清浊通流，口吻调利斯为足矣。至平上去入，则余病未能；蜂腰鹤膝，闾里已具"（《诗品序》）的说法相通。此外，皎然又主张诗"不用事为第一"，反对堆砌典故，佶屈聱牙，倒是赞成沈约"不傍经史，直举胸臆"之论。这又与钟嵘"至乎吟咏情性，亦何贵于用事"（同上）的见解一致。三指诗歌的风格自然冲淡。《诗式》把诗分为十九体，而首标"高"、"逸"二体。"高"指"风韵朗畅"，

"逸"指"体格闲放"。这二种风格的本质皆属于"自然",所谓"气高而不怒,怒则失于风流,力劲而不露,露则偏于斤斧"也。要之,皎然于诗的风格推崇冲淡蕴藉、闲逸疏放的自然阴柔之美。上述三层次即是皎然"自然"说的要旨。

皎然作为一名和尚与隐士,其诗之内容社会意义难与元、白"唯歌生民病"的新乐府诗相比拟是可以理解的,当然这是他的一个致命伤。但皎然诗清淡自然的艺术风貌十分突出,基本上实践了他诗重"自然"的美学观点,其中亦不乏感人之作。本文试以其《冬日送颜延之明府抚州觐叔父》为例而简析之。原诗云:

> 临川千里别,惆怅上津桥。日暮人归尽,山空雪未消。
> 乡云心渺渺,楚水路遥遥。林下方欢会,山中独寂寥。
> 天寒惊断雁,江信望回潮。岁晚流芳歇,思君在此宵。

这是一首五言排律体的送别诗,先解其诗题:"颜延之"系皎然好友,中唐人,非与谢灵运同时的诗人颜延之。"明府"原为汉代对郡守之尊称,唐代则指县令,如杜甫《敬简王明府诗》亦然。"抚州"即今江西抚州,古属楚地。"觐"，会见。在一个寒冷的冬日，皎然送好友颜延之明府离开自己去抚州探省叔父。冷寂的环境使皎然油然而生孤寂惆怅之感。诗人几乎"未有作用"、用不到刻意经营就吟咏出这首抒写"思君"的"真于情性"的诗作，堪称"语与兴驱，势逐情起"。此诗写作具体年月待考，但写作地点当在湖州杼山东溪草堂，此乃诗人一生隐居之处，曾与士大夫、诗僧唱和，写下不少赠别之什。此诗为其中的佼佼者。

当年李白有七绝名篇《黄鹤楼送孟浩然之广陵》，囿于体裁只着重抒写自己一直远望孟浩然"孤帆远影碧空尽，唯见长江天际流"时的情景，画面单纯，完全寓情于景，以一当十，自有其空灵之妙。皎然此诗篇幅较长，有回旋跌宕之余地。它虽亦侧重构思了颜氏离去诗人独留山中而"寂寥"的情境，但意象丰富，亦有条件把皎然内心的"惆怅"之感具体而有层次地抒写，显示出诗人的另一番匠心。当然，这是由诗人当时所处的环境与独自的体验所决定的，并非诗人"作意"而为所能达到的。

诗开头两句"临川千里别，惆怅上津桥"，以自然朴素的语言道出"送别"之意。"临川"先点明友人离别的地点。此"川"指吴兴若溪，颜氏乃从水路赴抚州。"千里别"又写出此次离别友人征途之远。因为"千里",往返所需时日长久,故二人重逢之日遥遥未可期。语调平淡,却分明已寓有诗人依依不舍之情。首句写友人之别。次句写自己"送"之"惆怅",属于"直举胸臆"之笔。《楚辞·九辩》尝云:"羁旅而无友生,惆怅兮私自怜。"此时皎然虽非"羁旅",但因"无友生,而惆怅兮私自怜"的感情则与古人相通。当诗人望着友人帆船远去,一种失望哀伤的感情立即充溢胸中,不能自已。他登上"津桥"是想登高远望那"孤帆远影碧空尽"的景象。当然船帆愈远,则诗人的心情愈沉重、愈孤寂、愈惆怅。

在道出送别之意后,诗重点是表现独自留下的诗人当时当地的具体的惆怅寂寥的心境,写得层次丰富,真挚感人。"日暮人归尽"一句写诗人久久徘徊于送别之处,尽管夕阳衔山,游人归尽,但诗人仍不忍归去。此时似乎仍有所期待,此地似乎亦有所慰藉。皎然于友人之情可谓深笃矣!正因为"人归尽"且暮色苍茫,益增添了山中空寂的氛围与诗人内心的孤寂情怀:"山空雪未消。""山空"与心空实际已融化为一片,而"雪未消"固然写出"冬日"之景,但未尝不暗寓诗人思友之情"未消"之意。这两句移情入景,借景融情，冲淡疏放的笔调中包含着深沉的感情，格调高古不俗。接下"乡云心渺渺，楚水路遥遥"二句是诗人思友之情"未消"的具体展现，诗的感情亦进入新的层次。诗人觉身留此地而心已随挚友远去。他设身处地地想象友人在途中的情景，仿佛与之化为一体而道出颜氏的内心世界；家乡的云尚渺渺不可见，令人感到急躁；"楚水"即楚地抚州的抚河亦远在天边，征途真是遥遥无尽头。写友人的心绪是假，写自己与友人重逢难期的焦虑才是真。这两句"其辞似淡而无味"，实际上"情在言外"，"旨冥句中"，极尽曲折委婉、冲淡蕴藉之致。这层诗意与前面"似断而复续"，乃是诗人构思之妙笔，并未离开诗之主旨。"林下方欢会，山中独寂寥"二句是诗人又直抒自己此时此地的感受。友人远去，自然引起往事的回忆：不久前还与友人在幽静的隐居之所欢聚，对此诗人显然充满怀念之情，但写"方欢会"旨在反衬此时于杼山中一人形影相吊与无比寂寞冷落之感。"独寂寥"三字是"直举胸臆"，带有浓厚的感情色彩。皎然认为"诗情缘境发"（《秋日遥和卢使君游何山寺宿敭上人房论涅槃经义》），这样的"诗情"是自然而真实的，情与境亦是统一的。皎然因倍觉"山中独寂寥"，所以更易触景生情。"天寒惊断雁"意谓看到冬日空中一只离群孤雁,内心受到刺激而联想到自己与朋友分别,同样是一只"断雁"。情景交融,人雁合一,感情是真实自然的。既然有"惊断雁"之悲,则自然生"江信望回潮"之想。皎然尝云:"回潮亦有情。"(《送简栖上人之建州觐使君舅》)因江潮涨落有时,有落潮必有回潮。"望回潮"暗寓诗人盼望颜延之及时归来之意。但是江信回潮毕竟是未来的希望,画饼难以充饥。目前的现实是"岁晚流芳歇"。"岁晚"指年底冬日。"流芳"即花草流动的香气,曹植《洛神赋》早云:"践椒涂之郁烈,步蘅薄而流芳。""歇",停止,尽。冬日山林已无"流芳",这并非今日才知晓,但由于友人远离而山中寂寥,以惆怅之情怀感受周围景物,就更真切地体验到冬见"流芳歇"的冷寂单调。而"流芳歇"三字反过来又增强了诗人"独寂寥"的心绪。何况"流芳"同与友人的无数次欢聚的美好记忆是联系在一起的。尾句"思君在此宵"是诗人感情层次发展的必然:友人已作"千里别",诗人为此留连到"日暮人归尽",但诗人内心思友之"流芳"并未"歇"。即使返回居处,也将是通宵不寐,辗转反侧,继续沉浸在"思君"的意境中。至于诗人"此宵"如何"思君"

则并不再画蛇添足，留给读者自己去想象，有言虽尽而意无穷之艺术效果。

此诗的整个艺术风格基本上属于作者所倡导的高逸一类。诗人的感情相当浓烈，但并没有声嘶力竭地呼喊，即使直抒胸臆亦比较平和，而主要是移情入景，借景寓情，冲淡蕴藉，确实做到了"气高而不怒"，"力劲而不露"。全诗即景生情，全不用事，"风韵朗畅"，清新自然。诗的语言除"天寒惊断雁"句略嫌劲峭用力，大体是平淡疏放的，而且十分朴素，称得上"不顾词采，而风流自然"，近于乃祖康乐公"池塘生春草"一类佳作之风貌，与"错彩镂金"者迥异其趣。此诗为律诗，中间四组对仗句都十分工整，又自然"浑成"，无"斤斧之痕"。要之，诗的思想内容虽然不甚深刻，社会意义亦不强，但感情之真挚与表现之艺术还是值得赞赏的。

制题之妙 余韵袅袅

柳宗元《登柳州城楼寄漳、汀、封、连四州》赏析

霍松林

推荐词

唐人作诗,很讲究"制题"。"登柳州城楼",已含触景生情、伤高怀远之意。"寄漳、汀、封、连四州"呢,只要设身处地,稍加思索,则诗人眼望何处,心想何事,苍茫百感,纷纭万象,无不奔赴眼底,叩击心弦。"制题"之妙,是首先值得注意的。

城上高楼接大荒,海天愁思正茫茫。

惊风乱飐芙蓉水,密雨斜侵薜荔墙。

岭树重遮千里目,江流曲似九回肠。

共来百粤文身地,犹自音书滞一方。

这是用七律形式写成的抒情诗。赋中有比,象中含兴,展现了一幅情景交融的动人画图,而抒情主人公的神态和情怀,也依稀可见。这情怀,是特定的斗争环境触发的,因而先弄清写作背景,就有助于鉴赏这首诗独特的艺术美。

公元805年,唐德宗李适死,太子李诵(顺宗)即位,改元永贞,重用王叔文、柳宗元等革新派人物,进行了一系列政治改革,这就是历史上说的"永贞革新"。但由于保守势力的反扑,仅仅五个月,"永贞革新"就遭到了残酷的镇压。王叔文、王伾被贬往外地,革新派的主要成员柳宗元、刘禹锡、韩泰、韩晔、陈谏、凌准、程异、韦执谊也分别被贬为远州司马。这就是历史上说的"二王八司马"事件。就这样，保守派还不肯罢手，第二年，又杀害王叔文、逼死王伾；对八司马的迫害，也有增无已，凌准、韦执谊都死于贬所。整整过了十年，即唐宪宗元和十年（815）年初，柳宗元与韩泰、韩晔、陈谏、刘禹锡五人（程异先被起用）才奉诏进京。但当他们千里迢迢，刚赶到长安的时候，朝廷又受保守派的唆使，把他们分别贬往更荒凉的边远州郡：韩泰为漳州刺史，韩晔为汀州刺史，陈谏为封州刺史，刘禹锡为连州刺史，柳宗元为柳州刺史。这首七律，就是这一年六月，柳宗元初到柳州之时写的。

唐人作诗，很讲究"制题"。"登柳州城楼"，已含触景生情，伤高怀远之意。"寄漳、汀、封、连四州"呢，只要设身处地，稍加思索，则诗人眼望何处，心想何事，苍茫百感，纷纭万象，无不奔赴眼底，叩击心弦。"制题"之妙，是首先值得注意的。

全诗先从"登柳州城楼"写起。结合题目，首句所谓"城上高楼"，当然就是"柳州城楼"。题中已写过"登"，故此处用不着再说"登"，而人已在城楼之上了。

"城"高于地,"楼"高于城,登上城楼,已在高处;又于"楼"前着一"高"字,意在极言其高。为什么要极言其高呢?就因为立身愈高,所见愈远。作者长途跋涉,好容易才到柳州,应该稍事休息了,然而却急不可耐地爬上"城上高楼",就为的是要遥望战友们的贬所,抒发难于明言的积愫。"接大荒"之"接",有人解释为"目接",即"看到",似嫌牵强。从句法上看,分明是说"城上高楼"与"大荒"相"接"。人在楼上,楼与大荒相接,乃是楼上之人的眼中所见。因想遥望战友们的贬所而登"城上高楼",这是"意在笔先";因登"城上高楼"而望见"楼接大荒";接下去就必然是"感物起兴"——"海天愁思正茫茫"一句,即由此喷涌而出,真可谓天然凑泊,有神无迹。

"城上高楼接大荒",展现在眼前的是从自己的贬所远接战友们的贬所的辽阔的荒凉的空间。这空间望到极处,海天相连。这是景、是境。而极海弥天,触景生情,因境见意,茫茫"愁思",也从而充溢于辽阔荒凉的空间,情与景,意与境,于是乎融合无间。试想,"登柳州城楼寄漳、汀、封、连四州",这是包含了多么辽阔的境界和多么深广的情意的大题目,作者却似乎毫不费力地写出了这第一联,以如此深广的情景、辽阔的意境,摄诗题之魂,并为以下的逐层抒写展开了宏大的卷面。

起句中的"接"字极传神。楼"接"大荒,则楼上人的视野由近而远。先看近处,触景生情;由近而远,也触景生情。望极茫茫海天,"愁思"也随之弥漫于茫茫海天。这是总写,以下即逐层分写。第二联"惊风乱飐芙蓉水,密雨斜侵薜荔墙",写的是近处所见,即近景。唯其是近景,见得真切,故写得细致。就细致地描绘风急雨骤的景象而言,这是"赋"。然而仔细玩味,"赋"中又兼有"比兴"。屈子《离骚》有云:"制芰荷以为衣兮,集芙蓉以为裳。不吾知其亦已兮,苟余情其信芳。"又云:"擥木根以结茝兮,贯薜荔之落蕊;矫菌桂以纫蕙兮,索胡绳之纚纚。謇吾法夫前修兮,非世俗之所服。"在这里,"芙蓉"与"薜荔",正象征着人格的美好与芳洁。登城楼而望近处,所见者自然不仅是"芙蓉"与"薜荔",特意拈出"芙蓉"与"薜荔",显然是"芙蓉"与"薜荔"在暴风雨中的遭遇触动了心灵的颤悸。"风"而曰"惊","雨"而曰"密","飐"而曰"乱","浸"而曰"斜",客观事物已投射了诗人的感受。"芙蓉"出"水",何碍于"风",而"惊风"仍要

"乱飐";"薜荔"覆"墙",雨本难侵,而"密雨"偏要"斜侵"。这怎能不使诗人俯仰身世,产生联想,"愁思"弥漫于茫茫海天!在这里,景中之情,境中之意,赋中之比兴,有如水中着盐,不见痕迹,然而辨味者自能品出其中的滋味。

第三联写远景。由近景过渡到远景的契机乃是近景所触发的联想。在自己的贬所,依然是"惊风乱飐芙蓉水,密雨斜侵薜荔墙",那么战友们的处境又如何呢?于是心驰远方,目光也随之移向"漳、汀、封、连四州"。"岭树"、"江流"两句,同写遥望,却一俯一仰,视野各异。仰观则重岭密林,遮断千里之目;俯察则江流曲折,有似九回之肠。景中寓情,"愁思"无限。从字面上看,以"江流曲折九回肠"对"岭树重遮千里目",铢两悉称,属于"工对"的范围。而从意义上看,上实下虚,前因后果,以骈偶之辞运单行之气,又具有"流水对"的优点。

尾联与第三联之间仍有内在的联系。就第三联说,因关怀战友的处境而遥望战友的所在,然"岭树重遮",望而不见,益令人"肠一日而九回"(司马迁《报任安书》中语)。这一层意思是显而易见的。但还有更深一层的意思:

望而不见，自然想到互访或互通音问，而望陆路，则山岭重叠，望水路，则江流纤曲，不要说互访不易，即互通音问，也十分困难。这就很自然地要归结到"音书滞一乡"。然而就这样结束，文情较浅，文气较直，缺乏余韵余味。作者的高明之处，在于他先用"共来百粤文身地"一垫，再用"犹自"一转，才归结到"音书滞一乡"，便收到了沉郁顿挫的艺术效果。而"共来"一句，即与首句中的"大荒"照应，又统摄题中的"柳州"与"漳、汀、封、连四州"。一同被贬谪于"大荒"之地，已经够痛心了，还彼此隔离，连音书都留滞于各自的贬地，无法送到啊！读诗至此，余韵袅袅，余味无穷，而题中的"寄"字之神，也于此曲曲传出。

施补华《岘佣说诗》有云："太白七绝，天才超逸，而神韵随之。如'朝辞白帝彩云间，千里江陵一日还'，如此迅捷，则轻舟之过万山不待言矣；中间却用'两岸猿声啼不住'，一句垫之。无此句，则直而无味；有此句，走处仍留，急语仍缓，可悟用笔之妙。"柳宗元的这首诗与李白的《早发白帝城》意境不同，然而收尾之前同用垫句，其用笔之妙，又有相通之处，不妨互参。

超世拔俗的心灵"桃花源"

柳宗元《江雪》赏析

林兴宅

作者介绍

林兴宅,1941年生,福建德化人。厦门大学中文系教授。出版有著作《艺术魅力的探寻》、《文艺象征论》、《象征论文艺学导论》、《批评的实验》等。

推荐词

我们更应该注意这首诗千古传诵的事实。因为文学作品是社会的精神产品,一旦它被作家生产出来,就为公众所有。尽管我们必须对它的产生做出历史性的解释,但从欣赏的要求看,却主要是探寻魅力的根底、精妙的秘密,而加重心灵的叩击。

千山鸟飞绝，万径人踪灭，孤舟蓑笠翁，独钓寒江雪。

人们一眼就可以看出，这是一幅寒江独钓图，但它尺幅万里，展示的是一个多么寥廓的空间。让你的想象力飞奔吧："千山"、"万径"是多大的世界，在这个世界里，众鸟飞尽，自然界一片静悄悄。在这个世界里，人迹罕至，人间到处是寂寥，这里没有春天，没有欢乐，也没有音乐，没有生命，这是艾略特笔下的"荒原"！是《红楼梦》十二支曲中所描写的"好一似食尽鸟投林，落了片白茫茫大地真干净"的景象。诗人用"千山鸟飞绝，万径人踪灭"的诗句把读者的心灵抛进了空阔、静寂、死灭的宇宙洪荒之中，让人们体验世界末日的凄凉。正当我们心头被压得喘不过气来的时候，一点闪烁的亮光在无边的荒原冉冉升起，我们快要死寂的灵魂得救了。"孤舟蓑笠翁，独钓寒江雪"，这是诗人在惩罚了世俗的灵魂之后所给予的一点慰安。这是荒原上的春天，是冷峻里的温暖，是死灭后的生命，是静寂中的召唤。在这漫天大雪的静寂世界里，我们看到了"孤舟蓑笠翁"的伟大生命，看到了"独钓寒江雪"的伟岸形象。是的，渔翁的存在显得多么寂寞孤单，但它却给人一种战风雪、抗严寒的力量，在这"千山"、"万径"的土地上，它无非是渺小的一点，但它却在这广漠的背景下孑然挺立，给读者留下了崇高的印象。正是它，使我们的感情得到一次荡涤，使我们的灵魂迈向人格的峰巅。

毫无疑问，柳宗元为我们提供的是一幅自然景物图，但是，当我们不由自主地进入诗的境界以后，我们却看到了诗人完全敞开的心灵，看到诗人灵魂的颤动。这时，我们会获得丰富的情感信息，这种情感信息概括起来就是遗世独立的情趣。不是吗？诗人铺展了如此广阔的空间，诗人摄下了雪漫江边的特写，让渔翁垂竿钓雪。这一切，不正是为了表现诗人遗世独立的高洁吗？在这里，虽然冷寂却不绝望，虽然孤独却不悲观，这里不是诗人灵魂的地狱，而是诗人向往超世拔俗的灵魂的桃花源。

应当承认，这首诗是柳宗元贬官后的特殊感受的产物，这是带有他的时代和阶级的痕迹的。但我们更应该注意这首诗千古传诵的事实。因为文学作品是社会的精神产品，一旦它被作家生产出来，就为公众所有，尽管我们必须对它的产生做出历史性的解释，但从欣赏的要求看，却主要是探寻魅力的根底、精妙的秘密，而加重心灵的叩击。"江雪"一诗常常成为画家的题材，更是后世文人出口成诵的名篇。难道他们向往那里面的"千山鸟飞绝，万径人踪灭"的冷寂世界吗？难道他们羡慕那"孤舟蓑笠翁，独钓寒江雪"的孤独处境吗？不，显然不是，而是那遗世独立的高洁情趣在激荡着后世读者的心。诗中展示的空阔静寂的世界图景隐含着某些封建士大夫的人生观念，而那"独钓寒江雪"的渔翁形象则是中国读者的民族心理的补偿。《红楼梦》中的"好了歌解"有这样两句："乱哄哄你方唱罢我登场，反认他乡是故乡。"这是佛、老思想对人生的理解，而《江雪》中的世界正是它的反面，历史上有多少失意知识分子在经历一番仕途凶险之后，都厌倦了，看破了，站在超世拔俗的云头，俯瞰现实的生活，把人世看成是熙熙攘攘的戏场。而戏总有散场的时候，散场之后便是一片虚空，这不就是"千山鸟飞绝，万径人踪灭"的世界吗？这个世界就成了他们对人生大彻大悟的禅境，他们便在这虚无缥缈的禅境里做着遗世脱俗的幻梦。他们在人生道路上长途跋涉、历尽艰辛，多么渴望着生命的"绿洲"，而"独钓寒江雪"就是在他们眼前闪烁的海市蜃楼。现实社会充满着美德与罪恶、苦难与欢乐，充满着矛盾和斗争，像"独钓寒江雪"那样静寂的境界确是"踏破铁鞋无觅处"啊！但它所表现出来的是人格的独立不羁，意志的桀骜伟岸。对于那些苦难而又懦弱的人们，这无疑是一种心理的补偿。鲁迅曾经对中华民族的奴性心理作过精辟的剖析：无特操，缺乏独立人格，就是民族心理的一个表现。而"独钓寒江雪"的形象正是这种无特操的民族性格的反面。愚弱的国民在长期封建专制统治下形成了奴性心理的劣根性。但他们的独立人格只是带上层层镣铐，却没有泯灭。因此，《江雪》一诗所表现的遗世独立的情趣，在封建时代的愚弱国民的心灵里，无疑是燃起了一盏人性的灯火。

很清楚，《江雪》一诗是诗人虚拟出来的超现实的世界，它是现实生活的反面，却又是人性的正面，它是诗人对社会的消极抗议，同时又是诗人对愚弱国民的积极引导。在这里，积极与消极竟是有机的组合，不可分割。总之，《江雪》一诗既是落拓不羁的知识分子心灵的桃花源，又是企图超脱俗世纷扰、保持人格独立的人性的烛光，这既是一次逃遁，又是一次挣扎。也许，正是这种奇异的对立力量的平衡，成了疗救那些进退维谷的士人们的灵魂的一帖万灵药方吧！

谈到这里，我们便会发现这四句二十个字竟是一个解释不尽的世界。这个世界不仅凝铸了诗人深刻的人生感受，而且蕴藏着社会的、民族的、历史的、伦理的以及哲学的丰富内涵，而这一切都是在字面之外的无言之言。这二十个字的信息载体，承载着多么巨大的信息量啊！我们完全可以套用古文论中的那句话，叫"含不尽之意见于言外"。那么，《江雪》一诗艺术表现的秘密又在哪里呢？

从诗人的构思轨迹来看，"千山鸟飞"和"万径人踪"构成了无限延伸的隐喻世界，暗示大自然的喧闹和人世的纷争，其精练、概括的程度是很不平凡的。对此，诗人用一个"绝"字和一个"灭"字的否定性词语加以摧毁，以示斩断之意，其决绝的态度表现得无以复加。然后诗人就推出渔翁的意象，占据广漠画面的中心，又用一个"孤"字和一个"独"字与"绝"字"灭"字相呼应，把孑然独立的气氛制造得非常浓烈，诗人就构筑了一个融情入景、富有丰富暗示性的象征境界，永远地释放着丰富的情感信息。在这里，诗人采用了三种艺术方法来增大诗的信息值。

首先是选用具有定型指意的意象。诗中占据画面中心的是渔翁意象。在中国的象征文学里，渔翁经常是被歌咏的对象而获得了定型指意。自从"屈原既放，游于江潭"遭遇到第一个文献可征的渔父以后，渔翁便确切变成了"淡泊落拓"的象征。《江雪》一诗以突出地位塑造了渔翁的形象，便使它具有明显的象征性质，能够激发读者的定向联想。

其次是情感的对比表现。如果我们细细揣摩，就可以发现，整首诗的内容是建筑在巨大的比照上的，它把"孤舟"、"独钓"的渔翁形象放到"千山"、"万径"所暗示的广阔自然和社会背景上来表现，形成强烈的比照。在这个巨大的画面中，包含着多重的对比性：一是众与寡的对比，用"千"、"万"这样的复数反衬"孤"、"独"这样的单数，从而突出"世人皆醉，唯我独醒"的孤高自许。二是"闹"与"寂"的对比，"千山鸟飞"、"万径人踪"，这是多么生动热闹的世界图景，但这一切都"绝"了"灭"了。归于虚无，化为沉寂，这种转化所构成的对比衬托出诗人经历人世纷扰之后寻求超脱、复归宁静的旨趣。三是冷与热的对比。渔翁所处的环境是一个大雪覆盖、没有生命活动的酷寒世界,但在这个世界里,渔翁却不畏严寒,孤舟独钓,支撑着他的无疑是内在生命的巨大热力,这种冷与热的对比突出表现了诗人保持人格独立的情操。总之,《江雪》一诗所蕴含的多重对比性,形象生动地表现出诗人孤独、超脱、自傲的复杂思想感情,这种同时反衬的手法,构成尖锐冲突的情境,能够使读者产生心灵的撞击,具有强烈的美感效果。

第三是结构的层进聚焦。也就是说这首诗结构的处理方法有点类似于现代电影的镜头推进。"千山鸟飞绝,万径人踪灭"是一个远镜头,然后慢慢摇近,出现孤舟,再推进,出现孤舟中的渔翁,最后镜头对准"独钓"的形象,形成了一个大特写。这样的处理方法能够把读者的审美注意由远而近、由大至小地集中到孤舟独钓的形象上。表面看来,诗的境界越缩越小,实际上渔翁的形象在读者心灵中所占的位置却越来越大。它不仅占据了画面的中心,而且占据了读者的整个心灵。诗人在诗中否定了"千山鸟飞"、"万径人踪",肯定了"孤舟独钓",他的目标是突出塑造这个"孤舟"、"独钓"的渔翁形象,以表现他的遗世独立的意趣。这样的结构处理最大限度地实现了诗人的创作意图。

古诗哲理意义的新创造

刘禹锡《酬乐天扬州初逢席上见赠》赏析

林东海

作者介绍

林东海,福建南安人。1962年毕业于复旦大学中文系,1965年毕业于复旦大学研究生班。历任人民文学出版社总编助理、古籍室主任,编审。出版有著作《诗法举隅》、《古诗哲理》、《江河行》、《李白》、《诗人李白》(日文版)、《太白游踪探胜》、《杜甫》、《李白诗选》、《中国古代诗歌精华》、《纪游诗选》、《唐宋律诗选讲》(合作)、《文言小说名篇选注》(合作)、《郭沫若纪游诗选注》(合作)等。

推荐词

后世读者在读这诗时已加以改造或者进行了再创造。经过这种改造或再创造,原诗的立场、态度、倾向性,都发生了根本性的变化。

巴山楚水凄凉地，二十三年弃置身。

怀旧空吟闻笛赋，到乡翻似烂柯人。

沉舟侧畔千帆过，病树前头万木春。

今日听君歌一曲，暂凭杯酒长精神。

——刘禹锡《酬乐天扬州初逢席上见赠》

唐敬宗宝历二年（826）冬，刘禹锡罢和州刺史，被召还京，与白居易在扬州相遇。白居易即席赋《醉赠刘二十八使君》诗：

为我引杯添酒饮，与君把箸击盘歌。

诗称国手徒为尔，命压人头不奈何。

举眼风光长寂寞，满朝官职独蹉跎。

亦知合被才名折，二十三年折太多。

诗中对两人怀才不遇、仕途坎坷大发感慨。刘禹锡也写了这首题为《酬乐天扬州初逢席上见赠》的酬答诗。诗中回忆自唐宪宗永贞元年（805）"革新"贬连州以来，他在巴山楚水之间前后浪迹二十三年。这期间，一起参与"革新"的朋友如吕温、柳宗元均已故去。刘禹锡有《哭吕衡州时予方谪居》和《重至衡阳伤柳仪曹》诗，以吊唁吕温和柳宗元。酬乐天诗所谓"怀旧"，当是指怀念这些已经谢世的朋友。这里的"闻笛赋"是指向秀（字子期）经山阳嵇康、吕安故居时，悼念故友的《思旧赋》。赋的序文云："余逝将西迈，经其旧庐，于时日薄虞渊，寒冰凄然！邻人有吹笛者，发声嘹亮，追思曩昔游宴之好，感音而叹。"所以称之为"闻笛赋"。以向秀悼念嵇康、吕安二友以喻自己怀念吕温、柳宗元等，感情非常真挚。

"沉舟侧畔千帆过，病树前头万木春"，俞陛云《诗境浅说》解释说："久推名句，谓自安义命，勿羡他人。试看沉舟病树，何等摧颓。若宇宙皆无情之物，而舟畔仍千帆竞发，树前仍万木争荣。造物非厚于千帆万木，而薄于沉舟病树。盖行所不得不行，止所不得不止，造物亦无如之何。深合蒙庄齐物之理矣。"其实，刘禹锡不是"自安义命"的人，也未必全信蒙庄齐物之理。经历过政治上的坎坷，胸中颇有些不平之气。应当说这一联与白居易赠诗第三联"举眼风光长寂寞,满朝官职独蹉跎",立意相近,都是为他人得志我独坎坷而感叹。白诗意思说:看看周围的环境,到处是旖旎风光,而我(们)自己却老处于寂寞的境地;满朝文武官员青云得路,极尽显荣,而我(们)自己却浮沉宦海,蹉跎岁月。这就是所谓"折太多"。刘诗也是将自己(或者包括白居易和那些亡友)的坎坷失意比作"沉舟"和"病树",而将他人的得志显荣比作"千帆过"、"万木春"。这是一种对比手法,是冷和热、枯和荣的对比。这种对比,冷和枯的字眼和词语常常用在自己所肯定的一方作主体,而热和荣的字眼和词语则常常用在自己所否定的一方作陪衬。杜甫《梦李白二首》其二云:"冠盖满京华,斯人独憔悴。"拿朝中显宦来和失意的李白相对照。"憔悴"指李白,"冠盖"指显贵,构成"枯"和"荣"的对比。再如杜甫《醉时歌》:"诸公衮衮登台省,广文先生官独冷。甲第纷纷厌粱肉,广文先生饭不足。"广文先生郑虔和衮衮诸公又构成"冷"和"热"的对比。作者的同情在"冷"和"枯"一面,而以"热"和"荣"作陪衬。杜诗是拿别人同别人对比,刘、白则是以自己处境的凄凉与别人地位的显贵作对比;杜诗是一种叙述性对比,而刘、白诗则是比喻性的对比。

因为刘禹锡这两句比喻性的对比,"热"的字眼在反面,"冷"的字眼在正面,有悖于我们今天的比喻习惯,所以有人竟从积极方面来理解这两句带消极情绪的诗,致使对诗意的理解正好倒了过来。在大谈"法家"的时候,有人以刘禹锡为"革新"派,便有意从积极方面去理解,认为前人以"沉舟"和"病树"为作者自喻,未中肯綮。有的说这两句诗创造了一个沉舟侧畔千帆竞发、病树前头万木争春的奋发昂扬、充满生机的艺术境界;有的干脆说这两句诗是说明反动势力的命运是不会长久的,新生事物必然要代替腐朽事物,这是新陈代谢不可抗拒的客观规律。持这类观点的人,把刘禹锡其他一些含有辩证法然而不一定很积极(只是达观)的诗句,也都从积极方面去理解和发挥。如"芳林新叶催陈叶,流水前波让后波","流水淘沙不暂停,前波未灭后波生",都从推陈出新的积极倾向去理解。有人认为,《再游玄都观》诗序说,当他重游玄都观时,当年如霞的桃花已消失殆尽,"荡然无复一树,唯兔葵燕麦动摇于春风耳",这表明他对于政治上的腐败势力是很藐视的,所以他在"沉舟"一联中把"沉舟"和"病树"拿来比喻腐朽势力。这种推理似有道理,但毕竟未切原诗本意。不管是无意或是有意从积极方面去理解这两句诗,都反映了后世读者在读这诗时已加以改造或者进行了再创造。经过这种改造或再创造,原诗的立场、态度、倾向性,都发生了根本性的变化。

"沉舟侧畔千帆过,病树前头万木春",用以说明新生事物必将取代陈旧事物,并非原诗含义,而是后世读者所赋予的新的意义。读者是怎么赋予这两句诗新的意义的呢?这里借以寓理的意象,是取材于人们常见的景象,这种景象包含着相对的真理。沉舟之畔一定会有舟船过往吗?未必。病树之前必定有新林萌芽吗?也未必。这就是说,读者赋予新意,并不是由一种普遍性的物理关系引起的联想。但如果放在一定的条件下,这种物理关系是有其必然性的。在一条可以航行的大江或长河里,沉船的事自然时有发生,然而并不因为有了沉船就废弃航行,即便是夔峡滟滪堆畔,也照样航船来往如梭。这是由河道的航运功能所决定的,为人们所常见的社会景象;在一片树林里,因虫蛀或衰老而枯槁死亡的树也是少不了的,然而当春天到来的时候,树林里仍然充满着生机，处处萌发出新芽和新苗。这是由新陈代谢规律所决定的，为人们所常见的自然景象。"沉舟"和"千帆过"的关系，"病树"和"万木春"的关系所具有的相对真理性，被引用来说明一种绝对真理，即说明新生事物一定取代陈旧事物、革命力量一定取代反动力量的必然结果。这里是以具有相对真理的现象来说明绝对真理的本质。虽然这是离开原诗意的一种再创造，但我们却觉得十分自然贴切。因为任何绝对真理都寓于相对真理之中，从相对真理之中看绝对真理已成为人们的习惯。

古诗哲理意义的新创造，是有其时代性的。刘禹锡"沉舟"一联之被重新解释或被赋予新的意义，以及喻体倾向性的逆转，是20世纪60年代以后的事。这种逆转很容易引起当时一般读者的共鸣。正是在这种历史条件下，"沉舟"一联才一反原诗之意而获得了新的思想。

借景讽喻 寄寓遥深

韩愈《晚春》诗赏析

陆永品

作者介绍

陆永品,1936年生,安徽省宿州市人。1963年7月毕业于复旦大学中文系。1963年7月至今在中国社会科学院文学研究所工作,研究员,中国作家协会会员。出版有著作《老庄研究》、《司马迁研究》、《诗词鉴赏新解》、《爱国诗人——屈原》等。

推荐词

描写春天和暮春景象的古典诗词甚多,而采用这种拟人化的颇为幽默风趣的手法、通俗明快的语言,非常成功地描写出万紫千红、草木丰茂,而且草木与百花争奇斗妍、杨花榆荚满天飞舞的景象,并不多见。这种刻意求新、出奇制胜的构思,其中自然凝结着诗人许多反复锤炼的苦心。

草树知春不久归,百般红紫斗芳菲。

杨花榆荚无才思,唯解漫天作雪飞。

韩愈这首写景诗,与众不同,它最突出的特色是采用拟人化手法,描写春天草木茂盛、万紫千红、满园春色、群芳斗艳的喜人景象。作品把草木拟人化,赋予它们人的感情,这样来描写春天的生气勃勃的景象,就更加富有诗情画意,更加富有风趣和哲理性。

此作描写的是四季分明的我国北方春天的景象,是说那些长得茂盛的草儿、树木,也知道春天不久将会归去,因此也就鼓足劲儿,争先恐后地吐红献紫,各呈异彩,竟然与千姿百态的盛开花朵,争奇斗妍,比起妩媚来。那最"无才思"的杨花与榆荚,它们没有本领与草木、花儿争奇斗妍,却只能像雪花那样满天飘荡飞舞了。诗人这般描写春天百花盛开,草木一与群芳斗妍,杨花榆荚漫天飞舞的情景,的确是别出心裁、别开生面的，表现了不同寻常的艺术感受。草木本不知春归之事，更不懂与芳菲（花）争奇斗妍，诗人却说它们知道春天不久将归，便百般红紫，与芳菲斗妍，这种拟人化的写法，非但不使人感到失于真实，反而使人感到颇有情趣，更生动形象。这种万物生发、欣欣向荣的景象，自然会给人一种积极奋进的力量，鼓舞人们争分夺秒、奋发向前。所以能达到如此的艺术效果，与作品采用拟人化手法，有着密切的关系。诗人又抓住杨花与榆荚在春暮随风飘荡的特征，于是便用"无才思"来比喻它们的特点，点活最后两句。"漫天"，即满天。说"杨花榆荚无才思"，只知道像雪花那样随风满天飞舞，赋予它们以人的性灵，因而也就更加风趣和幽默；同时也非常逼真地描绘出暮春时节，那种"绿肥红瘦"的景象。

描写春天和暮春景象的古典诗词甚多，而采用这种拟人化的颇为幽默风趣的手法、通俗明快的语言，非常成功地描写出万紫千红、草木丰茂，而且草木与百花争奇斗妍、杨花榆荚满天飞舞的景象，是并不多见的。这种刻意求新、出奇制胜的构思，其中自然凝结着诗人许多反复锤炼的苦心。在思想内容上，它最可宝贵的就是，具有激发人们分秒必争、奋发向前的精神。虽然，孟浩然的《春晓》诗："春眠不觉晓，处处闻啼鸟，夜来风雨声，花落知多少。"也是脍炙人口的名篇。它描写春光明媚的早晨，到处鸟语花香；夜里风雨，落红缤纷。它虽能给人以清新爽快的审美感受，但是它并没有韩愈这首《晚春》诗那种强烈的鼓舞人们积极奋发的精神。据说，日本朋友特别喜爱孟浩然的《春晓》诗。每到春天，他们许多商店里，便挂上孟浩然的画像，挂上写着《春晓》诗的条幅，出售有孟浩然《春晓》图的物品等。原因是"他们从《春晓》里吸取了很大的精神力量，不贪睡眠，全力竞争"（1986年4月28日《光明日报》《唐诗〈春晓〉为什么在日本受欢迎》）云云。以我看来，大概是日本朋友把这首《春晓》诗的意思引申得远了一点，因为这首诗，并不能激发人们"全力竞争"的思想。倒是韩愈这首《晚春》诗，能够鼓舞人们不甘落后、"全力竞争"的精神。

还有一个问题值得研究，即对韩愈这首《晚春》诗最后两句如何理解的问题。据说，因为《晚春》诗有"无才思"三字，便造成对这首诗训释上的一些分歧意见："有人认为那是劝人珍惜光阴，抓紧勤学，以免如杨花榆荚，白首无成,有人从中看到谐趣,以为是故意嘲弄杨花榆荚没有红紫美艳的花,一如人之无才华,写不出有文采的篇章。"(《唐诗鉴赏辞典》)有人不得其解,却存疑说:"玩三、四两句,诗人似有所讽,但不知究何所指。"(刘永济《唐诗绝句精华》)清代朱彝尊说:"此意作何解?然情景只是如此。"(引自《唐诗鉴赏辞典》)凡此等等,都说明对这首诗后两句的解释,发生了歧义。至于这两句诗"情景只是如此",这是不言而喻的。关键在于这两句有无寓意的问题。我认为,凭空议论,或征引其他毫不相干的诗文作注脚,都无助于说明问题,也不能令人信服。最能说明问题的,还是从韩愈自己的作品里找答案。韩愈另外有两首诗,我认为已经能说明这个问题。他的《池上絮》诗说:"池上无风有落晖,杨花晴后自飞飞。为将纤质凌清镜,湿却无穷不得归。"联系《晚春》诗"无才思"三字,便可看出,这首诗说杨花将纤质凌于池水,湿却不得归,即隐约透露出嘲讽之意。韩愈另外一首《晚春》诗说:"谁收春色将归去,慢绿妖红半不存。榆荚只能随柳絮,等闲缭乱走空园。"从"只能"、"等闲"的字眼中,就明显地说明诗人对榆荚的贬责之意。根据这两首诗,我们再回过来看"草树知春不久归,百般红紫斗芳菲。杨花榆荚无才思,唯解漫天作雪飞",就可以看到其中"杨花榆荚无才思,唯解漫天作雪飞"两句,的确寓有深刻的含意。大约诗人是在借描写景物,讽刺那般趋炎附势或随波逐流之辈,因而就使诗作蕴涵着深邃的哲理性。古代与当代,有许多事物往往都有相似之处。韩愈的"杨花榆荚"之喻,在我们今天的社会中仍然具有现实意义。如果我们用这两句诗来为今天极少数"风派人物"画像,不是恰到好处吗?

呕心沥血的苦吟之诗

李贺《李凭箜篌引》赏析

魏家骏

作者介绍

魏家骏，1939年生，江苏淮安人。1961年毕业于南京师范学院中文系。1979年到原淮阴师范专科学校中文系工作，先后任中文系讲师、副教授、教授。

推荐词

清代人方扶南说："白香山'江上琵琶'，韩退之'颖师琴'，李长吉'李凭箜篌'，皆摹写声音至文。韩足以惊天，李足以泣鬼，白足以移人。"说白居易的《琵琶行》和韩愈的《听颖琴师弹琴》都能生动细致地描写出琵琶或琴的声音，而李贺《李凭箜篌引》则用更多的笔墨描写听音乐的感受，能够使鬼都哭泣。

在唐代的诗人中，李贺是一个奇才，由于他在诗歌创作中广采博取，搜奇猎艳，驰骋自己丰富的想象力，用新奇诡异的语言，描绘出许多令人惊叹的神秘而幽美的艺术境界，有人甚至称他为"鬼才"。他虽然只活了二十七岁就离开人世，可以说是夭折了的年轻诗人，却留下了许多构思奇特、风格独具的诗歌作品，令后世的读者赞叹不已。

在唐代，曾经流传过很多关于李贺的故事。有个故事说，李贺每天早上骑着一头瘦驴，背上背着一只破旧的背囊，就出门了。路上想到什么好的诗句，就当即记下来，塞进背囊里。晚上回到家，他的母亲就叫仆人接过背囊，把里面写了诗句的纸条统统倒出来。看到儿子写下的诗句，他的母亲常常叹息说："我的儿啊，你非得把心都呕出来才肯罢休吗？"这个故事说明，李贺的诗都是苦吟之作，并不是天才的妙句偶得。更有传奇色彩的是，据说李贺将死的时候，在大白天忽然见到一个穿红衣服的人，骑着一条红色的龙，手里拿着一块木板，上面的文字也不知道是用上古时代的篆文还是石鼓文写的，嘴里嚷着要带李贺走。李贺也看不懂上面写的是什么字，就从床上爬起来，跪在地下恳求，说自己的母亲年老多病，不能跟他走。那个穿红衣服的人笑着说："天上的玉帝刚刚建成一座白玉楼，现在就要请你去为这座楼撰写诗文记盛呢！天上的日子多快活啊，哪里像人间这样辛苦！"过了一会儿，就从李贺常住的屋子窗口飘出一缕青烟，空中还传来车子启动的声音和音乐声。李贺的母亲连忙阻止大家不要哭，过了一顿饭的工夫，李贺就死了。这个故事竟把李贺诗歌作品里的梦幻般的境界，搬到现实生活中来了，连他的死都被赋予神秘的神话般的色彩。但是，这也确实反映出李贺是一个奇才，连天上的玉帝都极为赞赏。

> 吴丝蜀桐张高秋，空山凝云颓不流。
> 江娥啼竹素女愁，李凭中国弹箜篌。
> 昆山玉碎凤凰叫，芙蓉泣露香兰笑。
> 十二门前融冷光，二十三丝动紫皇。

女娲炼石补天处，石破天惊逗秋雨。

梦入神山教神妪，老鱼跳波瘦蛟舞。

吴质不眠倚桂树，露脚斜飞湿寒兔。

李贺的这首《李凭箜篌引》，是一首写音乐的诗。在唐诗里，有很多写音乐的诗，其中有三首最为著名，一首是白居易的《琵琶行》，一首是韩愈的《听颖师弹琴》，还有一首就是李贺的这首《李凭箜篌引》了。清代人方扶南说："白香山'江上琵琶'，韩退之'颖师琴'，李长吉'李凭箜篌'，皆摹写声音至文。韩足以惊天，李足以泣鬼，白足以移人。"（《李长吉诗集批注》卷一）说这首诗"足以泣鬼"，主要是因为诗人构思的奇特。用诗歌来写音乐，难处在于诗人需要用生动形象的文字，既要描摹出音乐声的美妙动听，又要写出听音乐的人的感受。也许因为白居易和韩愈在写诗的时候阅历要比李贺更加丰富一些，他们在诗里写出的乐声，更有乐器自身的特点，所以，明代人朱承爵在《存余堂诗话》里说："听琴如昌黎自是听琴，如曰听琵琶，吾未之信也。"而白居易的《琵琶行》则"自是听琵琶诗，如曰听琴，吾不信也"。和白居易、韩愈比起来，李贺毕竟年轻，再加上他家境贫寒，也不可能像白居易、韩愈那样，有机会获得很多欣赏音乐的条件，音乐修养也就不如这两位都曾经身居高位的诗人了。所以，也有人指出这首《李凭箜篌引》"缺少像韩白二人那种琴是琴、琵琶是琵琶，界线分明的乐感"（郭扬：《唐诗学引论》，广西人民出版社，1989年，第249页）。但是，我们却可以看出，李贺却能够扬长避短，另辟蹊径，以丰富的想象力，用更多的笔墨来写听音乐的感受，而且还不是一般的人的感受，是写出了想象中的神话里人物的感受，这就具有李贺自己所特有的奇幻的风格特点了。因此，一般李贺诗歌的选本，都把这首诗排列在卷首，可见是很受人重视的。

和白居易的《琵琶行》不同，这首《李凭箜篌引》不是以叙事作为诗歌的主线，把音乐作为其中的一个细节，而是更强调音乐自身的感人魅力（在这一点上，和韩愈的《听颖师弹琴》比较接近），这样写当然就更有难度了。

诗的起首两句"吴丝蜀桐张高秋，空山凝云颓不流"，就显得非常突兀。诗人从乐师李凭演奏时所用的乐器落笔，写那件箜篌是用吴地的丝弦和蜀地的桐木制成的，强化了乐器本身的精致，也是为了突出表现音乐的高雅。而"张高秋"的"高秋"二字，既点明了演奏的时间是秋天，但更重要的是写出了美妙的乐曲声所表达的一种清澈澄洁的高远境界。一个"张"字，是写箜篌的丝弦张开，也是写箜篌所弹奏出的乐曲声，就像在人们的眼前铺张开了一幅秋天的气象，似实若虚，以实写虚，显示出了非凡的气势。接着以"空山凝云颓不流"来写乐曲声的美妙动听，诗人暗用了《列子·汤问篇》里"秦青抚节悲歌，声振林木，响遏行云"的典故，化概括性的"响遏行云"四字为具体的描绘："空山凝云颓不流"，那空寂的群山间，云朵也停滞不动了，像是在凝神倾听，以空灵的想象笔法，在人们的眼前展开了一幅十分开阔的景象。诗人采用这样的方法来开头，避开了叙事性的交代与直说，让人感觉到音乐声的美妙，自然就显得不同凡响。

第三句"江娥啼竹素女愁"，紧承上句，引出神话里的人物"江娥"（即神话传说中舜之二妃，亦称"湘妃"、"湘夫人"）和"素女"（古之乐伎）来做衬托，进一步描述乐曲声的美妙：就像湘妃凄婉的啼哭，泪洒斑竹，连善于鼓瑟的素女也起了万端愁绪，从侧面写出了乐曲声的感人肺腑。经过前面三句对乐曲声的描绘，到第四句才交代出，这乐曲声来源于"李凭中国弹箜篌"。这样就造成了先声夺人的效果，让读者一开始就能够感受到诗人起笔的非同寻常。

"昆山玉碎凤凰叫，芙蓉泣露香兰笑"，是这首诗里直接写到美妙的乐曲声的仅有的两句，但诗人又不是运用概括性的语言，半具体、半抽象地描写乐曲声的状态，而是运用形象化的比拟，从不同的角度写出了乐曲声的优美动听：有时激越得像昆仑山上玉碎山崩，有时又柔和得像凤凰的鸣叫；有时凄伤哀怨，像是带露的芙蓉花在哭泣，有时又明朗欢快，就像是盛开的兰花在微笑。这样的写法，仍然是诗人充分发挥自己丰富的想象力，借助于自然界的极富诗意的美好的事物，来表现乐曲声给听者的感觉。而且，诗人选择了形象感特别强的一些优美的事物：昆山玉、凤凰、芙蓉、香兰等，以视觉感受的美来写听觉感受的美，从而引发起听者的想象与联想，虽然并没有对乐曲本身去直接地展开具体的描绘，却同样能够让人感觉到乐曲丰富的层次和乐声的优美。

此后的四联八句，就集中笔墨，写出了美妙的演奏声所产生的神奇的效果。"十二门前融冷光，二十三丝动紫皇"，从人间写到了天上。十二门借代长安，当时的京城长安四面,每面有三个门,所以说是十二门。而京城的十二座城门前的冷气寒光,都在这美妙的乐声中消融;箜篌上的那二十三根丝弦弹奏出的妙音,则连天上的玉帝和人间的皇帝都为之感动。诗人又一次避开实写自己听乐曲时的感受,而是转为虚写,前一句是空灵的,后一句是想象的,互相映衬与补充,生动地表现出了乐曲声的感人力量。

但是,诗人并没有到此为止,满足于把乐曲声的感人力量停留在概括性的描写上,而是转入对神话世界的描写,从而把对优美的乐曲声的描写进一步推向高潮。下面六句里出现的都是神话中的人物,而就是这些神话里的人物,也无不为这乐曲的演奏所感动:"女娲炼石补天处,石破天惊逗秋雨。梦入神山教神妪,老鱼跳波瘦蛟舞。吴质不眠倚桂树,露脚斜飞湿寒兔。"长长的一段,都是从侧面写出了李凭弹奏乐曲时所产生的动人心弦的效果: 女娲正在炼石补天,因为凝神倾听这美妙的乐曲声,也忘记了自己正要做的事,以致石破天惊,秋雨倾泻;这乐曲声传到梦里的神山上,那神话中善弹箜篌的神妪,也要让李凭教她演奏的绝技;那衰老瘦弱的鱼龙,听了李凭的弹奏,也随波逐浪,翩翩起舞。月宫里的吴刚听了这乐声也彻夜不眠,倚在桂树上谛听;在他的脚下，月宫前的玉兔也蹲在那里侧耳聆听，以至于让夜晚的露水打湿了全身。这种侧面描写的方法，显然比直接描写乐曲声如何优美动人要生动形象得多了，给人一种具体的视觉感受，使人如见其事，如闻其声。而且，诗人到此便让全诗戛然而止，结束在幽深渺远的想象的神话世界里，就好像那乐曲声还在绵渺的空中回旋荡漾，给读者留下了丰富的咀嚼的余味。这种侧面描写的手法，很容易使人联想到，在汉乐府诗《陌上桑》里写罗敷的那一段，不是直接地描绘罗敷怎样美丽，而是借助于"行者见罗敷，下担捋髭须。少年见罗敷，脱帽著帩头。耕者忘其犁，锄者忘其锄"，写出了这些路人对罗敷的欣赏，达到从侧面烘托出罗敷的美丽的目的。《李凭箜篌引》也是从虚处着墨，让读者自己去体会李凭所演奏的乐曲声是如何的优美动听，与《陌上桑》可谓有异曲同工之妙。

也许是因为诗人在这首诗里所采用的意象十分丰富多彩，因此也多少显得有些驳杂，所以给读者一种一会儿天上、一会儿地下的感觉，缺少一条比较鲜明的抒情主线。著名的文学评论家何其芳就这样说过："从《李凭箜篌引》也可以看出李贺诗艺术上的弱点。有许多警句，许多奇特的想象，然而连贯起来，却好像并不能构成一个很完整很和谐的统一体。那些想象忽然从这里跳到那里，读者不容易追踪。过去有些人批评他的诗有些怪，无天真自然之趣，是有道理的。"（《诗歌欣赏》，人民文学出版社1978年版，第64页）对此我倒有一点不同的看法。其实，如果我们细心地品味，便可以发现，这首诗在色彩斑驳、意象零散的表面现象的背后，是隐藏着一条内在的感受与抒情的线索的。今天，我们当然已经不可能完全了解诗人的创作过程，但通过对文本本身的细读和揣摩，仍然能够理解诗人构思时的用心良苦。

首先从诗人主体的感受过程来看。全诗是从乐器箜篌的精致落笔的，这是诗人对弹奏者的最直观的视觉印象，乐曲在开始演奏的第一个乐章，就让人感到清澈而明朗，到第二句便转入对声音的直接描写，表现出乐曲在前奏时的缓慢而轻柔，那感觉就好像是"空山凝云颓不流"。而"江娥啼竹素女愁"一句，又描绘出乐曲转向了凄凉与哀怨，这时候，诗人才把目光投向演奏者：呵，原来是这位著名的乐师在弹奏箜篌！"昆山玉碎凤凰叫，芙蓉泣露香兰笑"，是乐曲进入了主旋律的几个变化的乐章，喜怒哀怨，曲折变化。"十二门前融冷光，二十三丝动紫皇"，是把视角从人间转到了天上。接着最后六句,则把视角完全转向天上,写神话里的人物对美妙的乐曲声的如痴如醉的反应。而这又正是乐曲进入高潮的时候所产生的迷人的效果。由此看来,诗人是按照乐曲的不同的乐章,精心安排,完全依靠听者感觉的变化,来表现乐曲的发展和情感的转换,是把诗的叙事因素减少到最少的程度,而把主要篇幅全都集中到对乐曲本身的描写上,应该说是很有特色的。

其次,诗人还暗暗地把一条时间的线索和天色变化的线索潜藏在抒情的过程里。从开始的时候"空山凝云颓不流"写天上阴云密布,到"十二门前融冷光"的云层移动,时明时暗,再到"石破天惊逗秋雨"的风雨骤来。最后是以"吴质不眠倚桂树,露脚斜飞湿寒兔"来暗指云破天开,一轮皎洁的明月又出现在天空。与此同时,也写出了听者在欣赏心理上由抑郁、凄苦到转悲为喜的变化过程。把乐曲演奏时的客观环境描写与欣赏乐曲的人主观感情的描写糅合到了一起,采用虚写的方法来写实事、实情与实景,也是匠心独具的。

最后,还值得注意的是这首诗在艺术风格上的特征。"风格即人",是诗人的性格、气质、才情打在作品中的标记和烙印。李贺的诗歌作品有着鲜明的浪漫主义色彩，想象丰富，境界瑰奇。他的独特的心理素质，使他十分专注于采奇摘艳，驰骋想象，钟情于神话里的人物，潜心编织出如梦如幻的神话境界，产生了一种令人炫目的艺术效果。他并不长于对客观事物作精确的描写，而是努力表现自己对客观事物的独特的感受，并借助于想象与联想，调动起多种多样的感觉，创造出奇异而美丽的幻觉世界，产生了与众不同的艺术魅力。与李贺同时代的著名诗人杜牧就说他的诗歌"盖《骚》之苗裔，理虽不及，辞或过之"，说他继承了屈原所开创的以楚辞为代表的浪漫主义传统，不仅慧眼独具，而且应该说也是给予了很高的评价。

感旧化怀 委婉情深

杜牧《张好好诗》赏析

曹中孚

作者介绍

曹中孚,1958年进入中华书局工作,编审。

推荐词

杜牧此诗,从其情绪、基调可以看出,是在极度感慨的心境下写成的。然而前面五段,在叙事写景、描摹仪态、表达歌声时,写得非常飘逸自然,没有流露心中的抑郁,直到最后一段,才一吐深藏在心头的肺腑之言,这正如王夫之所说:"以乐景写哀,以哀景写乐,一倍增其哀乐。"通过前后对照,更能激发人意,令人感叹。

《张好好诗》是杜牧的名作，作于大和九年（836）秋天，这时他在洛阳监察御史任上。诗前有一段序说：

> 牧大和三年佐故吏部沈公江西幕，好好年十三，始以善歌来乐籍中。后一岁，公移镇宣城，复置好好于宣城籍中。后二岁，为沈著作述师以双鬟纳之。后二岁①，于洛阳东城重睹好好，感旧伤怀，故题诗赠之。

张好好是一位歌女，杜牧与她是大和三年在南昌沈传师的江西观察使幕府任职时相识的。唐时官妓盛行，观察署中可

---

① 这诗的序，记述了张好好的身世遭遇，对我们理解诗意很有帮助。但诗人在叙述年岁时却有一个失误。杜牧是大和三年认识张好好的，诗说"后一岁"到了宣城，"后二岁"为沈著作述师纳之，又"后二岁"于洛阳东城重睹好好，其间共五年。从大和三年加五年，为大和八年。但大和八年杜牧还在扬州，未到洛阳；且诗中"门馆恸哭后"，乃指沈传师的去世，那是大和九年四月的事。所以年份与实际不符。我很同意缪钺先生的分析，诗序中所记的两个"后二岁"中，有一个应是"后三岁"。这大概是杜牧当时记忆错误所造成的。

以有一定数量的歌伎舞姬。当时好好只有十三岁，因为她歌唱得很好，得到了沈传师的赏识，所以就入了乐籍，留在了幕府中。杜牧参与宴会，两人经常见面，极为亲昵。大和四年，沈传师调任宣歙观察使，杜牧随之南下，来到安徽宣城。所以他们依旧朝夕得见。后二岁，好好被沈传师的弟弟述师看中，纳她为妾，就此互相隔绝。大和七年，沈传师调京任吏部侍郎，宣城幕府中的故旧同事也就各奔前程。可是没有几年工夫，张好好却被薄情的丈夫遗弃，而在洛阳东城的一家酒店当垆卖酒。杜牧感旧伤怀，遂写了这首《张好好诗》。

> 君为豫章姝，十三才有余。
> 翠茁凤生尾，丹叶莲含跗。
> 高阁倚天半，章江联碧虚。
> 此地试君唱，特使华筵铺。
> 主公顾四座，始讶来踟蹰。

这诗大致可以分为六段，这是第一段。诗人以其缠绵旖旎的笔调，从初识张好好时的情景开始回忆写起。前四句是对好好年轻美貌的概括描绘。"翠茁凤生尾"是把好好比作一只羽毛刚刚丰满的彩凤，"丹叶莲含跗"是说好好像一朵含苞欲放的莲花。"跗"通"柎",意为花萼。这四句与"娉娉袅袅十三余,豆蔻梢头二月初"(《赠别》)一样,在诗人笔下的这位歌女,显得天真而惹人爱慕。接着六句,是写好好初次试唱时的具体地点和场面。"高阁"即滕王阁,这是南昌著名的风景地。这天沈传师在阁中大摆筵席。"高阁倚天半,章江联碧虚"两句是对环境的烘托。上一句是从仰望的角度去看滕王阁,所以会有"倚天半"的感觉。下一句是登上滕王阁后俯览章江(即赣江),所以看去会有江水与蓝天相连的"联碧虚"的景象。"主公顾四座,始讶来踟蹰",是写好好的初次出场,一变上面所用的夸张手法,而以朴实无华的笔触作了自然描述。"踟蹰"二字,把好好神态心理活现了出来,我们仿佛看到她在大庭广众中表现出来的忸怩不安、腼腆怕羞的模样。

> 吴娃起引赞,低佪映长裾。
> 双鬟可高下,才过青罗襦。
> 盼盼乍垂袖,一声雏凤呼。
> 繁弦迸关纽,塞管裂圆芦。
> 众音不绝逐,袅袅穿云衢。

第二段是写好好的首次演唱。在演唱之前，先有一番引赞介绍，这种情况类似今天的报幕。引赞的是一位吴娃，吴人称少女为娃，她可能也是这群歌妓舞姬中的一员。于是好好出场了，她腰缠长裾，莲步轻移来到席间。这里我们可以看到，杜牧在刻画人物的神情意态方面，非常细致而且富有层次。以下是写好好的束装打扮：发结双鬟，一摆动就忽高忽下，与身上所穿的青罗短衫相配得很匀称。在她引吭高歌之前，先向四周张望一下，然后垂袖而立，紧接着是一声清脆的歌声像雏凤的悠悠长鸣一样，突然响彻四方，压倒了席上的繁弦急管，好像丝竹因关纽迸住而音哑，箫管因芦管破裂而失声。这是一种夸张的描写笔法。在好好这种无与伦比的歌唱绝艺面前，所有伴奏的各种声音，全都黯然失色，唯独她那悠扬不绝的歌声，从凌空高耸的滕王阁中穿云越衢，传向远方，回旋不绝。[①]

[①] 关于张好好的歌唱才华，杜牧在另一首题为《赠沈学士张歌人》诗中，还有"断时轻裂玉，收处远缲烟，孤直缅云定，光明滴水圆"的形容。是说她在唱到间断或停顿时，声音轻清像裂玉，结束时，余音袅袅萦绕像烟霞；昂扬时，声调孤直直上云端；浏亮时，音色像水珠一样光滑圆润。

主公再三叹,谓言天下殊。

赠之天马锦,副以水犀梳。

龙沙看秋浪,明月游东湖。

自此每相见,三日已为疏。

玉质随月满,艳态逐春舒。

绛唇渐轻巧,云步转虚徐。

这段包括三层意思。前四句是沈传师对张好好的赏识和奖励。由于好好歌艺出众,传师再三称叹,说她的歌喉乃是天下少有的,所以赠她天马锦和水犀梳。中间四句是好好留在观察使署中之后,诗人与她经常见面的情形。诗中提到的"龙沙"与"东湖",一在城北,一在城东,是南昌著名的风景区。《水经注·赣水篇》说:"(龙沙)甚洁白高峻而陁,有龙形,连亘五里。"雷次宗《豫章记》说:"城东有大湖,北与城齐,随城回曲,至南塘,水通章江。"最后四句是写好好的成长,"玉质"、"艳态"、"绛唇"、"云步",诗人从四种不同的角度刻画了好好不仅长得比原来更加艳丽,而且歌声越来越轻巧流啭,舞步也比以前更轻盈蹁跹。

> 旌旆忽东下,笙歌随舳舻。
>
> 霜凋谢朓楼,沙暖句溪浦。
>
> 身外任尘土,樽前极欢娱。

这段是写一年以后,即大和四年九月沈传师调任宣歙观察使,沈氏幕府中人和歌女张好好等都随同东下抵达安徽宣城。这里起首两句是转折句,过渡得非常巧妙。"旌旆"是沈传师的旗帜标志,"笙歌"指幕府中的歌姬舞女,诗人把沈氏的这次易地为官,乘船由长江东下,写得非常堂皇,显示了他作为主持一方的朝廷达官的身份和威风。后面四句是写他自己在宣城时的情形,他和在南昌时一样,仍是少年游冶,经常与好好在一起。谢朓楼是南齐诗人谢朓任宣城太守时所建,"句溪"一名东溪,是在宣城的一条河流,这都是春游秋赏的必到之地。他在这里和好好相处,席上樽前,极尽欢娱,把身外的一切都视同尘土。

> 飘然集仙客[①],讽赋欺相如。
>
> 聘之碧瑶佩,载以紫云车。
>
> 洞闭水声远,月高蟾影孤。

---

① 这句下原注云:"著作尝任集贤校理。"

"集仙客"指沈传师的弟弟沈述师。"相如"即汉代辞赋家司马相如。关于沈述师其人,杜牧在《李贺集序》中曾有一段记载。他雅好诗文,是李贺的知己朋友。李贺临终时曾将自己生平所著诗歌托付给他。后来他又转托杜牧为长吉歌诗作序刊行。这起首两句,是杜牧对沈述师的举止和文采的赞扬。以下是写好好被沈述师看中而纳为妾。"碧瑶佩"是饰物,这里指聘礼,"紫云车"是迎娶新娘时所用的车子。末两句是说好好嫁后,就此与众隔绝。

> 尔来未几岁,散尽高阳徒。
> 洛城重相见,婥婥为当垆。
> 怪我苦无事,少年垂白须。
> 朋游今在否,落拓更能无?
> 门馆恸哭后,水云秋景初。
> 斜日挂衰柳,凉风生座隅。
> 洒尽满襟泪,短歌聊一书。

这是诗的结尾,也是诗的高潮。前面五段,诗人通过以张好好为中心的回忆,贯穿着一种钦慕和惋惜的心情,用的是循序渐进、娓娓诉述的方式,把好好的出场及其成长过程写得极为细腻传神，而且基调欢快。但这段却变得语调急促，思绪愤激。因为转眼只有几年时间，变化实在太大。这里诗人不仅因为宣城幕中那些落拓不羁、志同道合的同僚，亦即所谓"高阳酒徒"，由于沈传师的调任京官一朝星散而感到寂寞，眼前在洛阳东城重睹好好，见她已成弃妇，沦落为当垆卖酒的女子，由此引起他感慨万千。想想自己，几年中虽说侥幸没有大的折腾，但刚三十三岁却已鬓须见白，空有建功立业的宏图抱负，也只能落魄江湖，一事无成。沈传师业已去世，山川依旧，物是人非，举目四顾，但见云水依然，秋景如初，而当年朝夕相处的这位世交故主，却已永隔人天，使他格外满目忧伤。好像挂在衰柳上的斜阳，也没有平时温暖，只觉凉风生四座。感慨之余，便长歌当哭，写下了这一首歌行。

在咏写唐代歌女生活的诗歌中，当以白居易的长篇叙事诗《琵琶行》最为著名。乐天此诗之所以千古传诵，不仅因为他用绝妙的比喻，曲尽其状地描绘了琵琶的声调音节；更重要的是在诉述琵琶女的身世中寄寓着"同是天涯沦落人"的感慨，因而唤起了人们的共鸣。杜牧这诗，同样是咏写一位歌女的不幸遭遇，她的命运，似较琵琶女更为凄惨。

一个是写出了"老大嫁作商人妇"、"去来江口守空船"的别离之苦；一个是记述了"洛城重相见，婷婷为当垆"的遭人遗弃之恨。她们的命运和这两首诗的格局，自有一定的相似之处。结尾"洒尽满襟泪"，正与白居易的"江州司马青衫湿"相同。但这两个诗人由她们的不幸遭遇所产生的感触，则颇有不同。白居易和琵琶女，是在浔阳江头的一个偶然机会中萍水相逢，所以叙述琵琶女的身世比较简单笼统，而渲染当时的情景气氛，则极为浓厚逼真。杜牧和张好好却相反，他们有多年交往之旧，所以对好好身世的记述非常详细，既有使人了解她不幸遭际的传记文学色彩，又有描写人物形象丰满的优点，使人一经披览，张好好这个人物的音容笑貌仿佛出现在眼前，感到她的可亲可爱而又可怜。所以这两首诗各有特色，难分轩轾，但由于《张好好诗》受到过多的叙述事实的限制，不像《琵琶行》那样触景生情、睹物兴感，容易引起人们内心感情的共鸣，这也是古典诗歌的三种创作方法"赋"与"比"、"兴"的不同之处。所以我们不能因此就认为杜牧此诗不足与《琵琶行》并为传世之作。

杜牧此诗，从其情绪、基调可以看出，是在极度感慨的心境下写成的。然而前面五段，在叙事写景、描摹仪态、表达歌声时，写得非常飘逸自然，没有流露心中的抑郁，直到最后一段，才一吐深藏在心头的肺腑之言，这正如王夫之所说："以乐景写哀，以哀景写乐，一倍增其哀乐。"通过前后对照，更能激发人意，令人感叹。这诗不仅本身具有强烈的艺术感染力，还因为他这件手书诗稿墨迹的千年流传，更加扩大了影响。他那挥洒自如的书法艺术得到了后世人们的高度赞赏。宋代的《宣和书谱》说《张好好诗》真迹："气格雄健，与其文章相表里。"清叶奕苞的《金石录补》也说："予观小杜流连旖旎，放浪低回，读其诗歌，使千载下有情人惊魂动魄，何况云烟满纸，笔致绝尘乃尔耶！"当然，叶氏对这诗其实并不十分理解，但他对杜牧诗歌和书法的风靡倾倒之深，却也于此可见一斑。

"多采""休采" 殊途同归

王维《相思》赏析

林东海

推 荐 词

用相同的方式表达相反的意思,或用相反的方式表达相同的意思,在语言的运用上,该是多么复杂的情景,在意思的表达上,又该是多么的有趣生动。这篇欣赏文章看似讲了些文学作品欣赏的基础知识,实际上讲的更是人生的阅历、修养。此类文章常读一些,读者的水平一定会提升得很快吧。

红豆生南国，春来发几枝。

劝君休采撷，此物最相思。

这是王维的一首五绝，题为《相思》。红豆，又名相思子，古人常借以表达相思之情。这首小诗，在不同的版本和不同的选本中常常出现异文，如："豆"或作"杏"，"春"或作"秋"，"劝"或作"愿"，"休"或作"多"。我是个编辑匠，这些异文给我招来很多读者来信。光是"休采撷"与"多采撷"这处异文，来信询问者就数以十计。谦虚者说不知为什么不同，自信者说肯定有一处是错的，更有主观者指斥编辑弄错一个字等于弄错几十万个错字，因为印数达几十万。这个问题就十分严重了，简直不可饶恕！是啊，在书中出现差错，影响确是很大的。这使我深深感到，作为出版工作者，不能不十分认真，十分谨慎。

在阅读来信时，我还有另一种感触，就是深感在读者中，还有相当多的一部分人对于古典文学的常识知道的还少，也有相当多的一部分人鉴赏水平还有待于进一步提高。譬如王维《相思》诗中的"多采"与"休采"，竟然有那么多人认为其中必有一误，究其原因有二：一是对于版本异同有时会出现异文的情况不熟悉；二是对于用不同方式表达同一诗意不很理解。关于这诗的版本异同问题，这里不拟多谈，在这鉴赏的园地里，我想和读者一起探讨一下"多"与"休"在用意方面是截然相反，还是翕然合一；在手法方面是分道扬镳，还是殊途同归。

"诗人感物，联类不穷。"（《文心雕龙·物色》）古典诗歌多借景抒情，托物言志。或写折柳赠别，因柳与"留"谐音，故用以达挽留之意；或写折梅寄远，因梅占新春，故用以托春温之意。王维《相思》写红豆，则以其别名相思，故借以达相思之情。赠柳、寄梅，只表达一方的感情，即表达赠者、寄者挽留、慰藉对方之情。采红豆则有别，所表达的是相互思念之情。情况就显得复杂些。"劝君休采撷，此物最相思"，意思是说：红豆这东西，最易勾起相思之情，请不要采撷呀，别因为相思伤害了您的身体。用

"休"字,是担心对方思念成疾,表现出自己深深地爱着对方。这是一种表达方式。"愿君多采撷,此物最相思",意思是说:红豆这东西,最能引起相思之情,希望多多采撷,时时想念着我,莫辜负了我的一片真情。用"休"字,则是担心对方忘了我,同样表现出自己深深地爱着对方。这又是一种表达方式。不管是用"多"字,还是用"休"字,这里有一个共同的心理基础,就是诗中主人公对于所思念者的深沉诚挚的爱念。两字的运用,其间没有不可逾越的鸿沟,更不是截然相反,其感情基础是一致的,只是表达方式有别,落墨重心不同罢了。

表达感情,可以用肯定方式表达,正入而出之;也可用否定方式表达,反入而出之。古来诗人抒情,或用前者,或用后者。无以名之,前者姑名之为正入正出手法,后者姑名之为反入正出手法。王维《相思》取"多采"是正,即正入而正出;取"休采"则是反,即反入而正出。这首诗的不同表现方式,是作者修改过程中出现的歧异,抑或在版本流传过程中出现的歧异,已无可考。但不管取何字,都不失为好诗,未可轩轾,难分高下。

表现同一类感情,不论是用正入正出手法,抑或用反入

正出手法,都可以创造出好诗。这在古典诗歌中是不乏其例的。请看李白的《玉阶怨》:

> 玉阶生白露,夜久侵罗袜。
> 却下水精帘,玲珑望秋月。

这首诗写女子独处,夜久不寐,下帘望月,不言怨而怨思之情溢于言表。"美人迈兮音尘阙,隔千里兮共明月"(谢庄《月赋》)。千里共月,望月最易引起思念之情。李白写望月的抒发怨思,这是从正面写来,正入而正出。我们再看看崔国辅《古意》(一作薛哥童《吴声子夜歌》):

> 净扫黄金阶,飞霜皎如雪。
> 下帘弹箜篌,不忍见秋月。

和李白《玉阶怨》相较,我们可以看出,两诗同样写秋夜怨思,同样写望月以达怨情,正如俞陛云《诗境浅说续篇》所说的:"此与宫怨词'却下水精帘,玲珑望秋月',词异而意同。彼言下帘望月者,邀静夜之姮娥,伴余独处;此言不忍见月者,怯虚帷之孤影,愁对清辉,皆悱恻之思也。"见月,怕望而增添愁思,其情难堪,所以不忍见。写法和李白正面写"玲珑望秋月"不一样,用"不忍见秋月"来表达,是从反面写来,反入而正出。两种写法不同,但各有各的妙处。

关于正反不同手法,我们不妨再举几个例子来看看。皇甫曾《淮口寄赵员外》诗云:

> 欲逐淮潮上,暂停鱼子沟。
> 相望知不见,终是屡回头。

写清淮口分手之后,帆影已失,故人远去。明知已经看不见了,却还是频频回首。友情之深,近于痴情。这是正写回望友人。白居易的《南浦别》则不然,其诗云:

> 南浦凄凄别,西风袅袅秋。
> 一看肠一断,好去莫回头。

南浦是古来送别之地的泛称(屈原《九歌》云"送美人兮南浦",江淹《别赋》云"送君南浦,伤如之何"),秋天南浦送别,愁情悲绪已经够难堪的了,在分手之后,再回望身影,一定会更增添一段别意离愁。如太白之望孟浩然的帆影,苏轼之望苏子由的乌帽,却增添了无穷的离思。那样，必然使自己的情怀更加难堪。既然"一看肠一断"，干脆，就这样走吧，别回过头来。这里语意一转，感情一折。看似横下一条心，实际还是在表现回肠寸断的意思。"莫回头"也罢，"屡回头"也罢，都是情至之语。只是"莫回头"乃从反面着墨，表现方式不同罢了。

再譬如牛希济《生查子》写离别的情景说：

> 语已多，情未了，回首犹重道：
> "记得绿罗裙，处处怜芳草。"

昨夜说了一个通宵，早上临别时还觉得内心的情感还未表达完，分手了，回头再说一声，看到萋萋满别情的绿色芳草，就该想起我这绿色的罗裙。这里用絮絮叨叨的方式，从正面表达她内心丰富的感情，有点像张籍《秋思》写家书，"复恐匆匆说不尽，行人临发又开封"，以不厌其烦的动作，用正面阐扬的方式来表达情意。柳永《雨霖铃》写临别的情景则说：

> 都门帐饮无绪，留恋处，兰舟催发。
> 执手相看泪眼，竟无语凝咽。

临别时，两人手拉着手，舍不得分开，照理，这时该有千言万语，但是一句也说不出来。那么多话，全部融化在两人的泪眼之中和手心之上了。这里用得着白居易《琵琶行》那句诗："此时无声胜有声。"话太多了，有时不说，有时少说。如岑参西行逢入京使，想托他捎个信——"马上相逢无纸笔，凭君传语报平安"，只说两个字"平安"。这种表达方式，是从反面抑制，将要说的许多话抑住了，将要表达的丰富感情抑住了。许多东西，一压就缩，一缩就浓。感情也是这样，一经压抑就浓缩，其味也就愈醇。以这种方式写出的诗词也就比较含蓄有味。

从以上反入正出与正入正出艺术手法的比较中，我认为"反入正出"手法有几个值得注意的特点。其一，反入正出，所表现的感情已到极点。物极必反，感情炽热，如果越过极点，就会向冷淡转化。极点虽未向对立面转化，但已有反转趋势。抓住这个趋势，以"反"的方式表达感情，如"不忍见秋月"，正好收到极情的艺术效果。正入正出所表现的感情，是正在推向高潮，如"玲珑望秋月"，其效果是愈望愈感到孤寂，也就愈增加怨思。其二，反入正出，在抒写彼此之间的感情时，其表现的重心偏于对方，即劝对方采取相反的行为；情感的重心则在己方，由己方倾注于对方。"劝君休采撷"，是怕对方因多采红豆这"最相思"之物而思念过甚，以致伤身，正表现了自己深切思念对方的感情。"好去莫回头"，也是怕对方回望而断肠，同样是注情于对方。正入正出则是将表现重心放在自己一方，情感的重心则在对方，意欲由对方吸引到己方。如"愿君多采撷"，正面写出自己的愿望，希望对方多采红豆而思念于己。"终是屡回头"，也是正面写出自己回望对方，希望对方体察自己的深情厚意，而注情于己。其三，反入正出，是欲扬故抑，抑制感情，正是为了达到扬起感情的目的。在诗人处理感情是用抑制的方式，而读者接受感情的方式则是扬起的。分别时执手，"无语凝咽"，收住许多话，抑住许多情，而读者却引起许多联想，触动许多情思。其妙处在含蓄。正入正出，则是正面表达那说不尽的话，抒不完的情，即所谓"语已多，情未了"，表现方式是一扬再扬，倾吐衷情，和盘托出。其妙处在率真。

文学艺术的源泉是生活，"正"、"反"艺术手法也是来源于生活体验。在生活中，每个人的思想感情都是十分丰富的，表达思想感情的方式也是多种多样的。有时一种思想感情可以用截然相反的两种方式来表现，譬如痛苦的心情，有时表现于哭，痛哭流涕，有时则表现于笑，苦笑，痛苦至极发出的笑声比哭声有时更富于感人力量。两种截然相反的思想感情，可以用相同的方式来表现。痛苦的心情和喜悦的心情是截然不同的，然而喜悦的心情同样可以表现于笑，又可以表现于哭。一个人快乐的时候，有时会乐出满脸泪花。一般说来，表现喜悦的心情，笑的方式是"正"，哭的方式是"反"，表现痛苦的心情，哭的方式是"正"，笑的方式是"反"。然而，有时以"反"的方式倒能取得一种特殊的效果。杜甫听到官军收复河南河北的消息，喜不自胜，他在诗中说"初闻涕泪满衣裳"，又说"漫卷诗书喜欲狂"，用涕泪表现似乎不比用狂喜表现逊色，这里甚至显得更深沉。生活中，爱有时可以说成恨，有的说"我爱您"，有的则说"我恨死你了"，不说爱而说恨，更有特殊效果。即所谓"珊瑚枕上千行泪，不是思君是恨君"。爱人有时可以说成冤家，旧时有的径称自己的丈夫为"冤家"，这是一种昵称。乖，本义是逆，是不顺，但在生活中，我们却常常听到大人表扬小孩说："这孩子很乖。"意思是说这孩子很听话。以反义词表达正面的意思，在训诂学上称为"反训"。

以否定的方式表达肯定的意思，表现于艺术手法，便是正面意思从反面写来，反入正出。这种手法正是从生活中提炼出来的。至如反面意思从正面写来，正入反出，这种手法多用反语，就艺术性质而言，则为讽刺艺术。鲁迅是讽刺艺术大师，他不仅善于写讽刺性的杂文，还善于写讽刺性的诗歌，如他的《无题》诗云：

> 血沃中原肥劲草，寒凝大地发春花。
> 英雄多故谋夫病，泪洒崇陵噪暮鸦。

诗中用了不少反语，其中"英雄"就是用反话来讥刺当时国民党执政者。在古典诗歌中，常见反入正出、欲扬故抑的手法，而正入反出、欲抑故扬的讽刺艺术则不多见（《文心雕龙·书记》所谓"诗人讽刺"，是指"事叙相达"，并非今所谓"讽刺"之义）。倘若欲抑故扬竟是从欲扬故抑发展而来的，那么我们在这里由"休采"说开去的"反入正出"的艺术手法，便更值得重视了。

虚实得当　臻于神境

王维《辋川集》绝句赏析

葛晓音

推荐词

王国维《人间词话》说词"有造境,有写境",诗歌也是一样。造境是更富于艺术想象、具有高度概括力的境界,写境是较偏重于写实的境界。高明的诗人往往能通过虚实关系的巧妙处理将这两种境界结合起来,浑然天成,毫无人工的痕迹。王维《辋川集》的主要成就正在这一点。

北宋词人秦少游在汝南做官时曾患肠疾,他的朋友带着一卷王维的《辋川图》前来探望,说看了这图病就会好。秦少游在枕上细细观看,"恍然若与摩诘入辋川,度华子冈,经孟城坳,憩辋口庄,泊文杏馆,上丘竹岭,并木兰柴,绝茱萸沜,蹑槐陌,窥鹿柴,返于南北垞,航欹湖,戏柳浪,濯栾家濑,酌金屑泉,过白石滩,停竹里馆,转辛夷坞,抵漆园,幅巾杖履,棋弈茗饮,或赋诗自娱",竟忘了自己身在他乡,几天后果然病愈。图画竟可以疗疾,这也算得是一则文坛佳话了。不过,一幅大全景式的辋川图能有这样的神效,恐怕不仅有赖于画家的丹青妙笔,更要借助于王维《辋川集》绝句所启示的动人遐想。

辋川在陕西蓝田县西南二十里,这里山明水秀,原是初唐诗人宋之问的别墅。天宝三载后,王维因在政治上不得意,便将这处产业买下,作为他母亲奉佛修行的隐居之所。

王维很喜欢这个地方，曾画了一幅《辋川图》，还与他的友人裴迪赋诗唱和，为辋川二十景各写了一首诗，共得四十篇，结成《辋川集》。王维的二十首诗大多数写得空灵隽永，成为传世名作，而裴迪的那一组诗却不见特色，很少有人提及。为什么描写同样的景色，两人的作品竟如此悬殊呢？首要的原因当然是他们的生活感受有深浅的不同；此外，在艺术上处理虚实关系得当与否也是一个重要的因素。

中国古典文艺批评中所说的虚实关系含义很广，用在写景诗中，实写往往指直抒感慨和忠于自然形貌的精确描写；虚写可以指景物布局中藏、减、疏、略的手法，或"言在此而意在彼"的表情达意方式，也可以指作者结合生活感受、通过艺术想象概括意境的方法。王国维《人间词话》说词"有造境，有写境"，诗歌也是一样。造境是更富于艺术想象、具有高度概括力的境界，写境是较偏重于写实的境界。高明的诗人往往能通过虚实关系的巧妙处理将这两种境界结合起来，浑然天成，毫无人工的痕迹。王维《辋川集》的主要成就正在这一点。现在让我们循着诗人的游踪，看他是怎样用五言绝句这种最短小的诗歌形式表现辋川诗景的不同特点的。

诗人新搬到这处昔日属于宋之问的庄园来，自会有一番人世兴衰的感慨。当他在孟城坳发现古城旁有一株衰柳之后，便不禁由此兴叹："新家孟城口，古木余衰柳。来者复为谁？空悲昔人有。"（《孟城坳》）新居与古城的对照已足以使人感喟，更何况还有这株前人植下的衰柳作为见证呢？诗人既悲叹这处胜景已空为昔人所有，又揣测将来继自己之后的来者当是谁人，那么他日来者之悲自己，不也正与今日自己之悲昔人一样吗？但诗人没有把这层意思直接写出，反而以自解的口气说：目前尚不知后我来此居住的是什么人，又何必徒然为此地昔日的主人而悲伤呢？这样用实写思来者、悲昔人虚写悲今人的意思，将古城衰柳勾起的感触融入关于过去现在未来的哲理性思索中，启发人从眼前新与古的对比想到新旧兴废的永恒循环，诗意就比裴迪实写"古城非畴昔，今人自来往"，要含蓄深永得多。

诗人为孟城坳所触发的感慨似乎在登华子冈时犹存余波，所以他没有具体刻画华子冈的景色，而是使若干无尽无极的印象连成寥廓怅惘的意境："飞鸟去不穷，连山复秋色。上下华子冈，惆怅情何极！"（《华子冈》）飞鸟远去似乎永远飞不到尽头，连山的秋色也同样杳无边际。如果说

《孟城坳》抒发的是由时间的无穷引起的伤感,那么《华子冈》则是以空间的无极烘托人在登临时的无限惆怅。景之无限正由情之无限而见,情之无限又由景之无限而生。由于诗人仅用虚线勾勒轮廓,没有拘泥于冈上冈下景物的细致描绘,因而使情与景都融合于无限开阔杳远的境界中。

《辋川集》中的虚实处理是变化多端的。王维、裴迪的《文杏馆》都极写山馆的高远。裴迪说:"迢迢文杏馆,跻攀日已屡。南岭与北湖,前看复回顾。"实写文杏馆路远山高,攀登颇费时日。到达之后,前看南岭,后顾北湖,远近风光尽收眼底。虽然精确地标出了文杏馆的地势,可惜诗味索然。王维则扣住馆名"文杏"二字,略带夸饰地写出山馆结构的精致:"文杏裁为梁,香茅结为宇。不知栋里云,去作人间雨。"前二句用司马相如《长门赋》"饰文杏以为梁"和左思《吴都赋》"食葛香茅"的典故,写栋梁屋宇的精美,是实中有虚之笔。接着,又由此生发出栋里彩云飞到人间化而为雨的优美遐想,则纯以虚笔写山馆的高峻和境地的幽静,不但使这所临湖踞山的文杏馆幻化出巫山阳台般的神秘意境,而且将本因高远而与山外阻隔的文杏馆与人间联系起来,令人联想到诗人洁身自好却又不愿意高蹈出世的精神境界。

当景物自身具有足够的特色和魅力的时候，诗人取景布局便更多地显示出画家的匠心，该藏的藏，该露的露，通过巧妙的剪裁使这些景物的特色更加鲜明。《鹿柴》、《木兰柴》、《栾家濑》是全篇实境，描绘的生动逼真更胜过惯于如实写景的裴迪诗。《鹿柴》写空山深林傍晚的景致："空山不见人，但闻人语响。返景入深林，复照青苔上。"这首诗着意刻画了一束斜晖透过密林的空隙，返照在林中青苔上的一角画面。夕阳的暖色淡淡地罩在阴寒的青苔上，更衬出空山中的幽冷。山谷中传来人语的回响，愈显出深林里人迹罕至的寂静。画面色调的冷暖互补，与画面内外的动静对比相互烘托，使有限的画面延伸到画外无限的空间，因而蕴涵着可以想见的无穷意趣。裴迪同咏鹿柴的深幽："日夕见寒山，便为独往客。不知松林事，但有麏麚迹。"较之王维的具体刻画稍为空脱一步。但王维从林中往外写，令人由深林返景想见空山落照，从山中人语体味独往之意，是以实写的一角显示整体的空灵意境。裴迪从山外往里写，既不知松林里更深一层的幽趣，人在山中的意兴又一览无余。所以写得虽空，反而使诗意过于坐实。王维的《木兰柴》也是选取景物最鲜明的特色加以渲染："秋山敛余照,飞鸟逐前侣。彩翠时分明,夕岚无处所。"秋山收敛起夕阳的余晖,晚归的飞鸟联翩相逐而来,满山秋叶在霞光中闪现出斑斓的色彩,渐与云气融成无边的夕岚①。在这幅宛如油画般绚烂明丽的秋山夕阳图中,洋溢着无限新鲜的生命力,毫无悲秋伤晚的感伤情调。裴迪同咏《木兰柴》:"苍苍落日时,鸟声乱溪水。缘溪路转深,幽兴何时已。"以鸟声与溪水相乱暗写此处多鸟的特点,实写游人随溪回路转深入林中的幽兴,与王诗迥异其趣。但木兰柴本以其秋色的丰富绚丽动人情思,裴诗以声代色,就不能造成王诗那种极其鲜明醒豁的艺术效果。

《栾家濑》历来被看作以动写静的名篇:"飒飒秋雨中,浅浅石溜泻。跳波自相溅,白鹭惊复下。"前二句连用叠词渲染雨中山溪清清冷冷的气氛,"飒飒"写秋天雨丝的连绵和雨声的细密,"浅浅"写濑水的清冽和流泻的轻快,都能得天然之趣。后二句摄取白鹭被石上急流溅出的水珠惊飞这一有趣的镜头,给水波的"跳"、"溅"和白鹭的"惊"、"下"以一连串分解动作的特写,便使幽静冷清的栾家濑充满了活泼的生趣。裴迪同咏:"濑声喧极浦,沿步向南津。泛泛凫鸥渡,时时欲近人。"则如同摇出一个长

---

① 王维《送方尊师归嵩山》中"夕阳彩翠忽成岚",可与这两句互证。

镜头，写鸥凫近人，也很亲切有味，只是没有集中描绘对景物最深刻的印象，所以不如王诗鲜灵活跳。可见，当虚而不虚，固然容易平板无余味，当实而不实，也会失之泛泛无特色。王维这几首小诗之所以能描绘出生动鲜明而极富特色的情境，就因为他善于抓住这三处游址最显著的特点，精心选择并细致刻画最能体现这些特色的景物动态，所以画一隅而见全景，实处皆觉空灵。

虚实关系处理得是否巧妙，有时取决于能否使人与景完美和谐地融合在一起。裴诗有些篇章失于过实多因有景无人，而王诗之空灵则多因由人见景。自然美只有通过人的深切感受才能展现出它的全部魅力。请看王维笔下的临湖亭是多么令人心旷神怡："轻舸迎上客，悠悠湖上来。当轩对樽酒，四面芙蓉开。"迎客的轻舟在湖上优哉游哉地荡来，亭亭的荷花在轩外四望无际的湖上盛开，色调是何等明丽轻快。由主人轻舸迎客、徜徉湖上的悠闲情趣正可见出波平风软、清碧无垠的湖光水色，而四面芙蓉一齐开放的美景也要在当轩对酒、一快胸襟的雅兴中才能充分领略。《竹里馆》所表现的是另一种高雅的情致："独坐幽篁里，弹琴复长啸。深林人不知，明月来相照。"诗人独坐在幽暗的竹林里，夜深人静，万籁俱寂。谁能理解他那悠扬的琴音和清厉的长啸？或许只有天上的明月能用它的清辉抚慰诗人寂寞的心灵。试想，如果没有这样一位弹琴啸咏、对月抒怀的诗人形象，那么这处竹林不过是一片"荻笋乱无丛"（卢象《竹里馆》）的荒凉角落罢了。裴迪同咏只老老实实地写出这里"出入唯山鸟，幽深无世人"的清幽，却不能将抒情主人公孤清的心境与竹林的幽寂融为一体，化荒僻为清雅，所以终逊王维一筹。《南垞》写泛舟南垞的兴致："轻舟南垞去，北垞淼难即。隔浦望人家，遥遥不相识。"南垞只是湖边的一丘小山，似乎景致平常。但王维不写南垞之景而只写在此远眺的兴致，从遥望北岸反写南垞，以民歌般天真的语调和情韵表现对隔岸人家生活的向往，不但湖上清波淼漫的风光和天边远村人家的轮廓依稀可见，而且觉得分外兴会深长。裴迪未解其中三昧，难怪他笔下的《南垞》除了"落日下崦嵫，清波殊淼漫"这样泛泛的描写，就别无可记了。

有些本来可能是缺乏特色的景物，往往需要诗人调动丰富的生活经验，经过艺术想象和概括才会呈现出特殊的优美意境。如果比较王维和裴迪同咏的《欹湖》、《白石滩》这两首诗，就不难看出王维所创造的两种不同风味的清丽境界实际是理想美和自然美结合的产物。欹湖只是一片"青荧天色同"（裴迪《欹湖》）的空阔湖水，白石滩也是一片"日下川上寒，浮云淡无色"（裴迪《白石滩》）的水滩，所以在裴迪诗里，这两处和南垞几乎没有什么区别。王维却借用《楚辞·九歌》中凄清美丽的意境，想象出一个女子日暮时分在湖上吹箫送别夫君的情景："吹箫凌极浦，日暮送夫君。湖上一回首，山青卷白云。"（《欹湖》）呜咽的箫声在水上回荡，直达湖口。天边斜阳里，送别的人儿两情依依。蓦然回首处，唯见青山无语，白云自卷。那凌波极浦的女子是人是神？那消逝在暮霭中的箫声是真是幻？似都恍惚无定，渺然难测。曲终人去之后的欹湖依然轻笼着迷惘的意绪，令人回味不尽。同样，寒淡无色的白石滩在王维诗里又展现出春夜月下少女浣纱的幽美境界："清浅白石滩，绿蒲向堪把。家住水东西，浣纱明月下。"白石滩上的流水又清又浅，水边青嫩的蒲草将可盈握。流水环抱着附近的人家，少女趁着明月来到滩边漂洗轻纱。轻纱在清水中飘动，宛如乳白的月光在浅滩上流泻。绿蒲与少女相映成趣，为春夜又添了无限春意。整个情境在柔和明净的调子中沁透着青春的气息。如果没有景中人与人中景的浑融为一，没有诗人根据生活感受加以高度提炼的艺术想象，这几处景物不过是大同小异、平淡无奇的水泊罢了。

通过艺术提炼使人与景达到完美和谐的交融，固然能产生优美的意境，但这并不等于说景中必须有人，有时无人，甚至更胜于有人。比如裴迪只知像辛夷坞这样美的地方，当有王孙留玩，才不负佳景："绿堤春草合，王孙自留玩。况有辛夷花，色与芙蓉乱。"（《辛夷坞》）初春天气，长堤上芳草连碧，自堪玩赏。更何况还有辛夷（玉兰）花展瓣怒放，艳色可与芙蓉相乱，确实使人流连忘返。但实写王孙赏花，既落俗套，又无余味。王维的《辛夷坞》则既无春草映衬也无王孙留玩："木末芙蓉花，山中发红萼。涧户寂无人，纷纷开且落。"描写辛夷花开放在枝头，像芙蓉一样美丽，却在山涧旁静悄悄地随着春光憔悴而无人留赏的情景，从初发红萼写到鲜花盛开而后纷纷谢落，整个过程笔笔无遗，似乎未经提炼。但诗人就以平实的笔触烘染出辛夷坞春景幽静而又寂寞的情调，令人从辛夷花自开自落的平平淡淡的过程产生年年岁岁花相似的联想和芳花凋零、美人迟暮的感叹，所以此处的无人之境较之有人之境更值得玩味。

《漆园》可看做是与《孟城坳》首尾呼应的一首诗。倘若说《孟城坳》抒发了新迁辋川的人生感喟，那么《漆园》则点出了隐居此地的真实原因："古人非傲吏，自阙经世务。偶寄一微官，婆娑数株树。"此诗借漆园之名，用庄周曾任蒙漆园吏的典故隐喻自己卜居此地非为性傲，实在是因为缺乏经邦济世的才干。虽说偶尔寄身于一个卑微的官职，然而终日婆娑于几株树下，过着半官半隐的生活，已无更求荣华之心了。"婆娑数株树"用《晋书》故事：殷仲文与众人到大司马府，见府中有老槐树，观看良久，叹息道："此树婆娑，无复生意。"所以此处"婆娑数株树"一语双关，从"婆娑"的字面意义看，可以理解成往来蹀躞于树下的闲居生活；从典故的含义看，又是指诗人虽寄身微官，但已如老槐一样没有生机，难以复荣了。全诗明咏庄子，暗以自比，虽是巧用庄子所谓浮生如寄、偶游天地之间的虚无主义人生观解释自己亦官亦隐的行迹，但愤世嫉俗之情和心灰意懒之叹深含于自嘲的语气之中，只可意会而不可言传。裴迪同咏："好闲早成性，果此谐宿诺。今日漆园游，还同庄叟乐。"直接点明诗人漆园之游同于庄叟之乐，却将含义局限在"好闲"和隐居之"乐"上，就失于语露意浅，不及王诗意味深长。

人们常常用"诗中有画"来评价王维的山水风景诗,这话虽然说得很准确很形象,但过于强调了王维诗再现自然美的一面,而忽视了他创造理想美的另一面。其实,宋人方回说王维《辋川集》"虽各不过五言四句,穷幽入元",倒是更为精当的评语。也就是说,王维善于使五绝这种最短小的诗歌形式容纳最大的精神意蕴,使他所描写的每一处景物都能表现出最美的意境,引起穷幽入微的联想。无论虚写实写,明写暗写,既忠于生活原貌,又比客观真实更美,所以虚中有实,实处皆虚,空灵之中自能见出情境的鲜明特征,精描细绘之处又留下无穷的回味余地,"有一唱三叹,不可穷之妙"。唯其如此,诗人为辋川各景留下的这些精妙传神的写照才会引起后人的无限向往,以致有秦少游以《辋川图》治病的美谈,使这组绝句的艺术魅力臻于神境。

合著黄金铸子昂

陈子昂《感遇》（三十四）赏析

王英志

推荐词

最能体现陈子昂"汉魏风骨"的当为《感遇》诗。杜甫称曰:"千古立忠义,《感遇》有遗篇。"陈沆赞曰:"子昂《感遇》,雄轶千古。"

陈子昂《感遇》与阮籍《咏怀》相通,这表明在创作实践上他主要承继"正始之音"。在《感遇》总题下的三十八首诗并非写于一时一地,乃诗人"感于心,因于遇"而作。其内容或批判社会现实,或写志士的坎坷遭遇,或抒个人怀才不遇之愤,确实"兴寄"不绝,亦颇见"风骨"。

金代元好问曾高度评价初唐杰出诗人陈子昂（661—702）诗歌革新的功绩："沈宋横驰翰墨场，风流初不废齐梁。论功若准平吴例，合著黄金铸子昂。"（《论诗三十首》）确实，陈子昂是扫除六朝余风、开创有唐一代新诗风的破旧立新之骁将，在中国诗歌史上堪称有功之臣。

《新唐书》陈子昂本传指出："唐兴，文章承徐（陵）、庾（信）余风，天下祖尚，子昂始变雅正。"卢藏用《右拾遗陈子昂文集序》言之更详："宋齐之末，盖颢顿矣。逶迤陵颓，流靡忘返。至于徐、庾，天之将丧斯文也。后进之士若上官仪者继踵而至，于是风雅之道，扫地尽矣。……道丧五百年而得陈君。君讳子昂，字伯玉，蜀人也，崛起江汉，虎视函夏，卓立千古，横制颓波，天下翕然，质文一变。"这都赞扬了陈子昂横扫轻靡诗风，倡导刚健诗风,从而恢复"风雅之道"的实绩与影响。陈子昂既有诗歌革新的实践,同时又有诗歌革新的理论作为指导。这些理论主要体现在《与东方左史虬修竹篇序》中,其核心是揭示了"汉魏风骨"说。他高举复古之旗号,开拓革新之道路:

> 文章道弊五百年矣。汉魏风骨,晋宋莫传,然而文献有可征者。仆尝暇时观齐、梁间诗,采丽竞繁,而兴寄都绝,每以咏叹。思古人常恐逶迤颓靡,风雅不作,以耿耿也。一昨于解三处见明公《咏孤桐》篇,骨气端翔,音情顿挫,光英朗练,有金石声。遂用洗心饰听,发挥幽郁,不图正始之音,复睹于兹,可使建安作者,相视而笑。

显然,陈子昂之所以要提倡"汉魏风骨"乃是针对晋宋以来"风雅"之道"逶迤颓靡"之弊而发的。"汉魏风骨"说包含几层意思。

一、 以时代而言,实际是倡导"建安风骨"与"正始之音",反对齐梁以来的诗风。这一思想上承刘勰,下启李白、杜甫、白居易等。刘勰《文心雕龙》评建安诗人曰:

"慷慨以任气，磊落以使才。"（《明诗》）"雅好慷慨，良由世积乱离，风衰俗怨，并志深而笔长，故梗概而多气也。"（《时序》）又评正始诗人曰："唯嵇（康）志清峻，阮（籍）旨遥深，故能标焉。"（《明诗》）"嵇康师心以遣论，阮籍使气以命诗；殊声而合响，异翮而同飞。"（《才略》）这些正是陈子昂推崇"建安风骨"与"正始之音"的着眼点。晋宋以还，则"俪采百字之偶，争价一句之奇"（《明诗》），或如李白《古风》所言"自从六朝来，绮丽不足珍"，白居易《与元九书》所指斥的"梁、陈间，率不过嘲风雪、弄花草而已"，适足成为"汉魏风骨"的对立面。

二、以诗的本质特征而言，"汉魏风骨"与诗的"兴寄"相联系，要求表现社会内容与深刻的思想感情，或如陈子昂《喜马参军相遇醉歌序》所云，"夫诗，可以比兴也"，以代替"以义补国"，发扬诗歌风雅美刺、批判现实的传统。

三、诗有"兴寄"的内容，尚须以端直有力、明朗刚健的风格来抒写，故推重"骨气端翔，音情顿挫，光英朗练，有金石声"的诗作。所谓"骨气"与"风骨"毫无二致。在

《文心雕龙·风骨》篇中"气"与"风"就是相通的,明人曹学佺批语说得好:"气属风也。""端"即形容文骨之"结言端直","翔"形容文气之"骏爽"飞动。"音情顿挫"则指感情表现与音调之抑扬顿挫,铿锵有力。"光英朗练"要求词采明朗精练。"金石声"喻诗之发聩震聋的感染力量。这些皆与"逶迤颓靡"之软弱无力相对。

四、具有"汉魏风骨"之作可以"洗心饰听,发挥幽郁",即洗人心目,舒散郁愤,具有教化的社会功能。

陈子昂的诗作正是其"汉魏风骨"说的具体实践,具有风骨矫拔的特征。后人评之曰:"追建安之风骨,变齐梁之绮靡,寄兴无端,别有天地"(沈德潜《唐诗别裁集》卷一),"能超出一格,为李、杜开先"(刘熙载《艺概》),皆信非虚誉。最能体现其"汉魏风骨"说者当为《感遇》诗。杜甫称曰:"千古立忠义,《感遇》有遗篇。"(《陈拾遗故宅》)陈沆赞曰:"子昂《感遇》,雄轶千古。"(《诗比兴笺》)陈子昂《感遇》与阮籍《咏怀》相通,这表明在创作实践上他主要承继"正始之音"。在《感遇》总题下的三十八首诗并非写于一时一地,乃诗人"感于心,因于遇"(《唐诗别裁集》卷一)而作。其内容或批判社会现实，或写志士的坎坷遭遇，或抒个人怀才不遇之愤，确实"兴寄"不绝，亦颇见"风骨"。这里试析其"发挥幽郁"之《感遇》第三十四首，作为"汉魏风骨"说之诗例，从而具体显示其美学思想。诗曰：

> 朔风吹海树，萧条边已秋。亭上谁家子，哀哀明月楼。
> 自言幽燕客，结发事远游。赤丸杀公吏，白刃报私仇。
> 避仇至海上，被役此边州。故乡三千里，辽水复悠悠。
> 每愤胡兵入，常为汉国羞。何知七十战，白首未封侯。

陈子昂"少以豪子驰侠使气"，后乃闭门读书，览尽"经史百家"，"慨然立志"（见卢藏用《陈氏别传》），欲在政治上有所作为。他二十四岁举进士，初上书论政为武则天所赏识，官至右拾遗。后对武后弊政屡加批评，但"言多直切，书奏辄罢之"（同上），而终未受重用，不得施展其政治抱负。他曾两次随军出征，后一次因受排斥打击，乃辞职还乡——梓州射洪（今四川射洪县），最后被县令段简收系狱中，忧愤而死，年仅四十二岁。陈子昂的经历有两点与其《感遇》第三十四首密切相关而值得注意：一是具有远大的政治抱负与正确的政治见解，又敢于指斥时弊；二是他并未能实现其政治理想，胸中郁积着怀才不遇之忧愤。此诗就是借写一游侠的怀才不遇，为之鸣不平，来表现自己壮志未酬的"兴寄"，并对统治者埋没人才予以讽喻。

诗的开头两句以苍劲古朴的笔触勾勒出诗中主人公的时空背景，构成阔大的意境，又渲染出悲凉的气氛："朔风吹海树，萧条边已秋。""朔风"，北风；"萧条"指树木凋零；"海"，指渤海；"边"，边塞。背景是深秋时的海边要塞，凛冽的北风吹刮着浩瀚大海岸边的树木，呈现出一片凋零、萧瑟的景象。背景画面苍凉，但气势飞动。"海树"以"海"叠加于"树"，就使得这个意象雄浑而有风骨。动词"吹"，副词"已"，亦用得骨劲气遒。

在广阔萧条的背景前，于苍凉的氛围中，诗人的镜头又推出一个近景，从而引出诗的主人公："亭上谁家子，哀哀明月楼。""亭"，亭燧，指边塞哨所；"楼"，指亭上的戍楼。"明月楼"，化用曹植《七哀》诗"明月照高楼"之句，既具体点明此时乃深秋月夜，又使形象充满"哀"怨，使人联想到"明月照高楼，流光正徘徊。上有愁思妇，悲叹有余哀"（《七哀》）的境界。曹植为"建安作者"之冠冕，钟嵘誉之为"骨气奇高，词采华茂，情兼雅怨，体被文质"(《诗品》)。此诗三、四句学习《七哀》但并不照搬。《七哀》写女子,此写游侠;子建尚有"柔情丽质"(钟惺《古诗归》),子昂却刚健质朴。这两句是从诗人的眼光来写:那戍楼上的戍卒不知何许人,正在明月之下悲哀地徘徊。"哀哀"叠音字,极写楼上人之悲哀情态。此诗重在写人的情态与内心世界,因此未具体描写人的外貌。但通过下面诗句对其内心世界与经历的抒写,我们却可以想象出大概。

接下诗转入主人公的自述,是全诗的主体部分。前面不明说楼上戍卒到底是"谁家子",有"弯马盘弓故不发"(韩愈)的顿挫之致,既引逗读者的遐思,又可把"哀哀"的情调渲染足,而不分散笔墨在无关宏旨之处,可见作者"朗练"之功。在此基础上,才如《六哀》"借问叹者谁,自云宕子妇"的句式一样,挑明主人公的明确身份与经历、内心。"自言幽燕客,结发事远游":"幽燕",战国时燕国之地,汉以后置为幽州,故连称为幽燕,属今河北北部与辽宁西部一带;"客",指从外地(幽燕)来的人;"结发",古时男子二十岁束发而冠,表示成人。燕赵自古多慷慨悲歌之士,尚勇崇武,故只"幽燕客"三字就足以表明此人乃一侠士,并初步给人以孔武有力、具有侠肠义胆的感觉与联想。"幽燕客"胸怀大志,刚一成年就离家远游,以求建功立业。他不是恋巢的家雀,而是欲搏击四海风云的雄鹰。他既是豪侠之士,又值血气方刚之年,故疾恶如仇,愿铲尽天下不平事,敢作敢为,对贪官恶吏就难免有白刀子进、红刀子出的侠义之举:"赤丸杀公吏,白刃报私仇。""赤丸":据《汉书·尹赏传》说,长安有一群少年专门谋杀官吏替人报仇,事前设赤、黑、白三色弹丸,探得赤丸者杀武吏,黑丸者杀文吏,白丸者处理丧事。这两句写出主人公的孔武有力与打抱不平的侠义精神,写得"骨端气翔",遒劲矫拔,令人胸胆为之开张。"赤丸"与"白刃"、"杀"与"报"、"公吏"与"私仇",皆对仗工整,韵律铿锵,"有金石声",颇似五律之对仗句式。从诗"情"来看,也颇有"顿挫"之效。如果说"亭上谁家子,哀哀明月楼"是抑,显得低沉,那么至此则一扬,显得高昂,痛快淋漓。此诗感情的基调是沉郁悲凉,故写扬旨在反衬抑。

在以四句写"幽燕客"回忆往日侠骨铮铮与豪情胜慨之后,又回到今日现实的境界中来:"避仇至海上,被役此边州。"既然杀公吏、报私仇，触犯刑律，则难免身陷囹圄乃至以命抵命；而"幽燕客"壮志未酬，岂甘坐以待毙？于是避逃海上，并来此边塞之地从军。这其中自然亦有投身疆场，借一刀一枪以建功封侯的幻想。谁料明珠暗投，他在"此边州"并未能显示身手，展其抱负，其勇武之力与侠义之胆亦皆不为在上者所重视。他碌碌无为如同凡夫俗子。英雄失路，心绪悲凉，虚此一行，早知如此，何必远游？久在异乡为异客，又处此坎坷之境，最易生故乡之思："故乡三千里，辽水复悠悠。""故乡"，当指幽燕之地；"三千里"，乃夸饰之词，形容遥远；"辽水"即辽宁省辽河；"悠悠"，兼指时、空的长远，与陈子昂著名的《登幽州台歌》"念天地之悠悠"相通。此处形容辽河水流之远与长流不息，同时亦寓有"幽燕客"忧思悠悠不尽之意。一个"复"字下得颇有力，也使诗显得"音情顿挫"：故乡既远隔千里，"复"有辽水阻拦，真是有家难回。难道只能在此边州磨尽壮志豪气，而至老死吗？此可愤之一也。更令人愤恨与羞愧的还不在于个人的荣辱升降，而是胡兵屡犯、主帅无能："每愤胡兵入，常为汉国羞。"一"每"一"常"都颇遒劲，突出其愤其羞，爱国感情郁积是极深厚的。"胡兵"原指汉朝时的匈奴军队，此当比契丹军队（详后）；"汉国"即汉朝，此实喻唐朝。"愤"针对胡兵入侵，显得有力，"羞"针对主将昏庸无能，显得深刻。这两句既是批判社会现实，也寄寓"幽燕客"怀才不遇之愤，其弦外之音当为：倘自己被重用，即可"不教胡马度阴山"（王昌龄），使国家免遭失败的耻辱。诗末四句是借用汉朝李广的典故来写"幽燕客"的不平，后两句更明确点明："何知七十战，白首未封侯。"据《史记》载：李广作战骁勇，带兵有方，被匈奴号曰"飞将军"而闻风而避之。李广尝自称"广结发与匈奴大小七十余战"，又感叹道"然无尺寸之功以得封邑"。李广不仅"白首未封侯"，甚至被迫演出"引刀自刭"的惨剧。"七十战"却"未封侯"，是何等强烈的对比！"何知"，犹言怎么知道，领末尾两句，对此结局有出乎意想、难以理解之感叹，益显示"幽燕客"的不平之意。这两句亦堪称全诗画龙点睛之笔。"幽燕客"借李广来鸣不平，陈子昂则借"幽燕客"以抒愤。这就是诗人"兴寄"之所在，亦是从诗整体上运用"比兴"。

前曾说陈子昂两次从军出征。第一次于垂拱二年（636）随乔知之征金徽州都督仆固始，颇为顺利。第二次于万岁通天元年（696）跟武攸宜北征契丹李尽忠、孙万荣，活动于东北边陲。《感遇》第三十四首所写的地理环境正是东北边塞，故"幽燕客"乃是诗人构思的北征契丹之士卒形象。主将武攸宜刚愎自用，又"无将略"，"与孙万荣战于东峡石谷，唐兵大败"（《资治通鉴》）。子昂曾出谋献策，以改变战局，但不被武氏采纳。陈子昂为之失望悲愤，乃有此"感遇"篇。此诗"词旨幽邃"（朱熹《朱文公文集》卷四），它不是直抒胸臆，而是借"幽燕客"之"言"批判当时主将之误国，并寄寓自己之悲愤。这正是其所谓"吾无用矣，进不能以义补国，退不能以道隐身，……夫诗可以比兴也，不言曷著？"（《喜马参军相遇醉歌序》）"幽燕客"是当时边塞普通士卒的代表，借个别以反映一般，是具有典型意义的形象。这首诗一扫初唐残留的六朝无病呻吟的诗风，乃诗人确有所感而发，故感情沉郁深厚，内容充实有力，富于强烈的现实意义，实可以"洗心饰视，发挥幽愤"。诗之风格迥异于齐梁与初唐的轻靡绮艳，无论是写"朔风吹海树"的背景，还是写侠士"赤丸杀公吏"的壮举，以及愤胡兵、羞汉国的内心感情，无论是用实词"吹"、"杀"、"报"、"愤"、"羞"，还是用虚词

"已"、"复"、"每"、"常"、"何"、"未"都"结言端直",遒劲有力,内含飞动之势。写感情亦抑亦扬,诗韵平仄协调,并不乏律诗的句式,益觉铿锵有力;语言质朴雅正,精练明朗,确实体现了其"骨气端翔,音情顿挫,光英朗练,有金石声"的"汉魏风骨"说。

超脱宁静　回归自然

孟浩然《春晓》赏析

林兴宅

推荐词

这首诗的主旨是表现诗人超脱的心境,一种东方式的禅悟。诗人企图摆脱宦海浮沉、人世纷扰,把自己的心灵沉浸到大自然的律动里,领略大自然的情趣,获得无所关心的满足。

春眠不觉晓，处处闻啼鸟。夜来风雨声，花落知多少？

这首诗描写诗人经过一夜酣睡之后对春晓的所闻所想。第一句说明他一夜酣睡，不觉天已大亮；第二句写他醒来后听觉的感受——啼鸟声；第三句写他昨夜睡梦中听觉的记忆——风雨声。二、三两句虚实相生，构成一个美妙而又缥缈的大自然音乐世界。最后一句是诗人对春晓的意识反应，他淡淡地自问道："花落知多少？"这是诗人对大自然的花开花落、变动不居的顿悟。而这顿悟则是在不经意的联想中获得的，它不是出于对人间的强烈关心，而是对大自然的淡漠的发现。因此，《春晓》一诗与其说是伤春的感慨，毋宁说是无所关心的觉醒。

中国旧诗中描写春天的诗真是汗牛充栋，赏春、惜春、伤春……应有尽有。它们充满着春天迷人景色的描摹和强烈的情绪色彩。但《春晓》一诗写春天却有与众不同的地方。首先，它所提供的主要是听觉形象，构成依稀隐约、淡远朦胧的美学境界，它给人的感受更多的是空灵的美感。其次，诗中的感情色彩非常淡薄，淡到几乎等于无。但淡薄本身也是一种情感态度，是对社会人生漠不关心的超脱，是看破红尘的疏淡心情的表现。

从这里可以看出：这首诗的主旨是表现诗人超脱的心境，一种东方式的禅悟。也就是诗人企图摆脱宦海浮沉、人世纷扰，把自己的心灵沉浸到大自然的律动里，领略大自然的情趣，获得无所关心的满足。因而，诗人借大自然的春晓来表现他的心境，用自己的听觉表象建造自我陶醉的逃路。诗中充满着超脱、宁静的意趣。

我们懂得了这首诗的主旨以后，那么对它的内容就可以有新的理解了。"春眠不觉晓"，这对那些白天里奔波劳碌的人来说，是多么舒适的享受啊！但为什么能得到这样的享受呢？这说明诗人已经超脱了现实生活的痛苦，尽情接受春天的抚慰，让心灵平静地休息。假如诗人的心中整日萦怀的是眼前的功名利禄，他怎能得到灵魂的休息而尝到"春眠不觉晓"的生活乐趣呢？很明显，诗的第一句对全诗主旨的表现起了定音的作用。接着描写诗人一觉醒来后听到悦耳的鸟啼声。这种大自然的美妙音乐好像在欢迎他从梦的世界回到现实的世界。他聚精会神地谛听春天的声音。这时,人世的喧闹声在这大自然的音乐中消逝了、忘却了。自己的心灵完全沉入大自然的律动里、领略大自然的美妙。这更是一种美的享受啊!于是,诗人忆起依稀在耳的"夜来风雨声"。春天的微风细雨所发出的声音也是大自然的美妙音乐,仿佛在为诗人灵魂的休息伴奏催眠。这二、三两句是诗人听觉的联觉现象,情绪色调不可能是相反的。因此,这里的风雨声并不会引起风刀雨箭那样凌厉凄冷的气氛的联想,相反,它们共同构成大自然美妙音乐的虚实共生的世界。这个世界的恬静、优美的音符弥漫着诗人醒前觉后的心灵,也把读者引入一个超脱人世纷扰的境界。在这里,诗人巧妙地用大自然的喧闹反衬了心灵的宁静。啼鸟声、风雨声,都是大自然的喧闹声。然而,只有摆脱了人生的喧闹,才能倾听到大自然的喧闹。因此,能从大自然的喧闹声中感受到美的人,不正证明他心灵的宁静吗?诗人在这种美妙的大自然音乐世界里,他什么也不想,什么也不关心。"花落知多少"的发问,既是问人,也是自问。然而他不深究,也不究人。只是诗人在沉醉大自然的音乐世界中的瞬间感念,是诗人对大自然的花开花落、变动不居的顿悟。诗人完全忘却俗世的痛苦,仿佛与大自然融为一体。在这里,诗人又巧妙地用对大自然变化的关心来反衬对世事的不关心。试想想,一个一心想着功名利禄的人能够关心大自然花开花落的微小变化吗?只有超脱了世俗的功利获得心灵宁静的人才能真正与大自然取得和谐。总之,二、三、四三句是用两个相反的旋律来加强第一句对全诗主旨的定音。我们只有把这短短的四句诗看成一个整体,让我们的审美注意沉入诗中的意境,细细揣摩诗中透露的诗人的心境,才能看到诗的真正旨趣。

佛教主张"从自我在宇宙中流逝经历的对立中解脱出来,看到自我遁入宇宙之中,或者和绝对的统一"。诗人在经历了仕途失意之后,转而向往佛家的理想境界。《春眠》一诗表现的正是这种思想。叔本华说过:"生命意志的否定经常总是从意志的清静剂中产生的,而这清静剂就是对于意志的内在矛盾及其根本上的虚无性的认识……没有彻底的意志的否定,真正的得救,从生命和痛苦中得到的解脱,都是不能想象的。"这一段话对我们理解《春晓》一诗的思想也是很有帮助的。《春晓》一诗正是诗人苦心炮制出来的自我意志否定的清静剂。

这样说来这首诗的思想是消极的了？是的。这是诗人对现实矛盾的消极态度的表现。但是事物往往具有两面性，诗人在表现他对现实的消极态度时，却为后人提供了一个特殊的审美境界。使人们从诗中获得对大自然的审美情趣，从而成为人们回归大自然的超越感的象征。

确实，啼鸟声、风雨声，正是人类的一种良好的催眠剂。据说日本发明了一种枕头，它能模拟下雨的声音，代替安眠药而起到良好的催眠作用。苏联黑海之滨的阿扎里亚疗养院，医生们让神经衰弱病人听鸟语啁啾的录音，而治好了他们的病。这是现代科学的成就，但古代的诗人早就直观地感受到大自然的音乐对人类心灵的抚慰作用了。春天的微风细雨、鸟语花香，构成一种宁静、舒适、优美的境界，使古人劳碌、苦难的心灵获得某种程度的解脱、超升。俗语说"难得浮生半日闲"，那些经历了大半生宦海浮沉、人世倥偬的人，是多么向往灵魂的休息，需要大自然的抚慰啊！而"春眠不觉晓"的吟咏，不正是为这些人提供一支心灵的摇篮曲吗？当我们闭目潜心地反复吟咏这首诗，想象诗中那隐约、淡远的境界时，我们便会昏昏欲睡，进入半睡眠的状态，而获得一种无所关心的满足。康德说过："无关心的满足就是美的。"《春晓》给人的就是这种无所关心的审美愉悦。这就是《春晓》一诗千古流传的深刻原因。

优婉柔丽　意味无穷

王昌龄宫怨绝句赏析

陈邦炎

作者介绍

陈邦炎,上海古籍出版社编审。

推荐词

古典诗歌中,凡以描写皇宫内院生活为题材的作品,统称宫词。就其内容,可分为两类:一类津津乐道宫中的游乐情事或秘谈艳闻;一类寄同情于幽闭在深宫中的妇女,道出她们的不幸遭遇和苦闷心情。沈德潜在《唐诗别裁集》中称赞王昌龄的绝句:"深情幽怨,意旨微茫,令人测之无端,玩之无尽,谓之唐人《骚》语可。"这主要是指他的宫怨诗而言。

在古典诗歌中，凡以描写皇宫内院生活为题材的作品，统称宫词。就其内容，可分为两类：一类津津乐道宫中的游乐情事或秘谈艳闻，一般说来，是不可取的；一类寄同情于幽闭在深宫中的妇女，道出她们的不幸遭遇和苦闷心情，从而折射出封建制度的一个罪恶的侧面，有不可忽视的社会意义。这后一类诗，可称为宫怨诗。唐代有不少擅长写宫怨的诗人，而其中以王昌龄最为人所推重。

沈德潜在《唐诗别裁集》中称赞王昌龄的绝句："深情幽怨，意旨微茫，令人测之无端，玩之无尽，谓之唐人《骚》语可。"这主要是指他的宫怨诗而言。胡震亨在《唐音癸签》中也说他的七绝宫怨词中"尽多极诣之作"。下面是他的《长信秋词五首》之一：

金井梧桐秋叶黄，珠帘不卷夜来霜。
熏笼玉枕无颜色，卧听南宫清漏长。

这首宫怨诗，运用深婉含蓄的笔触，采取以景托情的手法，写一个被剥夺了青春、自由和幸福的少女，在凄凉寂寞的深宫中，形孤影单、卧听宫漏的情景。这是一幕封建制度下的人间悲剧。只因享有无限特权的帝王要满足个人的声色之欲，就把数以千计的少女关闭在宫禁之内，使她们过着与骨肉分离、与人世隔绝的生活。不难想见，在她们的一生中，苦海无边，度日如年，会有多少不眠之夜？这首诗只是从无数悲惨的生活画面中剪取下来的一个片断而已。

在这样一个不眠之夜里，诗中人忧思如潮，愁肠似结，她的满腔怨情该是倾吐不尽的。这首诗只有四句，总共二十八个字，照说，即令字字句句都写怨情，恐怕还不能写出她的怨情于万一。可是，作者写诗时竟然不惜把前三句都用在写景上，只留下最后一句写到人物，而且就在这最后一句中也没有明写怨情。这样写，乍看像是离开了这首诗所要表现的主题，而在艺术效果上却更有力、更深刻地表现了主题。这是因为，就前三句诗而言，虽是写景，却并非为写景而写景，它们是为最后人物的出场服务的；就这首诗而论，前三句与后一句虽有写景、写人之分，但四句诗是融合为一的整体，都是为托出怨情服务的。

这首诗题为《秋词》。它的首句"金井梧桐秋叶黄",以井边梧桐秋深叶黄点破诗题,同时起了渲染色彩、烘托气氛的作用。它一开头就把读者引入一个萧瑟冷寂的环境之中。次句"珠帘不卷夜来霜",更以珠帘不卷、夜深霜浓表明时间已是深夜,从而把这一环境描绘得更为凄凉。第三句"熏笼玉枕无颜色",是把诗笔转向室内。室内可写的景物应当很多,而作者只选中了熏笼、玉枕两件用具。其写熏笼,是为了进一步烘染深宫寒夜的环境气氛;写玉枕,是使人联想到床上不眠之人的孤单。作者还用了"无颜色"三字来形容熏笼、玉枕。这既是实写,又是虚写。实写,一是说明这是一个冷宫,室内的用具都已年久陈旧,色彩暗淡;二是说明时间已到深夜,炉火、烛光都已微弱,周围的物品也显得黯然失色。虚写,则不必是器物本身"无颜色",而是对此器物之人的主观感觉,是她的暗淡心情的反映。而且,熏笼、玉枕的"无颜色",还有其象征意义,是作为人的化身来写的。写到这里,诗中之人已经呼之欲出了。

最后殿以"卧听南宫清漏长"一句,使读者终于在熏笼畔、玉枕上看到了一位孤眠不寐、倾听宫漏的少女。这时,回过头来再看前三句诗,才知道作者是遥遥着笔、逐步收缩的。诗从户外井边，写到门户之间的珠帘，再写到室内的熏炉、床上的玉枕，从远到近，步步换景，句句腾挪，把读者的视线最后引向一点，集中到这位女主角身上。这样，就使人物的出场，既有水到渠成之妙，又收引满而发之效。

在以浓墨重笔点染背景、描画环境，从而逼出人物后，作者在末句诗中，只以客观叙述的口气写这位女主角正在卧听宫漏。其表现手法是有案无断，含而不吐，不去道破怨情而怨情自见。这一句中的孤眠不寐之人的注意焦点是漏声，吸引读者注意力的也是漏声，而作者正是在漏声上以暗笔来透露怨情、表现主题的。他在漏声前用了一个"清"字，在漏声后用了一个"长"字。这是暗示：由于诗中人心境凄清，才会感到漏声凄清；由于诗中人愁恨难眠，才会感到漏声的间距特别漫长。白居易《宫词》中"斜倚熏笼坐到明"句是这位诗中人的客观写照；李益《宫怨》诗中"似将海水添宫漏，共滴长门一夜长"两句，则是这位诗中人的主观感受。同时，王昌龄在这句诗里还有意指出，诗中人所听到的漏声是从皇帝的居处——南宫传来的。这"南宫"两字，在整首诗中是画龙点睛之笔。它点出了诗中人的怨情所注。这些暗笔的巧妙运用、这一把怨情隐藏在字里行间的写法，使诗句更有深度，在终篇处留下了不尽之意、弦外之音。

这首《秋词》写的是秋怨，而宫人是长年都在愁怨中的，在秋季固然有秋怨，到春季也会有春怨。下面就让我们再看一首王昌龄写的《西宫春怨》：

> 西宫夜静百花香，欲卷珠帘春恨长。
> 斜抱云和深见月，朦胧树色隐昭阳。

这里，以一个如王安石《夜直》诗中所说的"春色恼人眠不得"的花月良宵为背景，描写一位与《秋词》中的主角命运相同之人的一连串动作和意态，运思深婉，刻画入微，使读者如临其境，如见其人，并窥见她的曲折复杂的内心活动。

诗的首句"西宫夜静百花香"，点明季节，点明时间，把读者带进了一个花气袭人的春夜。这一句，就手法而言，它是为了反衬出这位诗中少女的孤独凄凉的处境；就内容而言，它与下文紧密衔接，由此引出了诗中人的矛盾心情和无限幽恨。作者的构思和用词是极其精细的。句中，不写花的颜色，只写花的香气，因为一般说来，在夜色覆盖下，令人陶醉的不是色而是香，更何况从下面一句诗看，诗中人此时在珠帘半卷的室内，触发她的春怨的就只能是随风飘来的阵阵花香了。

照说，在百花开放的时节，在如此迷人的夜晚，作为一位正在好动、爱美年龄的少女，既然还没有就寝，早该到院中去观赏了，但她却为什么一直把自己关在室内呢？这可能是她并不知道户外景色这般美好，更可能是有意逃避，为怕恼人的春色勾起自己的心事，倒不如眼不见心不烦。可是，偏偏有花香透帘而入，使她又不能不动观赏的念头。诗的第二句"欲卷珠帘春恨长"，正是写她动念后的内心活动。这时，她虽然无心出户，倒也曾想把珠帘卷起遥望一番，但这里只说"欲卷"，看来并没有真个去卷。其实，卷帘不过举手之劳，为什么始而欲卷，终于不卷呢？本句内回答了这个问题。其原因为，不见春景，已是春恨绵绵，当然不必再去添加烦恼。

但如此良宵，美景当前，闷坐在垂帘之内，又会感到时间难熬，愁恨难遣。诗的第三句"斜抱云和深见月"，就是诗中人决心不卷珠帘而又百无聊赖之余的举动和情态。看来，她是一位有音乐素养的少女，此时不禁拿起乐器，想以音乐打发时间、排遣愁恨；可是，欲弹辄止，并没有真个去弹奏，只是把它斜抱在胸前，凝望着夜空独自出神罢了。这一"斜抱云和"的描写，正如谭元春在《唐诗归》中所说，"以态则至媚，以情则至苦"。可以与这句诗合参的有崔辅国的《古意》"下帘弹箜篌，不忍见秋月"，李白的《玉阶怨》"却下水晶帘，玲珑望秋月"，以及白居易的《上阳白发人》"唯向深宫望明月，东西四五百回圆"。这些诗句，所写情事虽然各有不同，但都道出了幽囚在宫中的怨女的极其微妙也极其痛苦的心情。

月下，她凝望的是什么，又望到了什么呢？诗的末句"朦胧树色隐昭阳"，就是她隔帘望到的景色。这一句，既是以景结情，又是景中见情。句中特别值得玩味的是点出了皇帝所在的昭阳宫。这与前面《长信秋词》之一的结尾"卧听南宫清漏长"句中点出南宫的意义是相同的。它暗示诗中人所凝望的是皇帝的居处，而这正是她产生怨情、寄托怨情的地方。但是，禁闭着大批宫人的西宫与昭阳殿之间隔着重重门户，距离本来就很遥远，更何况又在夜幕笼罩之中，诗中人所能望见的只是一片朦朦胧胧的树影而已。这在写法上是透过一层、深入一步，写诗中人想把怨情倾注向昭阳宫，而这个昭阳宫却望都望不见，这就加倍说明了她的处境之可悲。

　　王夫之在《夕堂永日绪论·内编》中称赞王昌龄的《西宫春怨》是"婉娈中自矜风轨"。胡应麟在《诗薮·内编》中说："江宁《长信词》《西宫曲》……皆优婉柔丽，意味无穷，风骨内含，精芒外隐。"王世贞在《艺苑卮言》中认为："七言绝句，少伯与太白争胜毫厘，俱是神品。"当然，王昌龄的宫怨诗也有写得一般的，就是他的《长信秋词五首》，也不是首首都好，至于他的全部诗作，更不能说"俱是神品"。但他的《西宫春怨》和《秋词五首》之一，在唐人以绝句体裁写的大量宫怨诗中应当视为上选，是可以称作"神品"的。

逐胜归来雨未晴

冯延巳《抛球乐》赏析

叶嘉莹

作者介绍

叶嘉莹，1924年生，号迦陵，满族。早年毕业于北京大学英系系，南开大学中华古典文化研究所所长，博士生导师，加拿大籍中国古典文学专家，加拿大皇家学会院士。曾任台湾大学教授，美国哈佛大学、密歇根大学及哥伦比亚大学客座教授，加拿大不列颠哥伦比亚大学终身教授，并受聘为国内多所大学客座教授及中国社会科学院文学所名誉研究员。

推荐词

大自然中四时景物之变化之足以感动人心，而一般说来则外界物象之所以能感动人心者，大约主要有两种情形：其一是由于有生之物对于生命之荣谢生死的一种共感，所以见到草木之零落，便可以想到美人迟暮之悲；其二是有时也由于大自然之永恒不变的运转，往往可以对人世之短暂无常，形成一种强烈的对比。冯延巳的这一首词，正是属于这一类的作品，所传达的并不是什么强烈明显的情意，而是以锐敏细微的感受，传达了一种深微幽隐的情绪之萌发。

逐胜归来雨未晴，楼前风重草烟轻。

谷莺语软花边过，水调声长醉里听。

款举金觥劝，谁是当筵最有情。

早在钟嵘《诗品·序》中，就曾有过"气之动物，物之感人，故摇荡性情，形诸舞咏"的话。大自然中四时景物之变化之足以感动人心，本来是千古以来诗歌创作中之一项重要质素。而一般说来则外界物象之所以能感动人心者，大约主要有两种情形：其一是由于有生之物对于生命之荣谢生死的一种共感，所以见到草木之零落，便可以想到美人迟暮之悲，如同陆机在《文赋》中所说的"悲落叶于劲秋，喜柔条于芳春"，这是最为常见的一种情况；其二则有时也由于大自然之永恒不变的运转，往往可以对人世之短暂无常，形成一种强烈的对比，即如李煜在其《虞美人》词中之由"春花秋月何时了"与"小楼昨夜又东风"而感慨"往事知多少"与"故国不堪回首月明中",这也是一种常见的情况。在这两种情况中,其物与心之互相感发的关系,可以说都是较为明白可见,而且在评赏时,也都是较为容易解说的。然而却也有些作品,其物与心之间相互感发的关系,则并不如此明白易见,而其中却又确实具有一种深微幽隐的感发,这一类诗歌是最难加以评析解说的作品,而冯延巳的这一首词,就正是属于这一类的作品。其所传达的并不是什么强烈明显的情意,而是以锐敏细微的感受,传达了一种深微幽隐的情绪之萌发。

开端第一句"逐胜归来雨未晴",先由时节和天气写起,而在时节与天气之间,则表现了一种矛盾的情况。时节是美好的游春逐胜的日子,而天气则是阴雨未晴的天气。所谓"逐胜"者,盖指春日之争逐于游春赏花等胜游胜赏之事,意兴原该是高扬的,而阴雨的天气则使人有一种扫兴之感。可是"雨"而"未晴",则似乎也透露有一种将晴而未晴之意。更何况诗人之"逐胜"也已经"归来",是则虽在阴雨之中,而诗人却也并未曾因之而放弃"逐胜"之春游,而在此种种矛盾的结合之间,便已显示了一种繁复幽微的感受：既有兴奋，也有怅惘；既有春光之美好，也有细雨之迷蒙。所以仅此开端一句看似非常平淡的叙写，却实在早已具含了足以引发人心之触动的多种因素。像这种幽微婉曲的情境，是只有最为敏锐善感的心灵才能感受得到的，也是只有最具艺术修养的诗人才能表现得出来的。接下去的"楼前风重草烟轻"一句，所写的就正是此一敏锐善感之诗人在"逐胜归来雨未晴"的情绪之触引中的眼前之所见。"楼前"二字，表面不过只写诗人之倚立楼头，为以下所写楼前所见之景物做准备。但诗人既已是"逐胜""归来"，则何心竟未曾入室憩息，而依然倚立楼头？则岂不因其内心中已由于逐胜之游而引起了一种触引感发之故乎？而接下来所写的"风重草烟轻"五个字，则使得其心中原已触引起的一种感发，有了更为滋长和扩大的趋势。"风重"者，是说风力之强劲，"草烟轻"者，是说草上之烟霭正因风之吹散而逐渐消失。表面所写固是眼前雨中将晴未晴之景色，然而"物色之动，心亦摇焉"，这种看似与人无干的景色，却也正是引起人心微妙之触发的重要因素。北宋词人柳永就曾写过两句词，说"草色烟光残照里，无人会得凭栏意"，可见"草色烟光"的景色，是确实可以引起人内心中之一种感发的。而且一个人如能够观察到风力之"重"与草烟之"轻",则此人必是已在楼头伫立了相当长久的时间了。于是诗人对四周的景物情事也就有了更为清楚的认知与更为深刻的感受。因此下面乃又继之以"谷莺语软花边过,水调声长醉里听"的叙写。

"谷莺",是才出谷的黄莺,正是鸣声最为娇软之时,这种鸣声正代表了春天所滋育出来的最新鲜的生命。何况这种娇软的莺啼,又是从繁枝密叶的花树边传送过来的,有声,有色,这种情景和声音所给予诗人的感发,当然就较之第二句的"风重草烟轻"更为明显和动人了。如此逐渐写下来,大自然之景象便与诗人之情意逐渐加强了密切的关联。于是下一句的"水调声长醉里听"便正式写到了人的情事。所谓"水调"者,据《乐府诗集》(卷七十九)《近代曲辞》所载《水调歌》之记叙,引《乐苑》曰"水调,商调曲也",又称其"声韵怨切",可见"水调"必是一种哀怨动人的曲子。而诗人又于"水调"之下加了"声长"二字,便更可想见其声调之绵远动人了。何况诗人还在后面又加了"醉里听"三个字,如此就不仅写出了饮酒之醉,而且因为酒之醉也更增加了诗人对歌曲的沉醉。这首词从开端的时节与天气一直写下来，感受愈来愈深切，写到这里，真可以说是引起了千回百转的无限情思。既有了如此幽微深切的感发，于是便不由人不想到要寻找一个足以将这些情思加以投注的对象，于是诗人终于在最后写出了"款举金觥劝，谁是当筵最有情"两句深情专注的词句。这二句真是表现得珍重缠绵。试看"款举"是何等珍重尊敬的态度，"金觥"是何等珍贵美好的器皿，而金觥之中又该是何等芳醇的酒浆，最后更加一"劝"字，当然是劝饮之意，如此珍重地想要将芳醇的美酒呈献给一个值得呈献的人，则诗人心中所引发洋溢着的又该是何等深挚芳醇的情意。可是呈献给什么人呢？所以最后乃结之以"谁是当筵最有情"，在今日的筵席之间，哪一个才是真正能够体会这种深浓的情意，值得呈献这一杯美酒的有情人呢？

这首词从开端看来，原也只似一首泛泛的叙写春天景物的流连光景之作，但却于平淡的叙写中逐渐加深了情意的感发，表现出内心中深微幽隐的一种投注和奉献的追寻与向往之情，这种对于深一层之意境的引发，正是冯延巳词的一贯的特色。只不过如他的《鹊踏枝》的"谁道闲情抛掷久"和"梅落繁枝千万片"诸词写得较为盈郁沉重，而这一首词则写得较为疏朗轻柔。刘熙载在《艺概·词概》中,曾经说"冯延巳词,晏同叔得其俊,欧阳永叔得其深"。大抵欧词所得之于冯词者,近于其盘郁沉重的一类作品,而大晏词所得之于冯词者,则近于其疏朗轻柔的一类作品。当然,在相似之中也仍有各人不同的风格,可以参看《灵谿词说》中论冯、晏、欧三家之评析,此处就不暇详述了。

一曲心弦 两股张力

李商隐《无题》诗二首赏析

吴调公

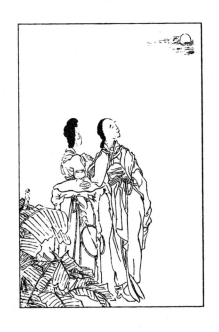

推 荐 词

李商隐由于审美感受的敏锐和艺术构思的工巧,善于把万态纷呈的意象同特定时空相联系,从而进行多种多样的组合、剪裁和铸造,使意象不断地在流动结构中展示出来,也更使蕴藏在意象中的情感激荡起阵阵波澜。随着意象在空间形态上的转换,这时情感本身也就产生了一张一弛、一起一伏的张力。

无 题

昨夜星辰昨夜风,画堂西畔桂堂东。

身无彩凤双飞翼,心有灵犀一点通。

隔座送钩春酒暖,分曹射覆蜡灯红。

嗟余听鼓应官去,走马兰台类转蓬。

无 题

相见时难别亦难,东风无力百花残。

春蚕到死丝方尽,蜡炬成灰泪始干。

晓镜但愁云鬓改,夜吟应觉月光寒。

蓬山此去无多路,青鸟殷勤为探看。

朱长孺说李商隐诗的风格是"沉博绝丽",这给我以极大的启示。从所谓深沉中,我体会到诗人的审美感受渗透到客体深处,从而表现其直观自身,表现其迥异于任何诗人的风格，展示了他的鲜明个性。从所谓宏博中，我又看出诗人的心理时空的辽阔，善于利用作为诗歌特长的内在节奏的张力，表现他的意境的重叠组合和感情的波澜起伏。

我更由此而想起，李商隐的柔韧气质和不屈不挠的美的追求，凝聚在他的爱情诗中，形成了他的风格核心，谱成了他所反复歌唱的、苦闷和希望互为交织的一曲心弦。但与此同时，由于他的审美感受的敏锐和艺术构思的工巧，他善于把万态纷呈的意象同特定时空相联系，从而进行多种多样的组合、剪裁和铸造，使意象不断地在流动结构中展示出来，也更使蕴藏在意象中的情感激荡起阵阵波澜。随着意象在空间形态上的转换，这时情感本身也就产生了一张一弛、一起一伏的张力。

哪怕情态相近、题材相近的两首诗，由于情感张力的不同，由于诗美的流动结构不同，而异其韵味。同是李商隐的《无题》，一首是"昨夜星辰昨夜风"，一首是"相见时难别亦难"，同是写爱情的诗，也同是涉及情人离别的诗，但却因为形成张力的具体感情和张力所表现的结构形式互异，"昨夜星辰"和"相见时难"这二首的意境便各异其趣，值得我们来对照揣摩。其目的在于从诗人风格的统一性中找出两首诗的各自特色,亦即从"博"中见"沉"。

心弦鸣奏中感情内涵的同中有异,决定了两首诗张力的意趣。

人们的思想不能不是网络状的复合体,而李商隐的思想、感情更为复杂。这就好像蛛网丝丝,被风一吹,就在寥廓的长空中飘飘忽忽,或上或下,或断或续。从第一首而言,诗人既惆怅于时不再来的"昨夜"的温馨,而又慨叹于行将离开秘书省,从此蓬转天涯的凄凉生活。从第二首而言,诗人既感到情人的相见不易和别时的难解难分,但却锲而不舍地坚持着别后重逢的信念(相信"蓬山此去无多路"),并恳托神鸟为之探路,具有不折不挠的坚韧性;只是在"探"字后面跟上了一个"看"字,却又好像有些姑为试探一下之意,信念中不无彷徨之情。这说明诗人性格的二重组合,既烙印了晚唐诗人情感脆弱的一般性,也承传了屈原的上下求索、死而无悔精神的审美追求规范。

但是,从审美感受的实质看来,这两首诗的心弦鸣奏以至情感律动毕竟存在着差异。前一首以回忆为主,是用甜蜜的情调和炽热的色彩衬托出结尾的迷茫萧瑟。"昨夜"和"画堂"的重叠,一"西"一"东"的交叉运用,显出旋律的轻快流走。先通过由于人事阻隔，难以双飞，加以低抑，又通过彼此心灵终于贴切无间，形成飞扬之势，证明双方情愫既通，苦闷中得到的安慰就更为珍贵。而五、六两句，恰可以说是较之开头一、二两句显得更加深切的回顾，即通过宴会上热闹气氛的渲染，衬映了相思相近而未能相亲之苦，和在一定阻隔场合下的倾慕、挚念之情。总的说来，这首诗的内在节奏是以怡人亦复愁人的温馨，反衬和引导出结尾的萧瑟。

第二首心弦鸣奏，恰恰和第一首相异。前面六句，基本都是萧瑟情调。自然景物是春残花残，人事悲欢是难解难分，诗人所设想的对方是担心着自己因为苦念离人而荣华顿减，而虚拟对方为诗人的设想则又是生怕他独自苦吟而为风露所侵。颈联的"春蚕"、"蜡炬"二句虽说充分表示忠于理想的精诚，然而前者不免凄凉，后者不免沉痛。总的说来，这一首诗的意象突出了最能象征悲剧美的一个"残"字，东风无力，春蚕到死，蜡炬成灰，云鬓改，月光寒……一切一切，幸福的美好的事物偏偏都残缺了。这里，没有沟通心灵的神兽，没有给心情郁闷的诗人以足资宽慰的甜蜜回顾的资料，没有酒暖，没有灯红。

第一首中，恋人在晤见时虽然有所扞格，但基本上诗人的心理状态是平衡的，转折的开始只是在结尾：

嗟余听鼓应官去，走马兰台类转蓬。

这里由平衡转而为不平衡了，显示了前途茫茫，心情草草。

与此相反，第二首的流动结构特征却是从不平衡转而为平衡。先以别离以来的怅惘的层层渲染，继之以突破当前处境的追求，而浓重刻画的更是由于空间阻隔引起了对恋人的设想，终于迸发出希望的歌吟——

蓬山此去无多路，青鸟殷勤为探看。

虽说希望中仍略有未尽自信之意，然而毕竟是暂时获得心理平衡了。这也就是从"相见时难"转而为"也许相见不难"的思想流程。

如果说第一首感情张力是由平稳转为低沉，是由张而弛，那么第二首感情张力却是由萧瑟转为切盼，是由弛而张。

正由于感情内涵的同中有异，两首律诗中所体现的诗人的精神流变现象各有差别，从而产生了不同的意象核心和意象群的组合。在流变与组合之间，浮现出情感的律动。

第一首的艺术张力表现为感情的"降价"格。具体来说，就是由绚烂而消沉，由虽未相亲相近但毕竟相逢，转而为今天的匆匆分手。诗人以别后时间为基点，回想过去灯红酒绿的一片欢乐气氛，怅想到从今离开秘书省后的断蓬生涯，不知何日才能同意中人相会。全诗包括两个意象群：一个是昔，一个是今。

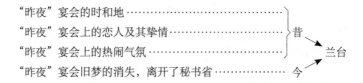

兰台可以说是意象群的核心。围绕着这一个核心，展开了对于"兰台"最后一次宴会的回忆。先以春风春夜，画楼绮阁，写出了相逢的背景在兰台；继之以灵犀通感，写出了和伊人相逢在兰台；再则通过宴会气氛，烘托出兰台的欢乐。概括地说来，写足了兰台之"昔"，以反衬离开兰台后的凄凉之"今"，不但为那次相逢而怅惘，也为自己的身世飘蓬而哀叹。言近旨远，爱情的惆怅以外更寄寓生平的坎坷。

两个意象群凭借着现实时间的流程而组合，但今昔两个意象的聚焦点却又落在作为空间观念的"兰台"上。因此，在意象不断组合过程中,张力表现为流变与定着的结合;前者显示了绰约婉转的风格,后者显示了诗人善于铸冶若干意象群而成为复合意象的凝练工夫,也正是诗人自己说过的"倾国宜通体"(《柳》)。

第二首诗没有具体的对时空的回顾,意象群组合的前提是经过形象概括的离情的层层抒发。大体包括这么四层:

离别的时节——"东风无力"之日。

离人的心志——像"春蚕"、"蜡炬"一般的爱情的坚贞。

离人的遥想——从自己想象中恋人的爱惜芳华过渡到恋人为自己而苦吟、缅念。

离人的信念——诗人为蓬山有信而切盼,而探寻。

意象群核心是诗人的离情。具体说来是"别"而再见之"难"。围绕着这一个"难"字的核心,诗人做了层层抒写。正如宋人杨亿评李商隐诗所说的"包蕴密致"(见《许彦周诗话》),诗人是抽丝剥茧地写出这一种离情别意的。由于时值残春,别恨和切盼重逢之念倍增;由于要写出切盼重逢,所以从两个角度展开了双方的苦恋的描写;由于苦恋和矢志不移,所以寄意神鸟,决意把美的追求化为永不熄灭的火焰。

如果说第一首诗的张力因为以处境的反衬为主，而着力点放在由昔到今的转折上，那么，第二首诗则是以意念的深化为主，张力的高度便落在感情的顶点——"蓬山此去无多路，青鸟殷勤为探看"这一尾联之上。这是情感的高潮，也可以说是心灵化了的理性高峰。这是美的追求的伟大信念，超越了此前的"心志"和"遥想"。这"蓬山"理想的最深层次，已经不限于爱情的理想国，更可以说是通向人间一切崇高的美。读到这里，人们会感到诗人心灵的飞跃与情感的升华。这是境界的突破。没有自我超越的艺术张力，是不可能把心灵的航道开拓得这么深广的。

一曲寻求精神家园的歌

张若虚《春江花月夜》赏析

何永康

作者介绍

何永康,1943年生,江苏省海安县人。1965年毕业于南京师范学院中文系。南京师范大学文学院院长、教授、博士生导师。

推荐词

张若虚的《春江花月夜》,首先是一首寻求精神家园的歌。

江畔送客归来，月亮正圆。小径如游动的梭，牵着花魂，织着花梦。春夜的小风，撩起江面上雾的轻纱，送来涛的鼾声和浪花的絮语。我不由止步伫立，心头腾起一首诗，和着丝竹的缥缈清音，迷离着仙袂飘举的缤纷与婀娜。啊，张若虚，这就是你那"孤篇压倒全唐"的《春江花月夜》！

一

人人都有一种寻求精神家园的祈求与冲动。屈子行吟，上下求索，"合百草"，"建芳馨"，用整个生命和全部才智开辟与灌溉了一片充满神话想象、燃烧着浪漫激情的精神园囿。斗转星移，诗园的峰巅上走来了又一位"楚狂人"——李白，他扬言"以虹霓为丝，明月为钩"，"天下无义气丈夫为饵"，"临沧海，钓巨鳌"，为社稷、苍生作一番轰轰烈烈的事业！狂矣，大矣！然则他心中也时时缠绕着缕缕乡愁:"何处是归程?长亭更短亭!"这种乡愁酿造了多梦的人生,《红楼梦》一部大书写了许多"梦",《野草·秋夜》中的小花"瑟缩地"做着"梦",伟大的革命诗人也禁不住慷慨吟哦:"我欲因之梦寥廓!"看来,不管是有意的、无意的,成熟的、稚嫩的,人总是不息地寻求着内心的归宿,他的生命的根。这可算是永恒的人生哲理。18世纪德国浪漫派诗人诺瓦利斯说得好:"哲学原就是怀着一种乡愁的冲动到处去寻找家园。"

张若虚的《春江花月夜》,首先是一首寻求精神家园的歌。

"江天一色无纤尘,皎皎空中孤月轮。"诗人一下子把读者的视线,从春、江、花、月引向夜的太空,那里,无一丝云彩、一斑鸟影、一颗寒星、一点尘埃,更衬托出皎皎明月之孤。这是遐思与反思的绝妙契机。天地万物的渺然变化,使人对"自我"的感觉由实到虚,进而由淡到无。这绝非消极地失却"自我",而是"自我"在天地间的积极消融,一种超脱形骸的精神飞越与恣肆。如果说,世界上真有神而妙的"无差别境界"的话,那么,这种"内宇宙"与"外宇宙"的契合,乃是最令人心驰神往的了!

值得注意的是,张若虚大笔写意地在无际的苍穹上留下了一轮孤月。他略去了"一切的一",只向皎皎圆月顶礼膜拜,用"不知其几千里也"的心灵羽翼去拥抱"宇宙之珠"。这几乎是世界性的审美感受与哲理追求。当芸芸众生在我们这个可亲可爱又总是叫你"凄凄遑遑"、"席不暇暖"的星球上生息、抗争、喜怒、哀乐的时候,忽然,月出于东山之上,徘徊于牛斗之间,你能不屏息凝眸、翘首远眺么?那是何等辉煌、何等姣好、何等纯净、何等静穆的一轮哟!仿佛宇宙间的一切爱、一切安宁、一切希望、一切寄托、一切尊严,都冰清玉洁般地凝聚到她的身上了。难怪古今中外的"谪仙人"们要对月、邀月、攀月、咏月、揽月翱翔了。就是那些在"柳梢头"下编织爱情之网的少男少女们,也免不了感受到一种神圣与庄严,以及月老的万般怜爱。张若虚相当自然地在这"江天一色"之际,目无旁视地将一轮皓月当作自己的精神归宿,他赖以寄托魂魄的"家"。这不禁使我联想到古老的神话"嫦娥奔月"。嫦娥的飞升,说到底乃是人们在寻求生命之根的艰苦跋涉中对宇宙精华、人生真谛的形象化了的顿悟。他们寻寻觅觅,南北东西,碧落黄泉,终于有朝一日,在万籁俱寂之时,抬望眼,从一轮明月中找到了真、善、美的最佳寄托,"意"与

"象","内"与"外",霎时间化为鸿蒙恍惚的一片,于是,就情不自禁地飞升了。这是人的心胸的了不起的"净化"。张若虚在这种"净化"中摒弃了人世间说千道万、纷乱如麻的难题,只掷下了两个问号:"江畔何人初见月?江月何年初照人?"

他强调了一个"初"字,但不在"人之初"的善与恶上纠缠。既然月亮是真、善、美的最佳征象,那么,是谁最先发现了她,认识了她呢?她又是在什么时候把人们的心儿照亮的呢?这分明是"人与美"的哲理的探询;字字句句,穷源追本,很有一股子执着劲儿。要回答这个问题,在我们今朝看来,似乎很简单:是劳动,是社会实践,使人们真正发现了美,认识了美,并且按照美的规律去行为,去生活。张若虚可没有我们视为无上珍宝的"望远镜"和"显微镜",他显得有些困惑:"不知江月待何人?但见长江送流水。"在明白人看来,江月普照万物;在痴情人看来,江月只照自身或他人。一个"待"字,使痴情者转为月亮:皎皎明月,您在痴痴地等待谁呢?秦时明月汉时关,汉代的月亮,到哪里去等待秦代被它照耀过的人啊!吁唏中,透露出人生短促、光阴无限的忧伤。

不过，沉思于春江花月夜的诗人还是颇有收获的。他感慨万端地吟诵道："人生代代无穷已，江月年年只相似。"前一句，已含着后浪推前浪、人生代代传的发展观念，后一句，闪烁着世界永恒、物质不灭的哲理光辉。"社会"与"自然"都顾及了。诗人的基本精神还是乐观的、进取的。人的精神家园在哪里？在一代又一代的"接力"中，在失落、徘徊、奋起、追寻的求索中。远古的不说，且看"对酒当歌"——"我醉欲眠卿且去"——"把酒酹滔滔"，人生的"夜光杯"不是愈举愈高，靠向吴刚的"桂花佳酿"么？莫效"穷途之哭"，莫叹"冷月藏诗魂"，年年相似的一轮"江月"，总是那么美好，那么沉着，那么给人以信心和力量。愿我们"千里共婵娟"，永世无终期！

二

把"春"、"江"、"花"、"月"、"夜"联系起来加以歌咏，并非张若虚的独家发明。此乃乐府《清商曲辞·吴声歌曲》旧题。"一年之计在于春"，"春江水暖鸭先知"，"云破月来花弄影"，"春宵一刻值千金"……人们对"春"、"江"、"花"、"月"、"夜"的审美关注是不倦的，大概还要唱它个千年万载——它们委实太美了！

然而，"美"的显示总是团结而互助的。"峭然孤出似非大观"，贾宝玉在试才题对额的时候感慨良多地说过这句颇有见识的话。就是前面提及的"皎皎空中孤月轮"，也不是遗世孤立的。它有深而广的美的氛围。只不过，诗人通过心灵接受机制将缤纷五彩融合，升华，最后凝聚成一个审美焦点罢了。可见，"春江花月夜"的美的精髓，不在个别之美，而在种种美景的眷恋和关照，在于那"一点通"的"灵犀"和齐飞的"彩翼"。

"春江潮水连海平，海上明月共潮生。"春临大地，江河上游冰雪消融，潮水顿涨，江海连平，月共潮生——多少前因后果，顷刻间一齐道出。一个"共"字，将"月"与"潮"的微妙关系点明。它们是春之使者，以无限生机，以生命与共的亲密，喜悦地向人们宣告："春来了，春来了！"她是踏着滟滟然随波闪烁的水月之光来的；她轻盈地一下千万里，又洒脱地将自己的信息传递给广阔大地上的每一条江河。故诗人叹道："滟滟随波千万里，何处春江无月明。"

接下来是一个特写："江流宛转绕芳甸，月照花林皆似霰。"芳甸,是开满了春花的江边沙滩。宛转,使江流带上了依依不舍之情。霰,指花月辉映之光。"皆"字总指月光、花林。统而言之:水绕芳甸,月照花林,水映月,月照花,花彩迷离,有如纷纷霰雪。这是前一幅阔大图景中充满柔情蜜意的一角。翩翩而来的江流,如风华正茂的美男子,环绕着芳甸大献殷勤。他明眸顾盼,步步流连,搔首踟蹰,弄得芳甸心旌摇曳,默默含羞,很不好意思。于是,月光来帮忙了,它巧妙地给芳甸披上薄薄的"轻纱"。然而,甸上的花林又不甘心完全隐去自己的风采,总是忸怩着,半遮面地显示着婆娑的姿影,结果将"轻纱"抖乱,化为洁白的"霰雪"。简洁的两句,朴素得有如素描,但其间缠绕着多少情丝!贾谊道:"万物回薄兮,振荡相转。"大自然总是生动流转、息息相关的:纵目天涯,有江与海的连平,月与潮的共生;低眉审视,有水与花的心心相许,月照花、花弄影的无限意趣。这一切,交织得那么细密,那么和谐,使诗人油油然产生了"饮酣视八极"、醉眼复朦胧的模糊体验:"空里流霜不觉飞,汀上白沙看不见。"

这种审美综合效应,给人以融身心于天地之间的遐想与快慰。那长空中的月光,仿佛流动的霜华,却又不觉飘飞之状，在这如霜的月光下，俯视汀上如霜的白沙。诗心涵括了上、下，南、北，东、西，光、影，动、静，凉、热，繁、简，虚、实，庶几要"包举宇内"了。的确，在这令人神思荡漾的时刻，诗人发现了一个融融、泄泄、"生物之以息相吹也"的自然大家园，他的热烈憧憬和心灵跋涉可以在此地片刻消停。这跟陶渊明的超然事外、平淡冲和的"田园梦"不尽相同。陶渊明唱道："归去来兮，田园将芜胡不归！"张若虚的弦上之声是："归去来兮，田园如画胡不归！"他仿佛在与"春"、"江"、"花"、"月"、"夜"做"一番神秘而又亲切的、如梦境的晤谈"（闻一多语）；他不是"羡万物之得时，感吾生之行休"，而是在神奇的永恒面前，在自然大家园的亲密和谐的氛围中，体察到了青春的心跳和微笑，萌动了"吾生与春同住"的少年式的人生祈求和畅想。

本于是，诗人才有了前面所说的那一番寻求精神家园的哲理沉思。假如没有对自然界诸"美"交相辉映、万"艳"心扉互叩的真切体验，张若虚是不能获得那种交绝、深沉、寥廓而又驰荡的宇宙意识的！

当然，这里边不仅仅是轻快、愉悦与满足，不仅仅是仰望苍穹、纵横古今的哲理反思与展望，也有忧伤，也有惆怅……

这就是对世事、人世的略带苦涩的品味。

人不可能永远在自然大家园里徜徉，他总要用心血，用"羽毛"，用"春泥"，在世俗社会里营造自己的精神的"香巢"。没有这个"窝"，生命之光就要暗淡下去。"香巢"在哪里？"三月香巢初垒成，梁间燕子太无情，明年花发虽可啄，却不道人去梁空巢已倾！"处于封建末世的林妹妹作如是观，就是在初唐那些个浸透了青春浆汁的绿色的日子里，张若虚也不免要茫然四顾，"目盼盼兮愁予"！

于是，"春江花月夜"飘来了一片"白云"……

三

"白云一片去悠悠，青枫浦上不胜愁。"行云、流水，是一对兄弟，都有点"自由主义"，自来同往，用情不专，轻易离别。不同的是："黄河之水天上来，奔流到海不复回！"一去不回头；白云"去悠悠"，尚有回头之望。"青枫浦"上可能住着一个多情女子，白云悠悠而去，愁煞了这位闺中少妇。《春江花月夜》由是转入对游子、思妇之情的描述与咏叹。客思闺情，是古代社会夫妇经常分离的现实反映。这里边有多种情况：有的是受生活所迫，有的是受朝廷排挤，有的是为了求官，有的是为了经商，有的是为了征役……张若虚笔下的思妇，可能是一位贵妇，但也没有必要把人物身份"咬"得太死，我们把她的内心波动视为一种普泛的社会情绪即可。这种普泛的情绪，透露出对爱情的憧憬和"此事古难全"的悲伤。在人的感情园地里，爱情是含着露珠开放的鲜花，然而，封建时代的思想阴霾总是用直接的或神秘的方式将她窒息和摧残；"爱"与"淫"，常常是同一个概念。在许多人的日常夫妻生活中，对婚姻的维持胜过了对爱情的追求，"相敬如宾"、"举案齐眉"被认为是最佳境界。他们有"爱"吗？他们真切地意识到、体察到"爱"吗？他们的情感热烈地、执着到要毫无保留地以对方的心灵为自己的"精神家园"吗？很少，很少，很少。这可算是一种因袭的精神重负，一种生活的历史惯性中的可怜的惰性？不过，生命之树常青。爱情的琼浆总要在生命的叶脉中不息地流动。而当"绿叶"由于这样那样的原因将要飘零或已经飘零的时候，那种本来并没有明确体察到的互为生命之根的爱情意识，便猛然觉醒了，并且表现为不驯的喧哗与骚动。若从这个意义上着眼，封建时代的形形色色的"离别"与"漂泊"，倒提供了唤醒爱情青鸟的契机，人们仿佛在这些远走他乡、相见时难的日子里才咀嚼到了"别亦难"的爱情青果，才谛听到了自己心底谱写了许久的爱情的音乐。所以我说：中国封建时代以少妇春思、游子飘零为题材的数不清的诗作，是一片播种了充满生机的爱情种子的精神园圃，它开出的花尽管有的文弱，有的火爆，有的素洁，有的华贵，但从总体上，其情感基本上是真挚的，丰富的，深沉的。这里边所蕴含的悲剧意识，演进到曹雪芹那儿，便凝聚为"千红一哭，万艳同悲"——从贵妃娘娘到"身为下贱"的女奴都抛洒着爱情不自由、"红消香断有谁怜"的辛酸的眼泪。

当然，生活在初唐的张若虚，还不可能把这种人生不相见、两情如参商的忧伤，熔铸为《红楼梦》式的决绝哀歌和铮铮诅咒。他对离情别绪的咏叹，还是一种"春半"时节半欲留春半恼春的抒怀。江水悠悠，思绪悠悠，一切是那么美好，沉重得有些轻松，感伤中不失希望，故诗的后半部情思跳荡，活泼自如，单是艺术视点就变化得叫人应接不暇。有人把"可怜楼上月徘徊"八句，视为写思妇对离人的怀念，把"昨夜闲潭梦落花"八句，视为写游子客思之情——这就划得太"整齐"了。

让我们先疏通一下："谁家今夜扁舟子？何处相思明月楼？"王尧衡认为：今夜扁舟中不知是谁家女子，又安知思此游者之闺人住何处楼哉？徐慎以为：今夜扁舟客子，既不知为谁家，又安知其相思在何处之楼哉？孙望曰：因游子行止不定，闺妇住处固定，故游子不会想到爱人处于何处明月楼，若说两相不知，则诗人不会把这对男女写入诗中。故王、徐之说皆不理想。应为，何处游子相思着明月楼中的妇人，或，游子于何处相思着明月楼中的闺妇。（按：孙说是。）

"可怜楼上月徘徊。"诗人通过游子的设想，强调月光对闺妇的深情，与白云飘忽成对比。仿佛明月对闺妇说："少妇啊，可怜你静夜情思，我姑且再陪伴你一夜吧，说不定你的良人将回来了。"亦可认为，客子对明月说："可怜的明月呀，我尚无归期，看来你要长久地陪伴我的心上人了！"

"应照离人妆镜台。"游子的口气：今夜的明月大概会照到我爱人的妆镜台吧？双关之语：一为，闺人见妆镜台，可能照照镜子，发觉自己思夫情切，面容消瘦了，"人比黄花瘦"；一为，客子之思，"我的爱人恐怕瘦了吧？"

"玉户帘中卷不去，捣衣砧上拂还来。"写闺人之悲缠绵不绝，和着月光（或：有如月光）卷不去，拂还来。大妙！意象生动，女主人公力图从悲思中挣脱出来的情感描画得惟妙惟肖。

"此时相望不相闻，愿逐月华流照君。鸿雁长飞光不度，鱼龙潜跃水成文。"此时，同一时刻，相思的男女共看明月，但不能相闻其声，因不相闻，故闺人喃喃自语："但愿月亮的光华能流到江畔之扁舟，照我良人。鸿雁能长途飞翔，却不能将我这儿的月光度往扁舟中的客子。托鱼龙传递月光吧，也不行，鱼龙潜跃出水，十分短暂，复又落入水中，只留下一丝丝波纹。"

"昨夜闲潭梦落花，可怜春半不还家。江水流春去欲尽，江潭落月复西斜。"王尧衡以为，昨夜，是望月之夜的后一日回顾前夜，谓之"昨夜"。孙望曰：当为无定指的望月之夜。孙说是。闲潭，是闺妇居住之地，或象征闺妇，与"青枫浦"、"明月楼"仿佛。落花，收拾芳春，注满忧愁。春天已逝一半，可惜客子还不归家。江水悠悠东去，溶着春光,流个欲尽。此时,江潭上的落月,又斜斜地偏西了。

"斜月沉沉藏海雾,碣石潇湘无限路。不知乘月几人归,落月摇情满江树。""斜月"句,将"月"藏入海中,与诗首"海上明月共潮生"呼应。碣石,以代远方的海滨,位北,潇湘,位南——天各一方,征程遥远。普天之下,游子甚多,不知在此春江花月之夜,有几个游子乘月而归?花落完了,春流尽了,客子却没有回来;在落月的清光下,闺妇怎能不情思摇荡,洒满江树!

恕我做了以上这番啰嗦的"串讲"。诗,妙在可解与不可解之间。这里边尚有许多"空白",有待读者诸君去驰荡神思,细细品味。还是说说人生的"香巢"吧!张若虚找到了没有呢?从字面上看,他未能将客思闺情收拾到一处,给予温馨的归宿。他忙不迭地在游子、闺人之间殷勤探看,牵扯情丝,到头来终未如愿,只留下不绝如缕的莫名惆怅和忧思……然而!想想吧:当男女主人公千里共婵娟、遥递一瓣心香的时候,当诗人用同情、慈爱、忧虑、不安、理解、祝愿将他们抚慰与关照的时候,你能不强烈地意识到,有一种无形的、"大庇天下寒士"的"香巢"正在一口春泥、一口春泥地构造着吗?人们啊,你难道不愿意为此化作辛勤的燕子么?

四

江畔送客归来,写这篇春江花月夜的"沉思",我想起了二十五年前孙望先生讲授《春江花月夜》的情景。先生是那么的清瘦,但感情是那么的充沛。他一口气讲了八九个课时,精深而博大。我有笔记——立即翻箱倒柜地找了出来,重温一下吧!然而,该打,只草草地记了两三页!我这才记起,那时候自己是很不用功的。逝去的就让它逝去吧,眼前的春江花月夜还是颇够我们这些中、青年学人受用的啊……

窗外,学生们上完了晚自习。有人用现代派的腔调唱着"金梭、银梭"什么的。

原 文

春江花月夜

春江潮水连海平,海上明月共潮生。
滟滟随波千万里,何处春江无月明。
江流宛转绕芳甸,月照花林皆似霰。
空里流霜不觉飞,汀上白沙看不见。
江天一色无纤尘,皎皎空中孤月轮。
江畔何人初见月,江月何年初照人?
人生代代无穷已,江月年年望相似。
不知江月待何人,但见长江送流水。
白云一片去悠悠,青枫浦上不胜愁。
谁家今夜扁舟子,何处相思明月楼?
可怜楼上月徘徊,应照离人妆镜台。
玉户帘中卷不去,捣衣砧上拂还来。
此时相望不相闻,愿逐月华流照君。
鸿雁长飞光不度,鱼龙潜跃水成文。
昨夜闲潭梦落花,可怜春半不还家。
江水流春去欲尽,江潭落月复西斜。

斜月沉沉藏海雾，碣石潇湘无限路。

不知乘月几人归，落月摇情满江树。

芳郊花柳遍　何处不宜春

王勃五绝三首赏析

吴小如

推荐词

严格地说,同样是五言四句的诗,有不少应被称为古体诗;只有合于近体诗的格律,其作法基本与五言律诗一样,不过不是八句而只有四句,才是真正的五言绝句。从古、近体诗的区别上说,只有进入唐代以后,才产生真正符合近体诗格律的五言绝句。

依照常识，所谓五言绝句是指全诗只有四句、一共二十个字的旧体诗。这种诗体自魏晋时代即已形成。所以今人在读唐诗中的所谓五言绝句时，并不认为它是一种新诗体。其实问题并不这样简单。尽管六朝以来从乐府民歌到文人创作，五言四句的诗作车载斗量，可是它们与进入唐代以后所产生的属于近体诗范畴的绝句并不全同。严格地说，同样是五言四句的诗，有不少应被称为古体诗；只有合于近体诗的格律，其作法基本与五言律诗一样，不过不是八句而只有四句，才是真正的五言绝句。从古、近体诗的区别上说，只有进入唐代以后，才产生真正符合近体诗格律的五言绝句。

空话无凭，请看实例。首先，有些五言四句的诗是押仄声韵的，而近体诗却不允许押仄声韵，因此这样的诗应属于古体诗范畴。如孟浩然的《春晓》："春眠不觉晓，处处闻啼鸟。夜来风雨声，花落知多少！"这虽然也被称作五言绝句，其实是一首篇幅最短的古体诗。至于王之涣的《登鹳雀楼》，才是属位近体诗范畴的标准五言绝句："白日依山尽，黄河入海流，欲穷千里目，更上一层楼。"我们试用平仄的格律来表示：

仄仄平平仄，平平仄仄平；仄平平仄仄，仄仄仄平平。

除第三句的"欲"字可平可仄，用了仄声字仍算合律外，其余的字句无一不合律，所以是一首标准的近体五言绝句。这种五言绝句，如果把它的平仄格律重复一次，就成为一首五言律诗。换言之，截取一首五言律诗中的任何相连接的四句，也可以成为一首合律的近体五言绝句。我们现在要谈的正是这种属于近体诗范畴的五言绝句。

其次，是不是押平声韵脚的四句五言诗就可以称为五言绝句呢？也不能这样说。比如相传为陶渊明所作的《四时歌》而实际上是顾恺之写的《神情诗》："春水满四泽，夏云多奇峰，秋月扬明辉，冬岭秀塞松。"其平仄完全不符合近体诗的格律，特别是第三句的末一字竟是平声，那只能称为古体诗。甚至连隋代薛道衡的《人日思归诗》："入春才七日，离家已二年，人归落雁后，思（去声）发在花前。"由于第一句和第二句的第二字都用了平声字，第四字都用了仄声字，形成了"一顺边"的现象，尽管它的后三句基本上已符合五言近体的格律，仍不能算作标准的五言绝句。总之，把凡是五言四句的诗都称为五言绝句是不适当的，五言绝句应属近体诗范畴，每一句都要合律才行。

当然，不完全符合近体格律的五言四句之作，从古到今一直存在，就在唐代大诗人的作品中也有不少。但我们必须看到，从唐代开始，与五言律诗产生的同时，毕竟也出现了格律谨严、平仄协调的属于近体诗范畴的五言绝句。所以到了宋代，就称这种合律的五七言绝句为"小律诗"，以区别于不完全合律的只有四句的五七言之作。

我们这样把同为五言四句的作品划分为古体诗和近体诗，并非搞烦琐哲学，更不想否定常识性的提法。我只是想说明，同样是五言四句，严格要求合律的近体诗与不强调格律的古体诗是有所不同的。前者乃是与律诗一同出现的新诗体，它们与律诗同属于近体范畴，尽管差别极其细小，但毕竟是"新产品"。正如从蘸水钢笔进化为自来水钢笔一样，我们应把它们看成两个阶段的产物。

据我粗略的统计，从初唐开始，保存在《全唐诗》中有代表性作家的诗作，真正属于近体诗范畴即格律比较谨严完善的五言绝句要算王勃的诗了，而且相对来说，他的合律的五绝之作流传至今的数量也比较多。王勃是"初唐四杰"中的"首席"，而其他三人，杨炯竟没有一首五绝保存下来，卢照邻、骆宾王的五绝也不及王诗数量多，而且半数以上不完全合律。因此，王勃在五言绝句的创新方面，即把五言四句的诗当成新体诗来写，在初唐诗坛上是有一定贡献的。这里我们就从他现存的三十几首五言绝句（大部分是合律的近体五绝）中选出三首来介绍给读者，让我们看看它们在思想和艺术方面究竟有哪些新特点。

第一首题为《登城春望》：

物外山川近（仄仄平平仄），晴初景霭新（平平仄仄平）；
芳郊花柳遍（平平平仄仄），何处不宜春（平仄仄平平）！

此诗每句都符合格律，每个字的声调都用得很准确（末句第一字可平可仄，故依然合律），所以它俨然是半首五言律诗。同时，头两句对仗工稳，也像是一首律诗的后一半。当然，这只是从形式上看，但欣赏一首好诗却不能只限于形式。由于一首五绝只有二十个字，不管它是古体或近体，容量总是有限的。因此从六朝开始，大凡用这种体裁写的诗基本上只能一诗表一意，含义上过多的层次曲折固然容纳不下，就是过于详尽细致的描写也无法展开。但唐人五绝之所以终胜六朝一筹，主要在于这个时代的诗人已懂得充分利用这短短的二十个字，尽量下凝练浓缩的功夫，既要设法容纳丰富的内容和曲折的层次，又要使它深入浅出，言有尽而意无穷。王勃的这首小诗，从题目来看，内容也无非只写目光所能达到的地方，似乎谈不上什么深度。不过一经仔细分析，就会发现"登城春望"这个题目也并不止一层意思。首先是特定的地点，即作者所登的城楼是高于一般建筑物的，站得高自然就看得远。其次是特定的季节，题中已点明是春天。但春日登高远望也要有适当的条件，即最好是晴天。如果阴天蔽日，迷雾塞空，那就什么也望不见了。这层意思题目中并未明说，而诗中第二句却明点了出来："晴初景霭新。"这样，诗题与诗句既可互相补充，而且也留有余地。否则把诗中所有的含义都反映在诗题上，那就毫无含蓄，连诗也可以不作了。

既是"登城"，则首句"物外"两字才有依据，而不是泛用。试想，一个人如果久居城内，地势低平，到处是大街小巷，店铺房屋，触目所见都成障碍。站在这条街上，由于隔着房屋，自然看不见与之平行的另一条街。局限在四面都有遮拦的地方，当然无从扩展视野。如今一旦"登城"，超脱于"物外"，不仅摆脱市井的尘嚣，而且游目纵览，城外远处的山川也尽收眼底。作者眼中的山川离城市并不远，这原是客观上的距离。但由于平时局促城中，根本不可能同郊野山川打交道，于是从思想感情上也平添了许多阻隔。不但谈不到可望而不可即，简直可以说被人为的环境分割开来，城市的凡俗喧闹同大自然的山川草木竟然成了两个截然不同的世界。现在诗人登上城楼，实际上眼中的山川景物与自己的所在地，从距离讲并没有缩短，该有多远还照旧有多远。可是，诗人在城上远眺，目光所及，毕竟看到了暌离很久的远处的山川；就主观心理而言，这美好的大自然景物同自己的思想感情仿佛一下子接近了很多，疏远多时的山川居然映入眼帘，顿时有了一种亲切新鲜的感觉。而这种心理上的接近乃是由于身在"物外"的缘故。它既包含登高可以眺远的自然条件，也蕴涵着从市井尘嚣中摆脱出来的精神上的舒展和自由。这就使诗句有了深度。这样一句诗，从外在的目光所接触写到心理上与山川景物间距离的缩短，是唐代以前的短诗、小诗中很少出现的。仅只这一句诗已足说明，到了初唐四杰的时期，诗歌在思想艺术上都已比六朝时代有了很大进步。像王勃所写的近体五言绝句，其成就绝对不仅仅局限于形式格律上的成熟。

第二句的"景"即古"影"字，义与"阴"通。光线所及，总有明暗，明者为"光"、为"阳"，暗者为"影"、为"阴"。这就是"光阴"和"光景"这两个词语的由来。"霭"指云雾之气，不过比云雾要疏淡稀薄一些，总之是在有无虚实之间的。诗句里"景霭"，本指天空中一片迷茫却又不太浓厚的云气，这在南方的春天的原野上是屡见不鲜的。不过它对于登高望远却不大有利。可是诗人登城时恰值天色初晴，光线由弱变强，日色渐明而"景霭"渐退，不仅不会阻隔人们的视线，反给人以一种自隐而显、自模糊而逐渐清晰的感觉，于是诗人对于这样日出放晴后的"景霭"用了一个出新的"新"字。这是吐故纳新、除旧布新、推陈时新的"新"字，它同样是作者主观心理上的感受和体会，不仅切合"晴初"，而且从而透露了"春"的气氛和信息。同时，这个"新"字又是下面两句的根脚，第三、四句正是从这第二句的"新"字生发出来的。

前两句既然曲折多层次，后两句便不能过于迂回隐约，而应该写得爽朗明快一些，所以作者乃直截了当地说了出来，看似浅露，实见真率。这同前两句相反相成，且辉映成趣。因为写五言绝句终归以清新流畅为主，不宜起伏太多，顿挫太频。第三句"芳郊花柳遍"，是由远及近，既然远处的山川已仿佛缩短距离，历历在目，那么近处的花柳布满芳郊更是一清二楚，所在缤纷缭绕，使人目不暇接了。第四句"何处不宜春"，不说春光无所不在，却反过来说没有任何一个地方不宜于春天的到来。这才是融情于景的高明手笔。而在这样一首短诗中，却洋溢着无限生机，不仅调子显得活泼轻快，而且从简短的描述中体现了诗人本身的蓬勃朝气和开朗精神。这正是王国维所说的"唐人高处"，也正是杜甫之所以唾弃那些嘲笑四杰的轻薄人物，而盛赞王、杨、卢、骆为"江河万古流"的关键所在。

第二、第三两首是组诗，总题为《江亭夜月送别二首》。这是王勃五绝的代表作，有的选本或全选，或只选了第二首。我以为两首是不可分割的整体，应该放在一起分析：

> 江送巴南水，山横塞北云。
>
> 津亭秋月夜，谁见泣离群！
>
> 乱烟笼碧砌，飞月向南端。
>
> 寂寂离亭掩，江山此夜寒。

王勃少年得意，未几因撰《斗鸡檄文》得罪了唐高宗，乃被废黜，咸亨年间（670—673）一度远游到四川作客。从此诗第一首"巴南水"字样来看，显然是作者在四川写的；由于失意，诗中便有些感伤情绪了。诗人既在四川作客，则此诗实为客中送客，客能北归而自己却仍羁泊在外。题中和诗中几次说到"月"，而且点明是秋夜，疑是中秋前后所作，而地点则在江边码头附近的津亭，那是供行人歇脚或送别者小饮之处，所谓"十里一长亭，五里一短亭"是也。把时间、地点弄清楚，诗意也就不难体会了。

先看前一首。第一句："江送巴南水"，"江"指长江，而行人肯定是即将买舟东下的。作者说通过万里长江，把巴南的水直送到下游。言外说巴南的水还有北流的机会，而自己身在巴蜀，却不能像要走的朋友那样翩然归去，一种无可奈何的情绪和滋味从这第一句已隐约透露出来了。而第二句却把笔势宕开，从巴南一下子掷向塞北。或者这位行人真要到塞北去，然而在巴南是肯定望不到塞北的，能望到的只是阻拦住自己视线的北面的高山。在千万重山峦的那一面，或者迟早总会见到塞北的云吧。乍看去仿佛作者有意给上句找个对句，意义上未免勉强（如相传唐人的恶诗"舍弟江南死，家兄塞北亡"，便是无中生有硬凑出来的）。我体会这一虚笔可能包含着两重意思，一是友人将作万里之行，要走到巴南人根本看不到的地方；二是道途遥远，山川阻隔，除了乘船，还要经行崎岖山路，那么远高山上的白云便俨如塞北了。这是诗人以想象寄托感慨。不过从诗意来看，这一句总有点浮泛，不无辞费之嫌，有点美中不足。第三句"津亭秋月夜"，点明送别之地和与友人分手的时间与日期。中秋原是家人团聚的日子，却偏偏在这秋月良宵到江边送客远行，真有点煞风景。但作者在第四句却从反面着笔，意思说多数家人都在月圆之夜欢聚一堂，谁能见到在这冷落凄清的江畔津亭之上有人因离群而啜泣呢？这首诗头两句写大背景，隐喻南北暌隔的感慨，三、四两句则实写眼前送别的现场，用笔较为直拙，不大讲求技巧。短短四句，却向虚实两极分化，似乎写得不够成熟。其实前一首纯为后一首作铺垫，精彩全在后面的四句。但我却不主张有的选本只选后一首。因为没有前一首，那么后一首的好处你是无论如何也涵泳不深，体会不透的。只有两诗的比照而观，在结构的虚实相映，用笔的巧拙互见之中，才能见出诗人的匠心。

后一首第一句写月夜景色刻画入微。夜色已深，秋意渐浓，江畔上空湿雾如烟，把那侵满碧苔的亭阶笼罩得看不分明了。这里已隐含时光逐渐推移之意，但作者还嫌不够警策，在"月"上用了个"飞"字，以点明时光过得飞快。盖远人将别，送行者依依难舍，从月出时开始话别，不知不觉月影已从东面移向南端，宛如飞过一样。这个"飞"字也是诗人主观上的感觉。作者实际上是连续运用反衬手法来写惜别之情。一、以"飞月"形容时光的飞逝，二、以时光飞逝暗示人们话别之久，三、以话别之久点出友情之深，这才使行人长时间地不忍离去。写到这里，作为五言近体诗，惜别之情已写得相当深透（虽然并未直说），再往细腻处写，不仅篇幅容不下，也超出了诗的传统范围而近于词了（如牛希济《生查子》的"语多情未了，回首犹重道"，柳永的《雨霖铃》"执手相看泪眼，竟无语凝咽"和周邦彦的《蝶恋花》"执手霜风吹鬓影，去意徊徨，别语愁难听"等等，置于诗中，便觉辞费）。于是诗人采用了跳跃手段，把分手时的具体场面省略，末二句只写离人去后的情景。人走后，留下的只有"掩"了门的"寂寂离亭"，这已足以使人感到冷落空虚，而由于强烈的孤独感正在侵袭着自己，顿感到一阵寒意，于是归结到"江山此夜寒"。不说人寒，却扩大开来说江和山从这一晚上也有了寒意。这个"寒"不仅由于温差改变，而是诗人的主观心理突然产生了难以忍受的瑟缩之感。这同样是我在前文所说的融情入景的生花妙笔。总之，诗人从写外在客观景物发展为描述个人主观心理上内在的感受，并且巧妙地而并不显眼地用了融情入景的手法。从艺术手段上讲，这都说明初唐诗人比六朝作家向前跨进了一大步。当然，像王勃这样的作家，更熟练地运用了写近体诗的格律来完成具有划时代特征的五言绝句，就更值得我们予以足够的注意了。

杜甫《戏为六绝句》中曾写道："王杨卢骆当时体，轻薄为文哂未休，尔曹身与名俱灭，不废江河万古流。"古人虽有争议，却也早有定评，这是肯定四杰的评语，并且是对"轻薄为文"哂笑四杰的人的蔑视。不意近时有人大作翻案文章，认为这是杜甫讥笑四杰为"轻薄"的，结果"身与名俱灭"者倒成了"四杰"。理由之一是杜甫的祖父杜审言是瞧不起四杰的。其实这完全不能成立。姑无论杜甫并不等于杜审言，即以四杰本身而论，至今名亦始终未灭，其声誉虽不及杜甫，也该算是"万古流"。就拿这里所分析的三首王勃诗来看，它们同杜甫的诗歌恐怕只有相通之处而无根本对立处的迹象可言。那种动辄翻案的做法是否有标奇立异、哗众取宠之嫌，则非我所知了。

天下名楼任神游

唐人鹳雀楼诗赏析

储仲君

作者介绍

储仲君,1934年生,江苏金坛人。1958年毕业于华东师范大学中文系。山西师范学院中文系教授。

推荐词

王之涣的一首《登鹳雀楼》,短短二十字,却足以力敌千钧。孩子们刚会说话,就学着摇头晃脑地背诵这首杰作了,直到他们冉冉向老,还会一再地用"更上一层楼"来勉励自己。说它是一首普及率最高而且"社会效益"极大的诗,恐怕也不过分吧?

唐时名楼很多，尤以湖南的岳阳楼、湖北的黄鹤楼、江西的滕王阁最为著称。这些楼阁都在南方。处于北方而可以与之抗衡的，大概只有山西的鹳雀楼了。我们不妨称此四楼为唐代的"四大名楼"。

四大名楼颇有相同之处。例如它们都建在名胜之区，依山傍水。滕王阁前临赣水，黄鹤楼俯瞰长江，岳阳楼则面对着浩渺无际的洞庭湖。鹳雀楼也不差，它背靠中条，遥望华岳，下面则是奔腾咆哮的黄河。又如，它们都曾经名人题咏。提起岳阳楼，人们就不禁会想到孟浩然的"气蒸云梦泽，波撼岳阳城"，杜甫的"吴楚东南坼，乾坤日夜浮"，刘长卿的"叠浪浮元气，中流没太阳"。入宋以后又有一篇范仲淹的《岳阳楼记》，江山风月之外，又唱出了"先天下之忧而忧，后天下之乐而乐"这样的名句，令人荡气回肠。滕王阁则有王勃的《滕王阁序》，"落霞与孤鹜齐飞，秋水共长天一色"，如此佳景，谁能不为之心驰神往！而关于王勃写序的种种传说，又可以引起人们种种遐想。黄鹤楼的题咏似乎少一些，但原因却足以叫你大吃一惊。李白说了："眼前有景道不得，崔颢题诗在上头！"有了崔颢的一首古今绝唱，连诗仙李白都不得不搁笔，谁还敢献丑呢？在这方面，鹳雀楼也并不逊色。王之涣的一首《登鹳雀楼》，短短二十字，却足以力敌千钧。孩子们刚会说话，就学着摇头晃脑地背诵这首杰作了，直到他们冉冉向老，还会一再地用"更上一层楼"来勉励自己。说它是一首普及率最高而且"社会效益"极大的诗，恐怕也不过分吧？

当然它们也有不同的地方。比如楼名，前三者或以始建者的封爵命名，或以所依傍的城市命名，或以传说故事中的飞禽命名，但应该都是经过名家审定的，显得堂而皇之。只有鹳雀楼，是因为"鹳雀常栖于此"而得名的，而且显然是老百姓叫出来的，约定俗成，原来的名字反而湮没无闻了。它似乎显得有些寒碜，但却别有意趣。再如，这些楼阁原来的规模、造型也应当是各不相同的，只是由于历经劫难，原物早已荡然无存，也就无从细考。而这四大名楼近年相继重建，前三楼已告落成，后一楼据说也在施工之中，则又是异中有同。不过这一业绩，未必完全由于人们对文化事业的热心，倒是要归功于旅游业的发展了吧。

旅游也是好事。我们的先人本来就很重视游历，提倡"读万卷书，行万里路"。游历中又特别重视登览，甚至说："登高能赋，可以为大夫。"大概正是由于这样的原因，名楼才会留下那么多名家的题咏。现在旅游是很费钱的。这些题咏却可以为我们这些向往名胜而又囊中羞涩的穷酸们提供一条神游的途径，使我们不必花钱而可以领略到另一种旅游的意趣。

今天我们就想用这种方式游览一下河中鹳雀楼。

李翰的《河中鹳鹊（雀）楼集序》说："后周大冢宰宇文获军镇河外之地，筑为层楼。遐标兽空，影倒洪流。二百余载，独立乎中州。以其佳气在下，代为胜概。"这就是说鹳雀楼是北周时建造的，到现在已有一千四百多年了。当时造这座楼，似乎还有军事方面的目的。楼在河中府。河中，唐代有时又称蒲州河东郡，治所的故址在山西省永济县西濒临黄河处。李翰的《序》文接着描写了这里的形势："八月天高，获登斯楼。乃复俯视舜城，傍窥秦塞。紫气度关而西入，黄河触华而东汇。龙踞虎视，下临八州。"景象是壮丽的,形势是险要的。

李翰是唐代著名的散文家。他写的《张中丞(巡)传》曾受到韩愈的赞赏推崇。他的这篇序文写于唐德宗建中二年(781)。当时他与一群词客陪同河中尹赵惠伯在鹳雀楼上饮宴赋诗,受命写了这篇序。序文又写道:"前辈畅诸,题诗上层,名播前后。山川景象,备于一言。"这就是说,在这以前的题诗中,畅诸的这一首是最有名的了。

诗是这样写的:

> 迥临飞鸟上,高出世尘间。
> 山势围平野,河流入断山。

前两句写登上层楼后的感觉。一个突出的印象是高。原来需要仰视的飞鸟,现在竟可以俯瞰了。高得使人觉得似乎远远离开了尘世,摆脱了那些困扰人的荣辱得失、名缰利锁,使人顿觉烦襟尽涤,神清气爽。后两句写的是登楼所见,而这正是引起上面那种印象的重要原因。视野是那么开阔,气势又那么雄健。正如李翰所说,"山川景物,备于一言",把李翰序文中大段描写的景物,概括而传神地表现出来了。

这首诗写法平实，但自有一种盛唐独具的浑厚之气。自司马光《续诗话》以来，它与王之涣的诗一起一直被认为是咏鹳雀楼的双璧。

王之涣的《登鹳雀楼》是这样写的：

> 白日依山尽，黄河入海流。
> 欲穷千里目，更上一层楼！

奇怪的是，李翰的序文并没有提到这一首诗。关于它的作者也还有异说。清人王士禛《池北偶谈》引张昶《吴中人物志》："武后赏吟'白日依山尽'云云，问是谁作？李峤对曰：'御史朱佑日诗也。'"唐人芮挺章编的《国秀集》则署为朱斌作。但北宋以后的人，大都把它看成王之涣的诗。我们不知道宋人如司马光《续诗话》、沈括《梦溪笔谈》、计有功《唐诗纪事》这么说有什么根据，但相信武则天时代还写不出这种盛唐气象十足的诗，所以宁肯倾向于把它看成是我们山西人王之涣的作品。

这首诗的次序正与上一首相反，一开始就写登楼所见，然后才写由此而生的感想。

"白日依山尽"，他是傍晚时分登楼而望的。夕阳是红的，为什么要说白日呢？也许是为了形容山高，说太阳还没有发红，就藏到高山后面去了吧？那么，这座山自然不可能是鹳雀楼背靠着的中条山了，中条山的身高还达不到这个标准，何况它还在东面。它应是以高峻闻名于世的西岳华山。华山在鹳雀楼的西南方，秋冬登楼，正好看到太阳从那个方向落下去。这样我们就顺带了解到，王之涣是在某一个秋冬季节的傍晚登上鹳雀楼的，这时天高而气清，正是瞭望的好季节。"黄河入海流"，上一句是西眺，这一句是东望。当然，鹳雀楼再高也不可能看到黄河入海的情形。但是，它那种汹涌澎湃的气势，却不能不使人联想到它的一泻千里，奔腾入海。这里写的既有眼前的景观，又有心中强烈的印象。一句华山，一句黄河，与李翰的"紫气度关而西入，黄河触华而东汇"，思路是一样的，但笔力更峭拔，气势更充沛。如果说畅诸的诗用的是现实主义的笔触，那么这首诗就富有浪漫主义的色彩了。

眼前壮阔的景象使诗人的精神境界得到升华，使他产生了一个强烈的愿望："欲穷千里目，更上一层楼！"这是多么豪迈的胸襟！其中又包含着多么深刻的哲学意蕴！

这首诗前两句的笔力已经十分雄健，颇有难以为继之感，没有想到后两句更是高唱入云，而且就像脱口而出似的毫不费力，这就不能不使读者顿时感到一种莫大的艺术享受。就这两句诗本身说，确实也已经更上了一层楼。

据李翰的序文，他们那一次聚会不乏名流，而且也都写了诗，但这些诗都没有流传下来，可见唐人咏鹳雀楼的诗散失的情况很严重。但偶尔幸存下来的也还有，如耿湋就有一首五律。耿湋也是河东（今山西）人，是大历十才子之一。安史之乱后他才举进士，仕途坎坷，长期不得升迁。大约在德宗建中年间，他曾奉使河东，诗就是这时写的：

> 久客心常醉，高楼日渐低。
> 黄河经海内，华岳镇关西。
> 去远千帆小，来迟独鸟迷。
> 终年不得意，空觉负东溪。

巍峨的高楼，壮美的景色，都已经引不起这位失意者的兴趣。只有那只孤独的飞鸟，仿佛迷了路似的，引起了他的注意。他觉得自己也迷了路，不该涉足官场，以致辜负了故乡的田园风光（唐人习以东溪指归隐之所）。请看这与上举两首盛唐诗的情调有多大的区别！

几年以后，中唐另一位著名诗人李益也来到这里，留下了一首七律《同崔邠登鹳雀楼》。宋人的《古今诗话》、《梦溪笔谈》、《墨客挥犀》都认为，这首诗堪与王、畅二人的诗鼎足而三。诗云：

> 鹳雀楼西百尺樯，汀洲云树共茫茫。
> 汉家箫鼓空流水，魏国山河半夕阳。
> 事去千年犹恨速，愁来一日即为长。
> 风烟并起思归望，远目非春亦自伤。

登临怀古，而又寄托无限感慨，确实不失为一首好诗。但从情调上看，与两首盛唐诗毕竟是大异其趣了。

晚唐诗人殷尧藩、马戴、司马札、张乔、吴融也留下了咏鹳雀楼的诗，诗中也不乏佳句。但这时唐王朝国势日蹙，诗的声调也就愈见低沉。张乔诗云："高楼怀古动悲歌，鹳雀今无野燕过。"司马札诗云："兴亡留白日，今古共红尘。鹳雀飞何处，城隅草自春。"这些诗可能都写在王朝倾覆以后了。

同样的楼宇和景物，登临者却各有所见。这里有时代的影响，自然也有诗人个性和经历的影响。这些诗作的成就尽管有高下之分，但却可以为我们这些神游者提供不同的导游方向，使我们可以从不同的角度、不同的感情观照中去欣赏这些景物。这使我们不禁要沾沾自喜地想到一句古话——"坐驰可以役万景"，和一句俗谚——"秀才不出门，能知天下事"。我们虽然坐不起波音飞机，却可以求助于诗歌的翅膀，这也就差足自慰了。

君爱菖蒲花　妾感苦寒竹

乔知之爱情悲剧诗赏析

金启华

推荐词

读《定情篇》会使人想到汉乐府《焦仲卿妻》,在封建社会,妇女的命运往往是很不幸的。如诗中所言:"人间丈夫易,世路妇难为。"

《绿珠篇》则是借绿珠的故事,表现了乔知之与窈娘刻骨铭心的爱情被破坏的悲痛。令人慨叹的是,诗人与窈娘皆因此诗而遭祸身亡。

定情篇

共君结新婚,岁寒心未卜。相与游春园,各随情所逐。
君爱菖蒲花,妾感苦寒竹。菖花多艳姿,寒竹有贞叶。
此时妾比君,君心不如妾。簪玉步河堤,妖韶援绿荾。
凫雁将子游,莺燕从双栖。君念春光好,妾向春光啼。
君时不得意,弃妾还金闺。结言本同心,悲欢何未齐。
怨咽前致辞,愿得申所悲。人间丈夫易,世路妇难为。
始如经天月,终若流星驰。天月相终始,流星无定期。
长信佳丽人,失意非蛾眉。庐江小吏妇,非关织作迟。
本愿长相对,今已长相思。复有宦游子,结援从梁陈。
燕居崇三朝,去来历九春。誓心妾终始,蚕桑奉所亲。
归愿未克从,黄金赠路人。洁妇怀明义,从泛河之津。
于今千万年,谁当问水滨。更忆倡家楼,夫婿事封侯。
去时恩灼灼,去罢心悠悠。不怜妾岁晏,十载陇西头。

以兹常惕惕,有虑恒盈积。由来共结褵,几人同匪石。
故岁雕梁燕,双去今来只。今日玉庭梅,朝红暮成碧。
碧荣始芬敷,黄叶已渐沥。何用念芳春,芳春有流易。
何用重欢娱,欢娱俄戚戚。家本巫山阳,归去路何长。
叙言情未尽,采绿已盈筐。桑榆日及景,物色盈高冈。
下有碧流水,止有丹桂香。桂花不须折,碧流清且洁。
赠君比芳菲,爱惠常不歇。赠君比潺湲,相思无断绝。
妾有秦家镜,宝匣装珠玑。鉴来年二八,不记易阴晖。
妾无光寂寂,妾至影依依。今日持为赠,相识莫相违。

这首长篇五古,虽名为《定情篇》,实代妇女发言,叙述男子之不定情,并列举历来女子之不幸遭遇,代之申诉。更以女子之定情,畅叙其对男子之情爱。全诗可分为三大段。自"共君结新婚"至"悲欢何未齐"为第一大段,自"怨咽前致辞"至"黄叶已渐沥"为第二大段,"何用念芳春"至"相识莫相违"为第三大段。

第一大段起句即点出新婚之际,紧接则"岁寒心未卜",于是有下列游春时欣赏景物之不同,在"各随情所逐"的情况下,是"君爱菖蒲花,妾感苦寒竹。菖花多艳姿,寒竹有贞叶"而得到的结论,是"此时妾比君,君心不如妾"。这只点到欣赏的不同,而春景诱人,插入写来,是"簪玉步河堤,妖韶援绿荑,凫雁将子游,莺燕从双栖"。这里有比喻,有实写,以虚带实,接着"长信佳丽人,失意非蛾眉"。又直接道出女子不负人,而人多负女。于是列出历史上女子的遭遇来申诉。这里有"庐江小吏妇,非关织作迟,本愿长相对,今已长相思"。但这犹是受封建家长的迫害。而"复有宦游子"的长期在外,"夫婿事封侯"的倡楼独居,都铺叙出女子闺怨情怀,而男子则逍遥于外。真是"由来共结褵,几人同匪石",叹息人的没有坚贞爱情,这里用的《诗经》语典"我心匪石,不可转也"(《邶风·柏舟》),实是女子的自誓。在这一大段的叙事里,夹以景色的描写,是"故岁雕梁燕,双去今来只。今日玉庭梅,朝红暮成碧。碧荣始芬敷,黄叶已渐沥"。这里借景寓情,以只燕、庭梅比喻人之聚散无常。"始芬敷"又"已渐沥",陡顿之间,从开到落。"芬敷"为色泽,"渐沥"则象声,有色有声。"簪玉"、"妖韶"系喻美姝,"凫雁"、"莺燕"则为实物。在这种情况下,是"君念春光好,妾向春光啼"。何以故呢?则缘"君时不得意,弃妾还金闺"。结果是"结言本同心，悲欢何未齐"。结束第一段，从"结新婚"到"何未齐"，倏忽之间，变态如此，当系伤心之至，感情已经破裂。然而情犹未已，转念古来女子的诸多遭遇，仍有不得已于言者，铺写过去女子的境遇，使诗篇掀起另一波澜，从纵观中历史着眼，为本诗的第二大段。"怨咽前致辞，愿得申所悲"，虽欲吞声饮恨，但仍要申诉一番。"人间丈夫易，世路妇难为"，两语实概括封建社会中男女之不平等，无限酸辛。而"始如经天月，终若流星驰，天月相终始，流星无定期"，又以比喻来加深这方面的描绘。诗篇在紧凑中有疏荡之气，结束了第二大段的伤感。

第三大段以感慨起，"何用念芳春，芳春有流易。何用重欢娱，欢娱俄戚戚"，以两排句对起，加深描绘，加重叹息。然后叙述己身之家乡，是"家本巫山阳，归去路何长"。描写其景色并借此景色而抒情："桑榆日及景，物色盈高冈。下有碧流水，上有丹桂香。桂花不须折，碧流清且洁，赠君比芳菲，爱惠常不歇。赠君比潺湲，相思无断绝。"这里倾怀而诉，一泻无余，但又顿挫生姿。以排句之"芳菲"、"潺湲"、桂香、流水弥漫不断，象征自己的爱情之浓烈与久长，极为形象而富情思，缠绵而又圣洁。描写相思可谓淋漓尽致，然而意犹未已，再转到自己之有宝镜，经常照己，也愿赠君，实际上是希望他能自照，有所会意。所谓："妾有秦家镜，宝匣装珠玑。鉴来年二八，不记易阴晖。妾无光寂寂，妾至影依依。今日持为赠，相识莫相违。"这里含情脉脉，含意深微，始以显示女子之多情、定情。

诗以铺叙见长，而又委婉曲折，富有变化，为五古诗的佳作，也是乔知之的诗集中的唯一长篇古诗。诗虽多用散句，但又夹以骈句，有时更以排句对偶出之，使篇章多对称而丰满。其散句则更具坚挺之气。散句、骈句、排句更迭出之，各随其情意之变化而变化，显示出参差、顿挫之美。诗篇之段落接搭自然，各随其情意之转换而更替，在各段中又皆有起句以统领之，以显出其六辔在手之势，运用自如。诗用典有实指、有泛指，但皆具典型意义，为本篇之命名为定情更具有历史性与现实性。

绿珠篇

石家金谷重新声，明珠十斛买娉婷。

此日可怜君自许，此时可喜得人情。

君家闺阁不曾难，常将歌舞借人看。

意气雄豪不分理，骄矜势力横相干。

辞君去君终不忍，徒劳掩袂伤铅粉。

百年离别在高楼，一旦红颜为君尽。

这是借历史故事而悲叹自己爱姬窈娘为权豪所夺的诗。《全唐诗》为一首，《万首绝句》分此诗为三。《全唐诗》又记载："知之有婢曰窈娘，美丽善歌舞，为武承嗣所夺。知之怨惜，作此篇以寄情，密送与婢，婢结诗衣带，投井而死。承嗣大恨，讽酷吏罗织杀之。"看来，这首诗是乔知之的绝命诗，因诗而得祸的。诗题为绿珠篇，实借石崇之爱姬绿珠而名篇，以示其窈娘的命运与之相同，而知之之悲惨结局，尤甚于石崇。

诗首四句，道出石家之重技艺，爱美姝。"石家金谷重新声，明珠十斛买娉婷。此日可怜君自许，此时可喜得人情。"重新义，实具有开拓性的，在歌坛上有创造意声，并吸引人，所以不惜重价购之。以见绿珠之为石崇所赏识，有知音之感，在金谷园中佼佼出众。"此日"两句，说是为绿珠而发是可以的，但也可以说是为窈娘而发，因为两人的先后命运是相同的,两人的才色更是相似。以卓绝的技艺和美丽的姿容为人所爱所喜,"君自许",得到人的称许。"得人情"则是她们的才艺称人心意。"君家闺阁不曾难,常时歌舞借人看。意气雄豪非分理,骄矜势力横相干",这里前两句写她们技艺公开地为人所观看,有与人同乐之雅。然而也就在这种情况下,有人依势想独占。后两句则实写权贵凭仗势力,强取豪夺,致使知音分散,叹息暗无天日。然而两情缱绻,终难相忘,则又道出:"辞君去君终不忍,徒劳掩袂伤铅粉。百年离别在高楼,一旦红颜为君尽。"这实写绿珠之不愿离开金谷园,伤心之至,终于坠楼而死,不甘屈服,一死报君。这虽然写的是绿珠,实暗示窈娘的命运,借昔喻今。而此篇诗作者之厄运也随之而来,则是作者所未及料到的。

诗,富有历史性,也具有揭露性。在封建社会中,女艺人的遭遇常常是悲惨的,是受侮辱与损害的。绿珠、窈娘虽然生在不同的时代,一为晋代石崇所赏识,一为唐代乔知之所欣赏,总算有了知音。但当她们被掠夺时,却以死殉之。这种刚烈的性格、执着的情谊,是值得称赞的。乔知之以写这首诗而为武承嗣所构陷以至死,则更使人觉得以诗而遭祸，为之叹息与不平。

诗，有铺叙，有抒情，如首段之四句。在叙事中忽陡顿转折的，则为中段之四句，前二句为实写，后二句为转折，由喜而悲，掀起波澜。末段四句，抒情中又叙事，含蓄而有余恨。"百年离别在高楼"，暗寓绿珠坠楼。"一旦红颜为君尽"语意双关，明写绿珠，暗寓窈娘，留有无限愁恨。我们再看到历史上的乔知之即以此诗而遭迫害致死，则对这首诗的悲剧意义有了更广泛的了解。

乔知之存诗不多，计十八首，多抒情、赠答之作。其与李峤、陈子昂皆有诗赠答。其《拟古赠陈子昂》称"送君竟此曲，从兹长绝弦"，与陈子昂似有同样命运。

吟坛声苑的千古绝唱

李白《忆秦娥》赏析

周汝昌

作者介绍

周汝昌(1918—2012),天津人。中国艺术研究院终身研究员,中国著名红学家、古典诗词研究家。

推荐词

《忆秦娥》只是一曲四十六字的小令,通篇亦无幽岩跨豹之奇情、碧海掣鲸之壮采,只见他寥寥数笔,微微唱叹,却不知是所因何故,竟会发生如此巨大的艺术力量!每一循吟,重深此感,以为这真是一个绝大的文学奇迹。含咀英华,揽结秀实,正宜潜心涵咏,用志覃研。

忆秦娥

箫声咽。秦娥梦断秦楼月。

秦楼月。年年柳色,灞陵伤别。

乐游原上清秋节。咸阳古道音尘绝。

音尘绝。西风残照,汉家陵阙。

这一篇千古绝唱,永远照映着中华民族的吟坛声苑。打开一部词史,我们的诗心首先为它所震荡,为之沉思翘首,为之惊魂动魄。

然而,它只是一曲四十六字的小令,通篇亦无幽岩跨豹之奇情、碧海掣鲸之壮采,只见他寥寥数笔,微微唱叹,却不知是所因何故,竟会发生如此巨大的艺术力量!每一循吟,重深此感,以为这真是一个绝大的文学奇迹。含咀英华,揽结秀实,正宜潜心涵咏,用志覃研。

第一韵，三字短句。万籁俱寂、玉漏沉沉，忽有一缕箫声，采入耳际。那箫声，虽与笛韵同出瘦竹一枝，却与彼之嘹亮飘扬迥异其致，只闻幽幽咽咽，轻绪柔丝，珠喉细语，无以过之，莫能名其美，无以传其境。复如曲折泉流，冰滩阻涩，断续不居，隐显如泣。一个咽字，已传尽了这一支箫的神韵。

第二韵，七字长句。秦娥者谁？燕姬赵女，越艳吴娃，人以地分也。扬雄《方言》："娥，嬿，好也。秦曰娥。"必秦地之女流，可当此一娥字，易地易字，两失谐调，此又吾夏汉字组列规律法则之神奇，学者所当措意。

秦娥之居，自为秦楼——此何待言，翻成词费？盖以诗的"音组"以读之，必须是"秦娥——梦断——秦楼——月"，而自词章学角度以求之，则分明又是"秦娥梦——秦楼月"，双行并举，中间特以一"断"字为之绾联，别成妙理。而必如是读，方觉两个"秦"字，重叠于唇齿之间（秦，本音cín，齿音，即剧曲中之"尖字"，读作qín则失其美矣），更呈异响。若昧乎此，即有出而责备古代词人：何用如此笨伯，而重复一个"毫无必要"的"秦"字？轻薄为文，以哂作者，古今一慨，盖由不明曲词乃音学声家之事，倘假常人以"修改"之权,"润色"之职,势必挥大笔而涂去第二"秦"字,而浓墨书曰:"秦娥梦断'高'楼月!"

梦断者何?犹言梦醒,人而知之。但在此处,"断"字神情,与"醒"大异,与"梦回"、"梦觉"、"梦阑"亦总不相同。何者?醒也,回也,觉也,阑也,都是蘧蘧眠足,自然梦止,乃是最泛常、极普通的事情与语言。"断"即不然,分明有忽然惊觉、猝然张目之意态在焉。循是此言,"断"字乃非轻下。词人笔致,由选字之铮铮,知寄情之忒忒。

箫声幽咽之下,接以梦断——则梦为箫断耶?以事言,此为常理;以文言,斯即凡笔。如此解词,总是一层"逻辑"意障,横亘胸中,难得超脱。箫之与梦,关系自存,然未必如常情凡笔所推。吾人于此,宜知想象:当秦娥之梦,猝猝惊断,方其怅然追捕断梦之间,忽有灵箫,娓娓来耳根,两相激发,更助迷惘,似续断梦——适相会也,非相忤也。大诗人东坡不尝云乎:"客有吹洞箫者,如怨如慕,如泣如诉,其声呜呜,不绝如缕。"此真不啻为吾人理解此篇的一个绝好注脚。四个"如"字,既得"咽"字之神,复传秦娥之心矣。

箫宜静夜,尤宜月夜。"二十四桥明月夜,玉人何处教吹箫"，言之最审，故当秦娥梦断，张目追寻，唯见满楼月色，皎然照人。而当此际，乃适逢吹箫人送来怨曲。其难为怀，为复何若！

箫声怨咽，已不堪闻，然尤不似素月凝霜，不堪多对。"寂寞起来搴绣幌，月明正在梨花上"。寂寞之怀，既激于怨箫，更愁于明月，于此，词人乃复再叠第三个"秦"，而加重此"秦楼月"之力量！炼响凝辉，皆来传映秦娥心境。而由此三字叠句，遂又进入另一天地。

秦楼人月，相对不眠，月正凄迷，人犹怅惘，梦之情，眼前之境，交相引惹。灞陵泣别，柳色青青，历岁经年，又逢此际。闺中少妇，本不知愁，一登翠楼，心惊碧柳，于是悔觅封侯，风烟万里，此时百感，齐上心头。可知箫也，梦也，月也，柳也，皆为此情而生，此境而设，四者一也。

春柳为送别之时，秋月乃望归之候。自春徂秋，已经几度；兹复清秋素节，更盼归期有讯。都人士女，每值重阳九日，登乐游原以为观赏。身在高原，四眺无际。向西一望，咸阳古道，直接长安，送客迎宾，车马络绎；此中宜有驿使，传递佳音——然而自晨及昏，了无影响，音尘断绝，延伫空劳——命局定矣，人未归也。

至"音尘绝"三字,直如雷霆震悚!"笔落惊风雨,诗成泣鬼神",仿佛似之。音尘绝,心命绝,笔墨绝,而偏于此三字,重叠短句一韵,山崩而地坼,风变而日销。必具千钧,出此三字声。

音尘已绝,早即知之,非独一日一时也,而年年柳色,夜夜月光,总来织梦;今日登原,再证此"绝"。行色离去,所获者何?立一向之西风,沐满川之落照,而入我目者,独有汉家陵阙,苍苍莽莽,巍然而在。当此之际,乃觉凝时空于一点,混悲欢于百端,由秦娥一人一时之情,骤然升华为吾国千秋万古之心。盖自秦汉以逮隋唐,山河缔造,此地之崇陵,已非复帝王个人之葬所,乃民族全体之碑记也。良人不归,汉陵长在,词笔至此,箫也,梦也,月也,柳也,遂皆退居于次位,吾人所感,乃极阔大,极崇伟,极悲壮!四十六字小令之所以独冠词史、成为千古绝唱者在此,为一大文学奇迹者亦在此。

向来评此词者,谓为悲壮,是也。而又谓为衰飒,则非也。若衰飒矣,尚何悲壮之可云?二者不可混同。夫小令何以能悲壮?以其有伟大悲剧之质素在,唯伟大悲剧能唤起吾人之悲壮感、崇高感,而又包含人生哲理与命运感。见西风残照字样，即认定为衰飒，何其皮相——盖不识悲剧文学真谛之故。

论者又谓此词"破碎"，似"连缀"而成，一时乍见，竟莫知其意何居，云云。此则只见其笔笔变换，笔笔重起，遂生错觉，而不识其潜气内转，脉络井然。全篇两片，一春柔，一秋肃；一婉丽，一豪旷；一以"秦楼月"为眼，一以"音尘绝"为目——以"伤别"为关纽，以"灞陵伤别"、"汉家陵阙"家国之感为两处结穴。岂是破碎连缀之无章法、无意度之漫然闲笔乎？故学文第一不可见浅识陋。

此词句句自然，而字字锤炼，沉声切响，掷地真作金石声。而抑扬顿挫，法度森然，无一字荒率空浮，无一处逞才使气。以是而言，设为太白之作，毋宁认是少陵之笔。其风格诚五代花间未见，亦非歌席诸曲之所能拟望，已开宋代词家格调。

凡填此词，上下两煞拍四字句之首字，必用去声，方为合律，方能起调——如"汉"家"灞"陵是，其声如巨石浑金，斤两奇重；一用平声，音乐之美全失，后世知此理者寥寥，学词不知审音，精彩迷其大半矣。

人人尽说江南好

韦庄词赏析

叶嘉莹

推荐词

韦庄用情极深挚曲折,用语则明白劲切,评者所谓"似达而郁"者,在这五章《菩萨蛮》中,可以说是得到了充分的证明。

至于"忆君"之"君"字也可以使人想到"君主"之托意,则其隐喻故国之思,因亦极有可能。过去说词之人,往往以为如果所写为托喻之意,便当全篇皆属托喻,如果所写乃男女之情,便当全篇皆为男女之情。私意以为,二者固不必如水火之不相容若此。

韦庄之《菩萨蛮》词，共有五首，前后呼应，一气流转，是在章法结构方面极有次第的一组作品。与其他词人随意为某一曲调填写许多首歌词的情形，颇有不同，所以一并选录。韦庄曾多年流寓江南，其《浣花集》中叙及"江南"者，大多指江浙一带。此《菩萨蛮》五首，盖为韦庄晚年寓蜀回忆旧游之作。以下就这五首词分别略加评述。

菩萨蛮（五首）

其 一

红楼别夜堪惆怅，香灯半卷流苏帐。

残月出门时，美人和泪辞。

琵琶金翠羽，弦上黄莺语，

劝我早归家，绿窗人似花。

这首词一起便写出满纸离情。如果只就这一首词来看,则此词所写似乎就正是当前的别离情,但如果就五首词全体来看的话,则此章所写便当是回忆中当年别夜的离情了。然而却写得如在目前,则自然是因为诗人对当日离情之难以忘怀之故。"红楼"本该是何等旖旎多情之地,而却承之以"别夜",此所以"堪惆怅"者也。这一句只是总写,次句遂对此"别夜"之"堪惆怅"者,更加以细致的描摹曰"香灯半卷流苏帐"。"流苏"是帐上之装饰,大多缉丝线为之,下垂如禾稻之穗。北方俗称之为穗子。"帐"而饰以"流苏",其精美可知,"灯"上更著以"香"字,则香闺兰麝,掩映宵灯,情事亦复可想,而"帐"既"半卷",且更与上一句之"别夜"相承,于是所有的春宵缱绻之情,遂都化而为离别的惆怅之感了。这两句叙述的口气都很率直,然而处处反衬,千回百转。昔陈廷焯之《白雨斋词话》曾谓"韦端己词,似直而纡,似达而郁,最为词中胜境",仅此二句,便已可见其此种特色之一斑了。继之以"残月出门时,美人和泪辞",则别宵苦短,行者难留,月既将残,离人欲去,遂终不得不与美人和泪而辞矣。景真,情真,写出一片依依惜别之意。

下半阕"琵琶金翠羽,弦上黄莺语"二句,"金翠羽"者,据台湾郑骞编《词选》注云:"金翠羽,琵琶之饰也,在杆拨上,今日本藏古乐器可证。"如果但观此一句,则不过写琵琶之精美而已,而却继之以"弦上黄莺语",于是遂产生了两种可能的含意。一则可以意指"和泪辞"之"美人",于离别之际,果然曾亲手弹奏过一曲琵琶,而且琵琶之美既上有金翠之装饰,弦上音更有似宛转之莺。然后接以下面之"劝我早归家"五字,则是弦上所奏之曲与美人话别之辞,在行人之心耳互相结合,其声声倾诉者,唯有"劝我早归家"之一语而已。再则琵琶一句亦可不实指当时曾弹琵琶而言,不过美人在平日既常奏翠羽之琵琶,美人之音声亦常似弦之莺语,今日闻美人叮咛之语,亦犹似平日弦上之宛转莺啼,遂直用弦上莺啼为美人音声之象喻,所以乃径接以下一句"劝我早归家"的叮咛之语。这两种含意皆有可能,在欣赏时也大可使之兼容并存,以唤发多方面之感动,而不必为之定为一解也。至于末一句以"绿窗人似花"五字承接在"劝我早归家"之后,遂使前一句的情意更加深重了一层。何以言之?一则,绿窗下相待之人既有如花之美,则远行之游子如何不因思恋而早作归家之计?此所以用"人似花"之游子为叮咛之语者一也；再则，花之美丽又是人世间最短暂、最不久长的事物。偶一蹉跎，则纵使他日归来，也早已春归花落，无复当年之盛美矣。近人王国维曾写有一首《蝶恋花》词，其中有句云"阅尽天涯离别苦，不道归来，零落花如许"，在天涯历尽了离别的悲苦，所盼望的原不过仅是再相见时的一点安慰而已。如果历尽悲苦之后，所得的竟是花落春归的全然落空的悲哀，这岂不是人间最大的憾恨？然则彼绿窗下之美人既有如花之美丽，足以系游子之相思，更有如花之易于凋落，足以增游子之警惕，那么，只为珍惜这一朵易落的花容，游子自必当早作归家之计矣。这是何等深切的叮咛嘱咐之辞。这一章所写的别情之深挚，一直贯注到末一章游子终然未得还乡的终生的憾恨，这是要读到最后一章结尾，才能够更深切地体会出来的。

其 二

人人尽说江南好，游人只合江南老。

春水碧于天，画船听雨眠。

垆边人似月，皓腕凝霜雪。

未老莫还乡，还乡须断肠。

这首词承上首而来，所写者已经是离别以后游子远适江南的生活情况了。首二句"人人尽说江南好，游人只合江南老"，仍不过是从别人口中道出江南之好而已。观其口吻有向游子劝留之意，而游子之本意仍在还乡。是以次句乃用一"合"字，"合"者乃"合该"、"合应"之意。盖劝游子合应在江南终老也。夫人情同于怀土，游子莫不思乡。"江南"既是异乡，"游人"原为客旅，而劝者乃谓游子合应终老江南，观其所用"尽说"、"只合"等字样，若非游子之故乡已经有不能归返的苦衷，则异乡之人又何敢尽皆以如此断然之口吻来相劝留。彼劝留口吻之劲直激切，盖正足以反映其不得还乡之情意的百转千回。端己词之"似直而纡，似达而郁"，于此二句又得一证。以下两句接言"春水碧于天"是江南景色之美，"画船听雨眠"是江南生活之美。承以下半阕之"垆边人似月，皓腕凝霜雪"，则是写江南人物之美。按"垆"一作"鑪"，又作"铲"，卖酒者置酒瓮之处也。《后汉书·孔融传》注云"铲，累土为之，以居酒瓮，四边隆起，一边高如锻铲，故名"，可以为证。《史记·司马相如传》云"买一酒舍酤酒，而令文君当铲"，盖指卓文君当垆卖酒之事。然则垆边之人，盖卖酒之女郎也。"似月"者，女郎面貌之光彩皎皎照人也;"皓腕凝霜雪"者,言其双腕之皓白如雪也(按"霜"字一本作"双",则不仅言其手腕之白,且有双腕之意在其中,亦佳)。昔曹植曾有句云"攘袖见素手,皓碗约金环"(《美女篇》),则当此女郎卖酒之际,攘袖举手之间,其皓如霜雪之双腕的姿致撩人可以想见。江南既有如此之美女,则岂不令游子生爱赏留恋之意。

自"人人尽说江南好"以下,全写江南之好,有"碧于天"的春水,有画船听雨之生活,有垆边如月之佳人。一气贯注,全力促成"游人"之"只合江南老"的多种理由。然而下一句却忽然跌出来"未老莫还乡"五个字,表面上是顺承,而实际上却是反扑。盖以此一句虽然著一"莫"字,却已明明道出"还乡"之字样,然则前面虽极写江南之好,都不过为他人劝留之语,而游子的故乡之思,则未尝或忘也。至于"还乡"二字上之"莫"字,则正是极端无可奈何之语,即如陆放翁《钗头凤》词结尾所写的"山盟虽在,锦书难托,莫,莫,莫",也正表现了一种无可奈何之情。夫端己岂不欲还乡,放翁又岂不欲与唐氏证彼山盟,托以锦书?然而盟有不可证,书有不可托,而乡亦有不可还者,所以曰"莫"也。仅此一"莫"字,已有多少辗转思量之意,何况上面还用了"未老"两个字,其意盖谓年华幸尚未老,则今日虽暂莫还乡,然而狐死首丘,则终老之日仍誓必还故乡也。所以此句表面虽然说的是"莫还乡",而实际所蕴含的却是一片思乡的感情。至于下一句"还乡须断肠",则是极痛心地补叙出今日之所以"莫还乡"的缘故。这一句看来说得极简单,而用意却极深婉,"须断肠"之"须"字,说得斩钉截铁,是还乡之必定要断肠也;然而"还乡"二字,却又说得如此概括,而并未指明"还乡"后究竟是哪些事物使人竟至于必须断肠。于是隐约中遂使人感到必是故乡今日之事事物物皆有足以使人断肠者矣。我们虽不愿如张惠言之比附史实来强作解说,然而韦庄一生饱经乱离之痛,值中原鼎革之变,为异乡漂泊之人,则此句之"还乡须断肠"五字,也可以说是写得情真意苦之极了。

其 三

如今却忆江南乐,当时年少春衫薄。

骑马倚斜桥,满楼红袖招。

翠屏金屈曲,醉入花丛宿。

此度见花枝,白头誓不归。

此章开端即云"如今却忆江南乐，当时年少春衫薄"，既曰"却忆"，又曰"当时"，则自然该是回忆之言，而并非身在江南之语了。我们若于此向前二章作一回顾，如果说首章所写乃是回忆离别之当日，次章所写乃是回忆江南之羁旅，则此章所写便该是回忆离开江南以后的又一段漂泊的时期了。所以我以为这五首词中的所谓"江南"，都该是确指江南之地，而并非指蜀。至于写作的时间，则当是晚年追想平生之作，而写作之地点则很可能是其晚年羁身之蜀地了。

先看首句"如今却忆江南乐"，此盖紧承前一章之"人人尽说江南好"而来，于此可知凡前一章所写之江南种种好处，原来都出自他人之口，而诗人自己当时并未真正感到江南之好。盖其一心所系者原在故乡，所以乃于结尾道出"还乡"之语。是则虽暂莫还乡，而终始之愿则仍在还乡也。至于此章所写，则是连当日的江南之游，也已成了一段回忆，诗人的还乡之想也早已望断念绝。在此种心情下再回忆当日江南之羁旅，于是便反而觉得当年的江南羁旅，较之今日仍有可乐之处了。是则今日之所以感到当年之可乐，原来乃正因今日之更为可悲。韦庄此词开端即以坚决之反语道出江南之可乐，其间的"却忆"二字，就正可反衬出今日之更为可悲，与还乡之更不可望。此等处也正可见出韦词之"似直而纡，似达而郁"的特色。夫诗人既谓江南为可乐，于是下句乃承以"当时年少春衫薄"七字，正写江南之乐。本来，即使仅此"当时年少"四字，便已自有可乐者在矣。下面更缀以"春衫薄"三字，则春衫飘举，风度翩翩，少年之乐事乃真可想见矣。而此句中之"当时"正与上句中之"却忆"相映衬，极写回忆中当时之乐事，正以反衬今日之堪悲。然后承以"骑马倚斜桥，满楼红袖招"，更一直贯串至下半阕之"翠屏金屈曲，醉入花丛宿"，一共四句，全写当年之乐事。有满楼红袖之相招，此自为少年时之一大乐事，而必曰"骑马倚斜桥"者，盖"骑马"始更见年少之英姿，而"倚斜桥"乃益增其风流浪漫之致。昔白居易《井底引银瓶》诗曾有"君骑白马傍垂杨，妾折青梅倚短墙，墙头马上遥相顾，一见知君即断肠"之句，则"骑马倚斜桥"而得满楼红袖之相招，其目成心许之情事固可想见矣。故继之乃云"翠屏金屈曲，醉入花丛宿"，"翠屏"者，翡翠之屏风也。"屈曲"一作"屈戌"，《辍耕录》"屈戌"条云："今人家窗户设铰具，或铁或铜，名曰环纽，……北方谓之屈戌，其称甚古。"此词之"屈曲"自当指屏风折叠处之环纽。曰

"翠"、曰"金",足以见其华丽。此一句五字可以想见闺房屏障之曲折回护,掩映深幽。

在此一句描写闺房景物的句子下,接以下句之"醉入花丛宿",则此所谓"花丛",自然并不仅指园庭之花丛,乃暗指如花众女之居所也。酒醉而入宿花丛,此自是少年时之乐事,然而从一首句"而今却忆江南乐"一句来看,则是诗人当日在江南时并未以之为可乐之事也,而其不以为乐之故,则岂不以其当时仍念念在于故乡乎?然后接以下句之"此度见花枝"五字,曰"此度",则自非前度之在江南矣,至于"见花枝",则自然乃是承接前句之"花丛"而来,姑不论其为好花或美人。总之,"花丛"与"花枝"都当指一段美好的遇合而言,"此度见花枝",自当指此时的又一段遇合而言。然后接以"白头誓不归","归"字承上章而来,仍当指"还乡"之意,"白头"则承上章"未老"而来,盖当时念念唯在故乡,故不知江南之可乐,且思终老之必还故乡。"此度"则忧患老大之后,既已知还乡之终不可期,故更有"见花枝"之遇合,则真将白头终老于此,不复作还乡之想矣。人在悲苦至极之时,乃往往故作决绝无情之语,如杜甫之关爱朝廷而终不得用也,乃曰"唐尧真自圣，野老复何知"，服膺儒术而终不得志也，乃曰"儒术于我何有哉，孔丘盗跖俱尘埃"。韦庄此句亦正因其有不能得归之痛，故乃曰"白头誓不归"。着一"誓"字，何等坚决，以斩尽杀绝之语，写无穷无尽之悲，韦庄词之劲直而非浅率亦可见矣。

其 四

劝君今夜须沉醉，尊前莫话明朝事。

珍重主人心，酒深情亦深。

须愁春漏短，莫诉金杯满。

遇酒且呵呵，人生能几何。

此章紧承第三章而来。前面既已说出"白头誓不归"的失望决绝之语，是自知故乡之终老难返，少年之一去无回，则诗人今日所可为者，亦唯有以沉醉忘忧而已，故此章乃于开端即曰"劝君今夜须沉醉，尊前莫话明朝事"。在这首词中可注意的是，韦庄在如此短的一首小令中，竟然用了两个"须"字，两个"莫"字。第一次用在前半阕开端，即前所举之二句词内；第二次用在后半阕开端，即"须愁春漏短，莫诉金杯满"二句词内。"须"字者，是定要如何之意，

"莫"字者，是千万不要如何之意。说了一次"定要如此，千万不要如彼"，再说一次"定要如此，千万不要如彼"，这种重叠反复的口吻，表现了多少无可奈何的心情，表现了多少强自挣扎的痛苦。有些人以为此篇大都为旷达之辞，且不免有率易之语，因此，从清代的张惠言开始，一般选本就往往把此章删去不选，这都是未能体会出这一首词真正好处的缘故。

先看首句"今夜须沉醉"五字，"须"字乃"直须"、"定要"之意，谓今夜之饮定非至沉醉不止也。以必醉之心情来饮酒，原可能有二种情形：其一是因为快乐到极点了，所以要饮到不醉无休；其次则是因为悲哀到极点了，所以也定要饮到不醉无休。韦庄之心情，自然是属于后者，这从第二句"尊前莫话明朝事"七字就可以体会得出来。关于"莫"字所表现的无可奈何之情，则在说第二章"未老莫还乡"一句时已曾谈到。曰"莫话"，则明日之事之不忍言、不可言之种种苦处，可以想见矣。"尊前"则正指饮酒之地，对此尊前唯思痛饮沉醉，而不欲话及明朝之事，则其对未来一切之心断望绝，可想而知矣。然后接以"珍重主人心"，曰"主人"者，异地之主人也，则韦庄之为游子而身不在故乡可知。昔李白曾有诗云："兰陵美酒郁金香，玉碗盛来琥珀光。但使主人能醉客，不知何处是他乡。"有兰陵之美酒，飘散着郁金的香气，盛在玉质的碗中，泛着琥珀的光彩，倘有能以如此盛意招待客子尽醉之主人，则此深深之美酒，岂不就正如同主人深深之情意。而且愈是思乡而不能返的游子，对此一番盛意也就愈加容易感动，于是客子思乡之苦，在如此殷勤之情意中，乃真若可忘矣。此李白之所以说"但使主人能醉客，不知何处是他乡"，而韦庄之所以说"珍重主人心，酒深情亦深"也。

下半阕之"须愁春漏短，莫诉金杯满"二句，再用一"须"字与一"莫"字相呼应，与开端二句之"须"字、"莫"字同属于殷勤相劝之口吻，可是我却对开端的"劝君"二字，一直未加解说。也许有人以为这二字极浅显明白，原不需解说；也许有人以为是行文之时偶尔忽略，所以未加解说。其实我正是要留到这里，与这两句一同加以解说的。因为此词前后既有二处都用相劝之口吻，那么究竟是出于何人之口呢？自本词通首观之，则"劝君"二字，实可以有数种不同之看法：第一，可视为主人劝客之语；第二，可视为客劝主人之语；第三，可视为诗人自劝之意；第四，可视为二人互劝之意；第五，前后二处相劝之口吻可出于不同之人物，即如一为客劝主，一为主劝客，或者一为劝人，一为自劝，可有多种不同之配合变化。在此多种可能之异说中，私意以为前二句之"劝君今夜须沉醉，尊前莫话明朝事"，似当为主人劝客之辞，故其后即承以"珍重主人心，酒深情亦深"二句，便正是客子对主人感激之表现，而后半阕之"须愁春漏短，莫诉金杯满"二句，则似乎当是客子既深感主人之相劝，于是乃自我亦作慰解之语的自劝之辞。"春漏"者，春夜之更漏也。"春漏短"也就是"春夜短"之意。良宵既值得珍惜，主人更复殷勤相劝，自然不应更以"金杯"过"满"为推辞。于是此词乃即首二句之主人劝客，到次二句之客感主人，更到此二句之客之自劝，宛转曲折，写出诗人多少由思乡之苦中强欲求欢自解的低回往复的情意。于是最后乃以"遇酒且呵呵，人生能几何"的强为欢笑的口吻，为苦短的人生作的最后的结论。这种结论是下得极为绝望也极为痛苦的。多年以前笔者读此词时，对其"呵呵"二字颇为不喜，以为此二字无论声音或意义而言，都会予人一种直觉的空虚浮泛之感，因此以之为韦庄所表现的一处败笔。而细读之后，乃愈来愈体会到此二字的好处。因为韦庄所要表现的，原来就正是一种中心寂寞空虚而外表强颜欢笑的心情，然则此充满空虚的"呵呵"二字所表现的空洞的笑声，岂不竟然真切到有使人战栗的力量。韦庄词于浅直之中见深切的特色，真是无人能及的。

其　五

洛阳城里春光好，洛阳才子他乡老，

柳暗魏王堤，此时心转迷。

桃花春水渌，水上鸳鸯浴。

凝恨对残晖，忆君君不知。

此章开端"洛阳城里春光好，洛阳才子他乡老"二句，一开口就重复地提到了"洛阳"二字，而且接连二句都把"洛阳"二字放在开端，不但充满了眷念的情意，而且在口吻中也流露出了呼唤的心声，则"洛阳"之足以使人怀想可知。

其所以然者，一则，在黄巢之役后韦庄曾一度寓居洛阳，在此一段时间，他曾写过不少感怀时事的诗篇，其平生之杰作《秦妇吟》也就是此一时期的作品。而且据夏承焘《韦端己年谱》，韦庄之离长安赴洛阳是在中和二年之春日，其写《秦妇吟》则在中和三年之春日，是以韦庄曾两见洛阳之春光。从其在《秦妇吟》中所写的"中和癸春三月，洛阳城外花如雪"的描述，可见韦庄对洛阳当日之美景，一定曾经产生过许多可赏爱也可悲慨的感情。此洛阳之所以值得眷念怀想之一因也。再则，如果以时代之背景或词中之本事言之，洛阳既然一方面是朱温胁迁唐昭宗而加以篡杀的所在，另一方面也可能就是韦庄当日与红楼美人离别之所在，这自然更是使得韦庄对于洛阳难于忘怀之又一原因。

至于下面的"洛阳才子"一句，私意以为"洛阳才子"盖为韦庄之自谓。因为韦庄之词，一般大多为主观有我之作，其词中所写之情事也大多为切身之情事。何况韦庄既曾居洛阳，更曾因为在洛阳所写的《秦妇吟》而得过"《秦妇吟》秀才"之美称，则"洛阳才子"非韦庄之自谓而何？而且与上句合看，是当年既曾亲见"洛阳城外花如雪"的春光之好，而今日则赋此"洛阳城外花如雪"的才子，却已经流落而终老他乡了，这岂不是一种极自然的承接？

至于下面"柳暗魏王堤，此时心转迷"二句，上句之"柳暗魏王堤"正为对"洛阳城里"的"春光好"之具体的描写。据《大明一统志·河南府志》云："魏王池在洛阳县南，洛水溢为池，为唐都城之胜，贞观中以赐魏王泰，故名。"魏王堤即在池上，白居易有《魏王堤》诗云："花寒漱发鸟慵啼，信马闲行到日西，何处未春先有思？柳条无力魏王堤。"魏王堤既为洛阳之名胜，又以多柳著称，而"柳暗"二字则可以使人想见堤上杨柳之浓阴茂密，此正所谓洛阳之"春光好"者也。至于下一句之"此时心转迷"五字，则写此日在他乡老去的"洛阳才子"在回忆当年之洛城春色时，所怀抱的满心的凄迷怅惘，正与次句相承应。是今日他乡游子对当日洛阳回忆之心情。

然后接下半阕之"桃花春水渌，水上鸳鸯浴"二句，初看起来，虽然好像与前半阕之"柳暗"一句同为写"春光好"之辞，然而仔细吟味，却当分别观之。

盖以此五章《菩萨蛮》词，其叙写口吻，自开始便系以回忆出之。自首章之"红楼别夜"，继之以漂泊"江南"，再继之以对江南之"却忆"，直至第四章"劝君今夜沉醉"，似乎才回到现在来。而第五章的"洛阳城里春光好"则是另一回忆高潮之再起，只是第四章既然已经写到现在，所以第五章在"洛阳"一句突起的回忆后，当下便以"他乡老"再转接到现在，然后再以"柳暗"一句足成回忆中之洛阳，又当下以"此时"一句再转回到现在的怅惘凄迷。而下半阕的"桃花春水渌"所写,便已是现在眼前的春光,而不曾是回忆中江南或洛阳之春光了,至于眼前春光之所在,则似乎该是韦庄所栖身的西蜀,而不再是江南了。

据夏承焘《韦端己年谱》,韦庄在蜀曾于浣花溪上寻得杜甫草堂旧址,芟荑结茅而居之。而杜甫在草堂所写的诗中,就有不少写到桃花和春水的。如其《春水》一首的"三月桃花浪",《江畔独步寻花》的"桃花一簇开无主,可爱深红爱浅红",《绝句漫兴》的"轻薄桃花逐水流",以及《漫成二首》之"春流泯泯清",《田舍》一首之"田舍清江曲",《江村》一首之"清江一曲抱村流",《卜居》一首之"地有澄江销客愁",从这些诗句都可见到蜀地桃花之盛与江水之清,而韦庄的"桃花春水渌"一句,"渌"字便正是清澄之意。然则此五字所写,岂不正是眼前所见的蜀地风光?

至于下一句"水上鸳鸯浴",则证之于杜甫在蜀所作的《绝句二首》之"沙暖睡鸳鸯"之句,其所写也应该正是蜀地的风光。只不过此句所写,似乎还不仅是从对过去之回忆跌入现在的眼前之春光而已,另外可能还更有以鸳鸯之偶居以反衬人事之自红楼一别竟至他乡终老的悲慨。鸳鸯之相守相依，正是以反衬离人之常暌永隔，运转呼应之妙，乃直唤起首章别夜时"早归家"之叮咛深嘱。这种呼应，正足以见到诗人对当日红楼美人的不能或忘，对不能或忘的人竟至落到不能重聚而必须要终老他乡的下场，则人间恨事莫过于此，所以结尾乃以万分悲苦的心情写下了"凝恨对残晖，忆君君不知"二句深情苦忆的呢喃。

"凝恨"二字，据张相《诗词曲语辞汇释》云："凝，为一往情深专注不已之义。"又云："凝恨，颉之不已，犹云积恨也。"从韦庄所写的这五首词中的情事看来，自红楼别夜的叮咛，到江南的漂泊，再转为离江南以后的终老他乡，华年已逝，重见无期，而竟然不得不落到白头誓不归的决绝哀伤，再转为莫话明朝、唯求沉醉的颓放，以迄最后之重忆洛阳的高潮之再起，百转千回，层层深入，则其中心所凝积之幽恨可知，故曰"凝恨"也。

至于下面的"对残晖"三字，则可以有几种解说：一则，可使人想见暮色之苍茫，倍增幽怨凄迷之感；再则，可使人想见凝望之久，直至落日西沉斜晖黯淡之晚；三则，如果以中国旧诗传统一贯所习用的托喻之想来看，则"日"之为物，一向乃是朝廷君主之象喻，而今韦庄乃用了"残晖"

二字，则清代张惠言《词选》以此五首《菩萨蛮》词为"留蜀后寄意之作"便也绝非不可能了。而且如果以史实牵附立说，则昭宗之被胁迁洛阳，唐朝国祚之已濒于落日残晖可知。我们虽不欲为过分拘狭的比附，仅只从字面来看，则"凝恨对残晖"五字，也可以说是写得幽怨至极了。

至于最后一句"忆君君不知"，则是历尽漂泊相思终至心灰望绝以后所余留的一点最后申诉的心声。以如彼之深情相忆，而竟至落到了如此负心不返的下场，这其间该有多少不得已的难言情事，然则，纵有相忆之深情，谁更知之，亦更信之，所以结尾乃说出了"君不知"三个字，这岂不是衷心极深沉之怨苦的一个总结？

韦庄用情极深挚曲折，用语则明白劲切，评者所谓"似达而郁"者，在这五章《菩萨蛮》中，可以说是得到了充分的证明。至于"忆君"之"君"字也可以使人想到"君主"之托意，则其隐喻故国之思，因亦极有可能。过去说词之人，往往以为如果所写为托喻之意，便当全篇皆属托喻，如果所写乃男女之情，便当全篇皆为男女之情。私意以为，二者固不必如水火之不相容若此。韦庄即使忆念洛阳之"美人"而同时兼有故国之思，亦复有何不可乎？

特立独行　力行不惑

韩愈《伯夷颂》赏析

何沛雄

作者介绍

何沛雄,牛津大学文科哲学博士,台北"中华学术院"高级院士,英国皇家艺术学院院士、英国语文学院院士。历任香港大学名誉教授、珠海书院中国文史研究所所长、香港作家联会理事、国际儒家联合会理事等职。出版著作有:《永州八记导读》、《赋话六种》、《读赋拾零》、《汉魏六朝赋家论略》、《四书嘉言》等。

推荐词

韩愈称颂伯夷"不顾人之是非"、"信道笃而自知明"、"力行而不惑"、"能独非圣人",而自己奋不顾流俗、笃道力行、敢独非宪宗迎佛骨,无异借古人以自况!

《韩昌黎文集》仅有"颂"文三篇：《伯夷颂》、《子产不毁乡校颂》、《河中府连理木颂》。《河中府连理木颂》是一篇没有多大意义的文章，内容不过借河中府发现连理树而极力歌颂河中尹浑瑊的功德。那时韩愈两次考进士落第，自长安经河中归宣城，作这篇颂文，恐怕借此引人注目而已。《子产不毁乡校颂》是一篇四言韵文（有数句是五言），内容根据《左传》襄公三十一年的记载，称赞子产反对郑国大夫毁乡校。全文只有一百六十九字，直言陈说，毫无深意。

比较来说，《伯夷颂》是篇幅较长（全文三百二十余字）、组织严谨、辞句排宕、含意深远的作品，值得我们细读、欣赏。很可惜，旧日流行坊间的古文选本，像《古文评注》、《古文观止》、《古文辞类纂》、《古文析义》等书，都没有把它载录；高步瀛《唐宋文举要》（上海中华书局，1963年版）、王力《古代汉语》（北京中华书局，1963年版）、张起文《唐代散文选注》（香港中华书局，1977年版），也没有把它选注，而国内外一些大专学院，在讲授"历代散文"或"韩文选读"的一类课程时，总会研习这篇《伯夷颂》（按：香港中文大学把它列入高级程度"中国语言文学"科必考篇目之一），本人罔顾浅陋，把个人的一点学习心得写下来，希望读者予以批评和指正。

伯夷是商朝末年孤竹君（孤竹国的国君）墨胎初的长子，名允，字公信，死后谥曰夷，故称为伯夷。孤竹君死，依遗命立幼子叔齐为王，但叔齐不愿以幼居尊，把君位让给伯夷，而伯夷却以父命不可违，坚辞不就。结果二人都抛弃王位，相率离去，由国人立次子为王。这是历史上所说的"伯夷、叔齐让国"的故事。

二人闻说西伯姬昌（当时在西方的诸侯领袖，即后来的文王）施行仁政，养老尊贤，于是一起前往归附他。可惜，当他们到埠的时候，西伯已经死了，而他的儿子武王姬发用车载着父亲的神主牌，尊称为文王，起兵讨伐商纣。伯夷、叔齐见了，叩马（拉着缰绳，不许马儿走动）而谏，说道："父死不葬，爰及干戈，可谓孝乎？以臣弑君，可谓仁乎？"但武王没有听他们的劝谏。这是伯夷、叔齐"叩马而谏"的故事。

武王灭纣，建立周朝，得到各地诸侯的拥戴，但伯夷、叔齐却认为武王不义，自己在周朝做官是可耻的，甚至不肯吃周人所产的粟麦粮食，相偕隐居于首阳山，采薇（野菜的一种）而食。在饿得要死的时候，作了一首歌："登彼西山兮，采其薇矣！以暴易暴兮，不知其非矣！神农、虞、夏忽然没兮，我安适归矣！于嗟徂兮，命之衰矣！"最后二人一起饿死于首阳山。这是伯夷、叔齐"饿死首阳山"的故事。

二人的生平事迹，见于《韩诗外传》、《吕氏春秋》和《史记·伯夷叔齐列传》。

韩愈《伯夷颂》是一篇称赞伯夷行谊的文章。韩愈所推重的，是他的"特立独行"，而这种"特立独行"，有"昭乎日月不足为明、崒乎泰山不足为高、巍乎天地不足为容"的伟大。伯夷这般伟大，根据韩愈所说，主要是他能够做到以下两点。

第一，不顾人之是非——"当殷之亡，周之兴，微子贤也，抢祭器而去之。武王、周公，圣也，从天下之贤士，兴天下之诸侯而往攻之，未尝闻有非之者也。彼伯夷、叔齐者，乃独以为不可。"武王、周公率天下诸侯讨伐商纣，没有人非议；纣王庶兄微子启，携带祖庙祭器，投靠武王，世人称他贤良，只有伯夷认为他们的做法是"非"。所以韩愈说："一国一州非之，力行而不惑者，盖天下一人而已矣；举世非之，力行而不惑者，则千百年乃一人而已耳！"

第二，信道笃而自知明——"殷既灭矣，天下宗周，彼二子乃独耻食其粟，饿死而不顾。繇是而言，夫岂有求而为哉？信道笃而自知明也。"不顾他人之是非，是本于"义"去做（适于义）。这个"义"，就伯夷来说，非有所求而为，非为名利而为，其尽在己而已。因为其尽在己，就有"虽千万人，吾往矣"的独立不移的信念。既然坚信自己的道，清楚自己的作为，那么，"叩马而谏"、"耻食周粟"、"饿死首阳"，不外是尽己之"义"而已。武王、周公，历代称为圣人，韩愈以伯夷竟能"独非圣人"，确是"穷天地、亘万世而不顾者也"。

《伯夷颂》篇幅虽短，但结构缜密，词语精练，充分表现了韩愈的文章特色。它的写作技巧，有四点值得注意。

第一，使用层递法——从不顾人之是非，说到不顾一家、一国、一州、天下人之是非，再说到不顾天地万世之是非。一层递进一层，迫出伯夷的特立处。

第二，使用呼应法——开首以"士之特立独行"起，最后以伯夷有"特立独行"作结。篇首点出"伯夷者，穷天地、亘万世而不顾者也"，篇末则肯定"伯夷者，穷天地、亘万世而不顾者也"，前后呼应。

第三，使用正反对照——既说"举世非之"，又说"力行不惑"；"武王、周公，未尝闻有非之者"，而"伯夷、叔齐独以为不可"；"天下宗周"而"彼二子独耻食其粟，饿死而不顾"。今世之士，人誉之则以为有余，人沮之则以为不足，而伯夷则不理会别人的毁誉，特立独行。意义一正一反，对照成文。

第四，使用排比句法——如"昭乎日月不足为明，崒乎泰山不足为高，巍乎天地不足为容"，一连三个排句，气势不凡，笔力千钧。又如"一凡人誉之，则自以为有余；一凡人沮之，则自以为不足"，排句之后，推出"彼（伯夷）独非圣人而自是如此"，转接极有力量。

又"独"字是整篇的文眼。有"独"行才能够不顾人之是非；伯夷能够"独"非圣人，能够"独"耻食周粟，遂能"穷天地、亘万世而不顾"。

由此看来，韩愈写这篇文章，是经过细心结构、刻意炼字的。

韩愈为什么极力称颂伯夷的特立独行呢？曾国藩以为退之用以自况（见《韩昌黎文集·伯夷颂》题注），这见解是不错的。韩愈个性耿介，是个"笃道君子"（《唐书》本传），一生有不少"特立独行"。

例如，唐代佛、道二教并盛。高祖特建老子庙；太宗推尊老子为"太上玄元皇帝"，称《老子》为《道德经》；玄宗亲注《道德经》，设立崇玄馆，使学士应贡举，叫做道举。太宗尊崇玄奘，使往天竺（印度）求佛法；高宗优礼僧人义净；玄宗时，印度僧人善无畏、金刚智、不空三藏，先后来华，皆尊称为国师。由是佛、道之说，盛行于民间。韩愈作《原道》，力辟佛、道之非，认为"不塞不流，不止不行"，必须"人其人，火其书，庐其居"。宪宗遣使者往凤翔迎佛骨，韩愈上表极谏，以佛比于夷狄，力言迎佛骨之非，结果宪宗大怒，定以死罪，幸得裴度、崔群等朝臣相救，乃贬潮州刺史。

再如，唐代初年，承江左余风，骈文俪体，依然盛行。陈子昂诋斥时弊，仅止于诗，未及于文。到了开元、天宝年间，始有萧颖士、李华等人，崇尚古文，但都独善其身，没有鼓动时代潮流的勇气。那时韩愈以他的绝世才华，奋起挺出，不顾流俗，大声疾呼，抵排骈绮，提倡古文，终于确立了唐代古文运动。其实，他不仅要做一个文学运动的领袖，还要做一个卫道之士。苏轼称他"文起八代之衰，道济天下之溺"，正是他的卓荦成就。

又如，当时的社会风气不"耻学于师"，"士大夫之族，曰师曰弟子云者，则群聚而笑之"（韩愈《师说》），但韩愈不理会时俗潮流，大张旗鼓，以师自任。柳宗元说："今之世不闻有师，有辄哗笑之，以为狂人，独韩愈奋不顾流俗，犯笑侮，收召后学，作《师说》，因抗颜而为师。世果群怪聚骂，指目牵引，而增与为言辞，愈以是得狂名。"（《答韦中立论师道书》）韩愈虽得狂名而不顾，正是"特立独行"的表现。

由此看来，韩愈称颂伯夷"不顾人之是非"、"信道笃而自知明"、"力行而不惑"、"能独非圣人"，而自己奋不顾流俗、笃道力行、敢独非宪宗迎佛骨，无异借古人以自况呢！

原 文

伯夷颂

士之特立独行,适于义而已,不顾人之是非,皆豪杰之士,信道笃而自知明者也。一家非之,力行而不惑者寡矣;至于一国一州非之,力行而不惑者,盖天下一人而已矣;若至于举世非之,力行而不惑者,则千百年乃一人而已耳!若伯夷者,穷天地、亘万世而不顾者也。昭乎日月不足为明,崒乎泰山不足为高,巍乎天地不足为容也。

当殷之亡,周之兴,微子贤也,抱祭器而去之。武王、周公,圣也,从天下之贤士,与天下之诸侯而往攻之,未尝闻有非之者也。彼伯夷、叔齐者,乃独以为不可。殷既灭矣,天下宗周,彼二子乃独耻食其粟,饿死而不顾。繇是而言,夫岂有求而为哉?信道笃而自知明也。

今世之所谓士者,一凡人誉之,则自以为有余;一凡人沮之,则自以为不足;彼独非圣人而自是如此。夫圣人乃万世之标准也。余故曰:若伯夷者,特立独行、穷天地、亘万世而不顾者也。虽然,微二子,乱世贼子,接迹于后世矣。